마치 꿈같은 이야기

정대성 판타지 장편 소설

고양이 1

정대성 판타지 장편 소설

초판 1쇄 찍은 날 § 2002년 4월 2일
초판 1쇄 펴낸 날 § 2002년 4월 10일

지은이 § 정대성
펴낸이 § 서경석

편집장 § 문혜영
편집책임 § 김희정
편집 § 장상수 · 박영주 · 권민정 · 이종민
마케팅 § 정필 · 강양원 · 김규진 · 안진원

펴낸곳 § 도서출판 청어람
등록번호 § 제1081-1-89호
등록일자 § 1999. 5. 31
어람번호 § 제1-0227호

주소 § 경기도 부천시 원미구 심곡1동 350-1 남성B/D 3F (우) 420-011
전화 § 032-656-4452 팩스 § 032-656-4453
http://www.chungeoram.com
E-mail § eoram99@chollian.net

ⓒ 정대성, 2002

값 7,500원

ISBN 89-5505-339-8 (SET)
ISBN 89-5505-340-1 04810

정대성 판타지 장편 소설

마치 꿈같은 이야기

고양이

1

꿈같은 이야기와의 만남

도서출판
청어람

목 차

글쓴이의 말

연재 중단만 하지 말자고 마음먹으며 첫 회를 두들기던 게 엊그제 같은데—엊그제치고는 좀 기억이 가물거리긴 하는군요—어느덧 이 글이 출판까지 되는 모습을 바라보자니 참 기분이 묘합니다. 제 손으로 이 정도의 글을 써냈다고 생각하면 신기하기도 하고 기분도 좋고… 뭐, 사실 부끄러움이 가장 큰 감정이긴 합니다만 말입니다.

사실 고양이를 출판한다는 소식을 주위 사람들에게 선뜻 말하지 못했습니다. 위에서도 말했지만 좀 주위 시선이 부끄럽게 느껴지더군요. 여러 가지 이유가 있겠죠. 글에 대한 불만족, 남들의 시선의 부담스러움 등… 뭐 그래도 어쩝니까, 제가 제 손으로 쓴 글이고 아끼는 글이니만큼 끝까지 가야겠죠. 다만 제가 보기에도 부끄러울 정도의 글을 여러분에게 보인다는 것이 죄송할 따름입니다.

『고양이』를 쓰면서 중점을 두고 싶어했던 부분이 있다면 아마 '내용의 일관성'과 '다른 판타지와는 다른 개성'일 것입니다. 첫 번째 경우는 잘 모르겠지만 두 번째 경우는 어느 정도까지 이루어낸 것 같습니다. 하지만 덕분에 고양이는 장르 구분이 좀 힘든 소설이 되어버렸지요. 뭔가 어정쩡해서 결론을 내리기 힘든… 뭐, 애초의 의도는 오컬트 소설이었지만 말입니다. 사실 오컬트치고는 좀 밝죠?

고양이를 이 정도까지 써 내려가는 데에는 정말 고양이를 아껴주신 많은 분들의 애정 어린 독촉과 질타, 그리고 격려가 많은 힘이 되었습니다. 그분들이 없었다면 과연 고양이를 이 정도까지 이어 나갈 수 있었을까요? 아마 힘들었을 것입니다. 고양이를 아껴주셨던 많은 분들께 감사의 말씀을 드립니다.

고양이는 제가 쓴 글이지만 제가 글을 쓰게 만들어주신 것은 여러분입니다.

책 내는 마당이라서 하는 이야기지만 그동안 청어람에 참 죽을죄를 지었죠. 작년 3월에 계약한 책을 이제야 출판이라니… 상당한 죄책감을 느끼고 있습니다. 뭐, 그래도 이제 원고를 넘기고 나니 마음이 탁 놓이는 것 같군요. 매번 미뤄대도 언제나 웃으며 순순히 넘어가 주신 김희정 담당 기자님께도 죄송한 마음이 무럭무럭 자라나네요. 출판될 때까지 애써주신 것 감사드립니다.

사실 이런 글을 쓰는 데에는 이모티콘이 들어가야 제 맛이 나는데…

…헛소리가 점차 이어지는 걸 보니 머릿말을 접을 때가 온 것 같군요. 그럼 재밌게 읽어주시길 바라며 이만 머릿말을 맺도록 하겠습니다!

제1장

꿈같은 이야기와의 만남

휘이이잉…….

"어, 춥다."

살을 에는 듯이 날카로운 바람이 내 두 볼을 스쳐 가고, 그에 따라 내 입에서는 자연스럽게 이 소리가 튀어나왔다. 겨울, 한겨울, 그중에서도 가장 춥다는 솔로의 크리스마스 날 난 하릴없이 이렇게 좋은 날의 서울의 길거리는 어떻게 생겼나 구경이나 다니고 있다.

한심하다, 내가 생각해도.

그러나 어쩌랴? 이것이 인생인 것을.

밤 10시가 넘은 지금도 내 옆에서 걷고 있는 커플들은 '오호호호! 네 인생은 그러니? 우리 인생은 그렇지 않아!' 를 외치는 듯한 표정으로 내 주위를 휙휙 걸어가고, 난 그 모습을 보며 우울하게 다시 한 번 옷 깃을 추스른 후 길을 걷기 시작한다.

집으로 돌아가도 개판 오 분 전인 하숙방만이 기다리고 있겠지.

비록 이렇게 입으로는 불평 불만을 말하지만 난 이런 내 삶이 마음에 든다. 대학은 합격했고, 게다가 혼자만의 자유까지 얻었다. 원래 우리 집은 지방이다. 그러나 난 원하던 대학에 이렇게 당당히 합격, 서울 지리와 혼자 사는 생활 등에 익숙해지기 위해 홀로 자취방을 잡고 있는 것이다. 난 그 말로만 듣던 지하철 구간 대학에 다니게 된 것이다! 게다가 지금은 방학 시즌! 나보고 잔소리할 사람은 아무도 없어! 그야말로 혼자만의 자유! 멋지지 않은가!

…라고 아무리 괴로운 내 마음을 달래려 해도 옆구리를 치고 지나가는 바람이 차가운 것은 도저히 어쩔 수가 없다. 어, 춥다. 몸의 추위인가, 마음의 추위인가? 쳇, 친구라도 주위에 하나 있었으면 좋을 텐데. 서울에 올라온 지 오 일밖에 안 됐는데 친구는 무슨 놈의 얼어죽을 친구?

뭐, 이런저런 잡생각에 인생 걱정, 자아도취에 자기 학대 등등 상상으로 할 수 있는 여러 가지 일들을 즐기며 발걸음을 옮기다 보니 어느새 '개판 오 분 전인 하숙집' 주위의 '개판인 폐공사장' 앞까지 다다라 버렸다. IMF인지 무엇인지가 끝난 지도 어언 2년 반. 그러나 이 을씨년스럽게 버려진, 녹슨 철근과 콘크리트 부스러기로 지저분하게 뒤덮혀 있는 이 폐공사장은 무엇을 뜻하는가?

소문에 따르면 싸가지라고는 눈곱만큼도 없는 사장이 자신의 건설 회사가 흔들리는 것 같은 분위기가 보이자 어음을 결제할 돈을 가지고 외국으로 날랐다고 한다. 한마디로 경제 위기와 이 공사장은 하등 상관없지. 뭐, 어쨌든 나와도 별 상관 없는 이야기다. 하숙집 옆 길가에 작은 폐공사장이 있든 작은 화산이 있든. 음, 솔직히 화산이 있으면 약간 상관이 있겠지.

여러 가지 생각을 연상 작용으로 계속해서 이으며 저벅저벅 걷다 보니 어느새 폐공사장 앞의 쓰레기 더미를 지나쳐 가는 내 자신을 발견할수 있다. 이제 거의 나의 자취방에 도착했군. 후아, 그냥 자기도 허전하고 약간은 배도 고픈데 라면이나 하나 끓여 먹고 자야겠다. 아차차차, 그러고 보니 오늘 아침에 밥 해 먹고 나서 설거지를 안 하고 그대로 뒀구나. 젠장, 다시 설거지하기도 귀찮은데 그냥 오늘 밤도 굶어야겠네.

아냐. 그래도 이렇게 추운 날 라면 하나 끓여 먹으면 얼마나 나의 심기에 도움이 되랴! 자취 생활 고작 5일 만에 설거지가 귀찮아 밥을 굶으면 앞으로 지루한 방학 생활 동안은 굶어 죽으라는 이야기냐. 게으름은 폐인의 지름길! 계란도 넣고, 파도 넣어 라면을 끓여 먹는 거야! 그래, 설거지가 싫어서 이 맛들을 놓칠 수는 없어!

이런 생각들을 하니 갑자기 지저분한 집이 무척 보고 싶었다. 그래! 이제 집까지는 바로 눈앞이다! 집으로 뛰어갓!

여러 가지 생각에 젖어 방금 전까지의 약간의 슬픔 따위는 모두 털어버린 기쁨에 찬 내가 막 집을 향해 뛰려고 첫발을 내디뎠을 때였다.

내 꿈같은 이야기가 시작된 것은.

"야오오옹."

멈칫.

왠지 모르게 나를 휘감아 잡아끄는 듯한 소리. 왠지 모르게 나를 붙잡는 소리.

"이야야아아아아옹."

"아니, 이놈의 동네는 웬 놈의 도둑고양이가 이렇게 많아?"

애써 외면하며 다시 집으로 뛰려 했지만… 오, 젠장할.

"이야아아아아아오오옹!"

마치 살려달라고 울부짖는 듯한 소리를 난 차마 외면해 버리지 못했다. 휴우, 난 너무 마음이 약해서 탈이야. 그냥 눈 딱 감고 지나가도 될 텐데. 제기랄! 꼭 고생을 사서 해요, 사서.

난 고개를 두리번거리며 소리가 들려오는 방향을 찾기 시작했다.

"야아옹! 야아옹!"

애처로운 고양이의 울음소리가 들려오는 장소는 스티로폴, 플라스틱, 합판 조각, 부서진 돌덩이 등이 지저분하게 잔뜩 쌓여 있는 폐공사장의 쓰레기 더미 속이었다. 뭐냐, 설마 저 속에 혹시 동네의 들고양이라도 한 마리 갇혀 있는 거냐? 에이, 설마……

"야옹! 야옹!"

"갇혀 있나 보군, 젠장! 그럼 나보고 이걸 다 파내라고? 삽도 없는데? 설마 손으로? 이런 젠장, 이건 말도 안 돼! 이렇게 추운데 부들부들 떨면서 이걸 맨손으로 파내라니! 장난치는 것도 아니고 이게 뭐야! 제기랄!"

마구 혼잣말을 지껄여 댔지만 차마 '그냥 가자'라고는 말할 수 없었다. 쓰레기 더미에 갇혀서 울부짖다 천천히 죽어갈 고양이를 생각하니 불쌍해서 차마 발길이 떨어지지 않는 것이다.

"어휴, 젠장! 하여튼 나는 운도 없지! 야, 기다려!"

나는 마치 갇혀 있는 고양이에게 말하듯이 허공에 대고 고래고래 소리를 질러대며 손으로 쓰레기 더미를 하나하나 헤쳐 나가기 시작했다. 젠장! 젠장! 묻혀도 어떻게 이런 데 묻힐 수가 있냐! 물론 가정용 음식 쓰레기가 아니라 냄새는 안 나지만 몽땅 플라스틱, 스티로폴 등의 재료로 이루어진 이 나름대로 거대한—쥐의 입장이나 개의 입장이라면—쓰레기 더미는 하나하나가 차갑게 식어 있었다. 젠장, 안 그래도 추워 죽겠는데! 손 시려 미치겠군!

"야아옹… 야아옹……."

"알았다고! 이제 다 됐다고! 젠장!"

계속해서 거친 공사장의 쓰레기를 헤쳐 내다 보니 손톱 밑과 손등이 까져 피가 흐르고 있었다. 아, 쓰라려! 제길! 왜 내가 사서 이 고생이지? 투덜거리며 쓰레기 더미를 젖혀 나가는데 내 옆의 길을 지나가던 동네 아줌마가 쓰레기를 파헤치는 날 이상한 눈빛으로 바라본다.

젠장! 이제 동네에 '새로 이사 온 옆집 총각 미쳤나 봐… 어젠 집 앞 공사장의 쓰레기 더미를 뒤적거리는 거 있지?' 따위의 소문이 돌겠지. 우아악! 이게 뭐야, 흑! 앞으로 동네 사람들에게 미친 녀석 취급을 받을 것을 생각하니 정말 앞날이 암울해졌다. 사람들이 왜 그랬냐고 물어보면 뭐라고 핑계를 대지? 너무 배가 고파서 어쩔 수가 없다고 할까?

…그러면 바로 진짜 미친놈이 되는 거겠지…….

마음속을 꽉 채우고 있는 우울한 기분을 억지로 억누르며 쓰레기 더미를 계속 헤치다 보니 마침내 스티로폴과 돌덩이들 사이로 거뭇거뭇한 털 뭉치가 언뜻언뜻 보였다. 제기랄, 하필이면 재수없게 검은 고양이야? 난 돌덩이들을 하나하나 옆으로 굴려서 치워내며 점점 드러나는 고양이의 모습을 바라보았다. 정말로 털 색이 까만 보통 크기의 평범해 보이는 고양이었다.

"다 됐다, 나와! 젠장!"

"야오옹……."

그 고양이는 힘없게 꿈틀거리며 가르릉거렸다.

"이런 젠장, 혼자 힘으로 나오지도 못해? 내가 꺼내줘야 되는 거야?"

난 계속해서 누가 보면 미친놈 취급받기 딱 좋은 말들을 중얼거리며 그 고양이를 거칠게 돌 부스러기들 사이에서 끄집어내었고, 그 고양이는 내 손에 잡힌 채로 허공에 대롱대롱 매달려서는 나를 잠시 바라보더니 가르릉거렸다. 자식, 고마운 걸 아나 보지? 알면 나중에 하숙집 주인 아줌마 생선이라도 물어와라.

고양이는 안도감 때문인지 계속해서 가르릉거리며 털을 부비고 있었다. 잠시 그렇게 몸을 꿈틀거리며 낮게 울던 고양이는 이윽고 고개를 들어 나를 다시 바라보더니…….

'말했다.'

"야, 정말정말 고마워. 휴우~ 딱 죽는 줄 알았네. 와아! 뭐, 저런 쓰레기 더미가 다 있냐? 자다 보니 무너지네? 이젠 쓰레기까지 부실이냐? 황당하네, 참. 너도 황당하지? 응? 너, 왜 그리 놀란 표정이야?"

…어?

"야, 뭐에 그렇게 놀랐냐니까?"

분명히 무엇인가에 깜짝 놀라긴 깜짝 놀랐는데 순간적인 정신적 충격이 내가 어떤 것에 놀랐는지 잊게 만들었다.

"응… 으응?"

내 눈앞에는 단지 비단같이 검고 윤기있는 털을 자랑하는 고양이가 한 마리 있는데 말야. 달은 밝고 서울의 밤엔 별 하나 없지, 날씨는 춥고 공기는 나름대로 상쾌해. 이상할 건 하나도 없어. 바람은 불고 구름은 없지.

그리고 난 뭔가에 놀랐고… 뭐에 놀랐던 걸까?

"왜? 날씨가 추워서 놀랐어?"

고양이가 묻는다. 아니, 날씨가 추운데 왜 놀라? 나는 고개를 가로저었다.

"아, 아냐. 그런 게 아니었어."

나름대로 귀엽게 생겼다고 인정받고 주인의 따뜻한 품속에서 매일같이 사랑을 먹고 자라는 애완 동물의 대명사 중 하나가 고양이지만, 난 고양이가 별로 맘에 들지 않는다. 왠지 약삭빠르고, 날카로워 보이고… 게다가 이 고양이는 새카만 색이잖아. 검은 고양이. 신비로운 느낌은 몰라도 귀여움은 저언혀! 느낄 수 없어. 아니, 솔직히 말하자면 무섭다.

"그럼 뭐야? 배고프니? 밥이라도 굶어서 경기라도 들린 거야?"

말하는 싸가지 봐라. 고양이 주제에 말이나 하고… 말이나… 말이나? 잠깐! 고양이가 언제부터 말을 할 수 있게 됐지?

"아니, 말을 해야 생명의 은인이 놀란 이유에 대한 걱정을 함께 나눌 것 아냐. 내가 말이라도 해서 놀랐냐?"

…맞다! 그… 러고 보니, 고… 양이는……

말… 을 못하지 않았었나?

"고, 고, 고, 고양이가 말을 한다! 으악! 사람 살려!!"

내가 소리를 지르니까 고양이가 더 깜짝 놀랐는지 펄쩍 뛰면서 어깨 위에 올라앉아서 소리를 질러댄다.

"으악! 깜짝이야! 임마, 깜짝 놀랐잖아! 조용히 좀 해! 시끄러워! 시끄럽다구우웃! 아주 온 서울 바닥에 고양이가 말을 한다고 광고를 해라, 광고를 해! 말하는 고양이 처음 보니! 아, 처음 보겠구나. 어쨌든! 뭘 그런 걸 가지고 놀라고 그래, 다 큰 사내 자식이 말야!"

이런 젠장! 기껏 살려줬더니 이제 덤비네?

"그럼 사람이 말하는 고양이 보는 일이 흔할 것 같냐!"

그런데 검은 고양이는 대답을 하는 게 아니라 날 멀뚱히 쳐다보더니 만 했다. 고양이 눈으로 쳐다보니까 무섭다, 야. 한참 그렇게 나를 쳐다보던 고양이는 이윽고 입을 열었다.

"이야~ 너, 깡 좋다? 원래 비명을 지르면서 도망가야 되는 거 아냐?"

"아, 맞다, 그렇지, 헤헤… 가 아니라, 으악! 고양이가 말을 한다! 사람 살려!!"

왠지 고양이가 시키는 대로 충실히 따르는 것 같아 찜찜했지만 어쨌든 난 재빨리 아무 방향인지 알지도 못한 채 맹목적으로 뛰기 시작했다.

탁탁탁.

그렇게 온 힘을 다해 마구잡이로 뛰어가는데 뒤쪽에서 작게 검은 고양이가 중얼거리는 소리가 들렸다.

"저거 혹시 바보 아닐까?"

캇! 제기랄! 날보고 바보라고? 아냐. 무시하자, 무시해. 귀신인지 요물인지 모를 것의 도발에 넘어가 버리면 안 되지. 난 뒤에서 무슨 소리가 들려오던 무시하고 무조건 뛰었다. 계속 누군가 쫓아오는 느낌이 들었지만, 발자국 소리 하나 나지 않는데 그럴 리는 없다. 젠장, 젠장, 젠장! 설마 저게 사실 귀신이라서 나에게 달라붙는 건 아니겠지? 아냐! 어쩌면 그럴지도 몰라! 검은 고양이가 밤마다 나를 괴롭힌다면, 으으! 지옥이야!

"헉! 헉! 여기까진 못 쫓아오겠지!"

마구 뛰다 보니 어느새 내 앞을 벽이 가로막고 있었다. 즉, 막다른 골목길로 들어왔다는 소리다. 젠장, 서울은 길이 너무 복잡해. 도대체 여기가 어디지? 그러나 어쨌든 그 귀신같은 고양이한테서는 도망친 것 같다.

"헉, 헉! 십년감수했네! 내가 앞으로 고통받는 동물 도와주면 사람이 아니다! 사람이!"

젠장! 동물을 사랑하는 마음 따위 개나 줘버려라! 으으으, 살다 보니 정말이지 별 개 같은 날이 다 있군! 헉! 헉!

그때 어디선가 이상한 소리가 들려왔다.

"흐흥… 너, 이제 사람 아니게 생겼네?"

"으악!! 어디서 나는 소리야!!"

난 깜짝 놀라서 주위를 둘러보았다. 앞. 당연히 아무도 없다. 왼쪽. 벽이다. 오른쪽. 역시 벽만 있다. 뒤. 담이 있고 그 위에 검은 고양이… 고양이… 고양이?!

고양이다아악!!

"우아악! 너, 너… 발자국 소리도 안 났는데!"

저 한심하다는 표정. 으으으! 이 내가 이제 금수에게까지 무시를 받아야 한단 말인가? 어쨌든 고양이는 코웃음을 픽! 치더니 말했다.

"원래 고양이는 뛸 때 발자국 소리가 안 나, 이 우스운 친구야."

"왜, 왜 날 쫓아오는 거야! 난 너를 살려줬다고! 나, 난… 맛없어!"

"누가 뭐래? 너, 설마 내가 해코지라도 할 줄 알고 도망친 거야? 웃겨, 내가 널 잡아먹기라도 한대?"

고양이는 어이없다는 표정을 짓더니 계속해서 말했다.

"야, 춥다. 일단 너희 집에 가서 이야기하자."

그리고 난 당황해 버렸다. 뭐? 너라는 존재가 내 눈앞에 있는 것조차 겁나 죽겠는데 이제 우리 집까지 따라오겠다고? 솔직히 난 지금 너와 대화를 나누고 있다는 사실조차 현실 같지 않다고! 만약에 내가 지금 이 상황에서 현실감을 느꼈다면 난 지금 이렇게 대화를 나누고 있지도 못할 것이다. 벌써 기절해 있었을 테니까. 어쨌든 네 녀석을 우리 집으로 끌어들일 수는 없어!

"아, 아니… 그건 좀……."

버벅대면서 우리 하숙집에 고양이를 데려가지 못하는 이유를 만들어내려는데 고양이가 날 노려보면서 다시 한 번 못 박는다.

"가자고."

"그래……."

이런 씨, 우리 집에는 또 왜 가자는 거야 도대체? 오늘 재수가 없으려니까… 젠장! 아까 그때 눈 딱 감고 지나가야 했어! 쳇!

"이런 젠장… 맙소사… 어쩌란 말이냐……."

혼자 중얼거리며 어두컴컴한 골목길을 벗어났다. 그런데… 여기가 어디냐? 아까 하도 정신없이 뛰다 보니 길을 잃었나? 괜찮아, 곧 찾을 수 있겠지… 난 무작정 걸음을 옮겼고 고양이는 내 뒤를 졸졸 쫓아오기 시작했다.

"야, 길은 아냐?"

난 별 쓰잘데기 없는 걱정을 다한다는 눈빛으로 그 녀석을 마주 노려보며 대꾸했다.

"물론이지… 그런 걱정은 하지 마, 임마. 내가 서울 생활 15년째야……."

…30분 후.

"젠장, 또 여기야?"

벌써 세 번째다. 아까 객기를 부리며 골목에서 나온 뒤로 계속 발 가는 대로 걸었건만 벌써 세 번째 같은 곳을 지나치는 것이다. 고양이는 내 뒤를 졸졸 쫓아오다 한심한 듯이 말했다.

"아주 젠장을 입에 달고 살아라, 달고 살아. 그리고 너, 솔직히 말해

봐. 여기에서 15년 살았다는 거 거짓말이지?"

"아, 아냐! 절대 아냐!"

"뭐라고 안 할 테니까 자꾸 속이려 하지 말고 사실대로 말해 봐. 거
짓말 맞지?"

"…사실은……."

"그래, 사실은? 일 년이나 됐냐?"

"…한 달도 안 됐어……."

저 녀석이 할퀼까 봐 차마 일주일도 안 되었다는 말은 못했다. 어쨌
든 나의 말을 들은 고양이는 키아아웅! 하고 털을 쫘악 세우면서 날카
롭게 울더니, 잠시 나를 쳐다보고는 한심하다는 듯 고개를 휘휘 젓고
나서 앞발을 들어 까닥거리고는 말했다.

"어이구, 이런 놈을 믿고 따라온 내가 바보지! 야, 따라와."

"나도 모르는 우리 집은 네가 어떻게 알아? 웃기는 소리 하지 말
고……."

"너보다는 이 동네에서 오래 살았어. 됐냐? 아까 거기가 어딘지 외
웠으니까 따라왓!"

"…근데 성질은 왜 내고 난리야……."

"아우, 씨. 확! 안 따라와?"

캬아아웅! 그 고양이는 다시 한 번 날카롭게 소리 질렀고 난 재빨리
대답할 수밖에 없었다.

"아, 아, 알았어! 가면 될 거 아냐, 가면! 누가 안 간대? 참나, 누가
들으면 꼭 내가 안 따라간다고 한 줄 알겠다. 야."

젠장! 기껏 살려줬더니 이게 뭐야… 으으으… 짜증나, 정말……. 어
쨌든 난 그 고양이의 뒤를 쫄래쫄래 따라가기 시작했다. 고양이 뒤를

따라가는 사람이라. 어째 꼴이 우습군. 나를 아는 녀석이 이 장면을 본다면 배를 잡고 구르겠지. 그런 일은 없어야 한다. 하긴, 그리고 보니 서울 바닥에 나를 아는 놈이 있을 리가 전무하지만.

"야, 다 왔어. 이제부터는 네가 찾아가."

"으, 으응……."

건성으로 대답하며 난 주위를 둘러보았다. 아까 그 우리 집 앞 폐공사장이었다. 와! 정말 여기까지 찾아왔네?

"정말 거기서부터 여기까지의 길을 모두 외웠었어? 와, 예상 외로 똑똑한데?"

"아무래도 너보다는 약간 나을 듯싶다는 게 나의 생각이야."

"너의 생각은 틀렸다고 주장하고픈 게 나의 마음이고 말야."

나는 마주 대답해 줬고 그 녀석은 짜증난다는 듯이 날 노려보며 말했다.

"…안 가냐? 빨리 가자고."

발톱을 꽉! 하고 세우며 날카롭게 말하는 그 모습. 허, 내가 아까는 잠시 상황 파악이 안 되고 당황해서 네네 하고 굽실거렸지만, 한낱 너 따위 미물에게 아직도 내가 굽실거릴 줄 아냐? 못 참겠다! 아니, 나는 참아도 내 자존심이 더는 못 참겠다! 이제부터는 내 신념대로 할 거야!

"지금 간다니깐… 왜 화를 내고 난리야……."

…참고로 자존심이고 나발이고 살려면 무조건 참아야 한다는 게 내 신념이다. 후~ 어쨌든 나는 그렇게 천천히 자취로 발걸음을 옮겼고, 몇 분 후에 자취집 대문 앞에 다다랐다. 마침 이웃집 아주머니가 슈퍼에 갔다 오는지 비닐 봉지 몇 개를 손에 들고 지나가다 날 보고 픽! 웃는다.

"학생… 아, 아무것도 아냐."

이런 젠장. 어느새 아까의 일이 온 동네에 쫙 퍼졌군. 하여튼 아줌마들이란, 입이 무지하게 싸다니까. 아주머니는 나를 한참 쳐다보며 웃음을 참더니 아무 말 없이 집 안으로 들어갔다. 곧 그 집 안에서 웃음소리가 바같까지 새어 나왔음은 물론이다.

그리고 고양이가 다시 나에게 깐죽대기 시작했다.

"오죽 바보 짓을 많이 했으면 동네 사람들이 다 너만 보면 웃냐? 네 인간이 어떤 종류로 분류되는지 이제 서서히 윤곽이 잡혀간다."

"널 구해주려다 그렇게 된 거 아냐! 젠장!"

"뭐?"

"젠장! 일단 들어가자. 들어가서 이야기하자고! 동네 사람들에게 '아까는 허공이랑 이야기하더니 이제는 고양이랑 이야기하네, 정말 미쳤나 봐' 같은 소리는 정말 듣기 싫으니까."

"그래, 어쨌든 네 말대로 들어가서 이야기하자구."

그 녀석은 가르랑거리며 나를 따라왔다. 그리고 나는 2층의 자취방으로 올라갔고, 방문을 열자 순식간에 매캐한 냄새가 코를 찔렀다. 우우—! 이게 무슨 냄새야! 이 방 안에만 처박혀 있을 때는 몰랐는데 밖에 나갔다가 들어와 보니 집 안의 냄새가 장난이 아니다. 홀아비 냄새라고 해야 하나? 혼자 사는 남자의 집에서는 언제나 나는 냄새. 그런데 5일 만에 이 정도까지 되어버린 건 내가 생각해도 좀 심하군. 고양이도 캬악! 하고 한번 울부짖더니 말했다.

"이게 사람 집이야, 돼지 우리야?"

"돼지 우리라니. 상당히 실례되는 말이라는 생각 혹시 안드냐? 어쨌든 들어오기 싫으면 좀 가라. 그 편이 너에게도 낫지 않을까? 고양이라면 깔끔하잖아. 그렇지? 아마 너같이 깔끔한 족속은 이런 지저분하고 비위생적인 곳에서는 1초도 못 견딜 거라구."

"괜찮아, 괜찮아. 쓰레기 더미에서 자다가 죽을 뻔한 적도 있는데 뭐. 물론 거기보다 별로 나을 것도 없어 보이지만."

"그럼 들어오든지."

"안 그래도 들어가려고 했다네."

녀석은 나를 따라서 방으로 사뿐히 걸어 들어왔다. 곧 구석에 자리 잡은 고양이. 찌뿌둥하다는 듯이 몸을 한번 쫘악 펴고는 나에게 말을 건다. 그런데 그 녀석이 몸을 쫘악 펴는 바람에 유심히 보게 된 건데, 털 색깔이 정말 까맣다. 그리고 윤기가 좌르르 흐르는 게, 못 먹고 사는 집 동물 같지는 않다. 뭐, 야윈 거 보면 상당히 고생한 것 같기는 하지만, 그 정도로 몸에서 기품이 흐른다는 소리다. 주제에, 참.

"야, 일단 뭐 좀 먹자. 생선 없냐, 생선?"

…난 알게 모르게 녀석의 몸에서 기품이 흐른다는 나의 마음속의 말을 급히 취소했다. 아니, 보자 보자 하니까 이게 점점?

"나도 라면 먹고 사는데 무슨 생선이야, 생선은 얼어죽을."

"참 궁하게도 산다. 그럼 우유 없냐, 우유?"

"참 나원, 기가 막혀서 말이 안 나오네. 너 줄 우유 있으면 내가 마셨다."

"어이구, 참 잘났다. 그럼 빨리 잠이나 자자. 불 꺼라. 아까 자다 깨서 아직도 졸려."

헉! 지금 잔다 그랬냐? 진짜 짜증나네! 이게 자꾸 왜 이래? 이러면서 은근슬쩍 빈대 붙으려는 건 아니겠지? 에이, 아닐 거야.

"너… 너 설마……."

"설마 뭐? 불 꺼. 나 잠 좀 자자. 졸린다구."

'설마 여기서 눌러 살려구?' 이런 식으로 물었다가 저 녀석이 '응' 하고 대답해 버리면 할 말이 없어질 것 같다. 좀 빙빙 돌려서 물어봐야지. 뭐라고 할까… 그래! 이게 좋겠다.

"응, 그래, 자자. 그런데 너 오늘 여기서 자고 내일 아침 몇 시쯤에 갈 거야?"

난 천재다! 이렇게 물어보면 몇 시에 '간다' 는 식의 대답밖에 못하지. 후, 생각해 내느라 힘들었어. 하지만 이렇게 은근슬쩍 애완 동물을 키울 생각은 추호도 없다구!

그러나 그 녀석은 나의 기대를 산산이 부숴 버렸다.

"가긴 어딜 가? 밖이 얼마나 추운데. 나 얼마 간 여기서 신세 좀 지자. 뭐? 알겠다고? 고마워. 자식, 하긴 원래 좀 바보스러운 것들이 착하긴 하지."

"…뭐?"

여기서 좀 살자구. 밖에서 볼 땐 허름해도 따뜻하고 좋네 뭐. 거기 이불 좀 줄래? 좀 덮자. 아, 그런데 덮고 자기엔 조금 크겠군?"

…옛날이야기들을 보면 사람의 은혜를 받은 짐승들이 많이 나온다. 사슴과 나무꾼이나 은혜 갚은 까치나 개와 고양이 같은 것들. 어쨌든 그 이야기들의 공통점은 '도움받은 짐승들' 이 다 자신의 생명을 걸고 은혜를 갚는다는 것이다. 그런데 지금 이 고양이는 고금에 없었던 천인공노할 짓을 시도하려 하고 있다.

은인에게 빈대를 붙는다는. 젠장! 옛날이야기에서 은혜 갚은 까치가 선비에게 빌붙더냐! 이제 더 이상은 참을 수가 없다!

"야아아~!"

"왜?"

능청스럽게 나를 쳐다보며 대답하는 고양이. 그리고 난 말했다.

"나가!"

"어딜?"

"나갓! 미안하게도 난 아직 애완 동물을 키울 생각 같은 건 없거든? 능력 되면 부르도록 하지. 연락처 줄 거야? 없어? 그럼 안타깝게도 그냥 가야겠네. 나갓!"

"…애.완.동.물?"

"그랫! 사람이면 몰라도 동물은 절대 이 집에서 살 수 없어! 내가 동물 털 알레르기가 얼마나 많은지 알아? 게다가 동물 우는 소리만 들어도 경기를 일으킨다고!"

물론 거짓말이다. 알레르기는 무슨… 얼어죽을. 젠장. 이렇게 유치한 거짓말까지 해야 하다니. 하지만 난 정말 난데없이 식객 하나 들이기는 싫다. 그것도 이런 당황스러운 형태의 식객은 특히나. 난 말을 이었다.

"물론 세상에 말하는 고양이가 흔치 않은 건 나도 잘 알고 그렇기에 이렇게 특별한 널 본 오늘은 일생 중 가장 무서웠던 날 중의 하나로 내 기억 속에 생생히 남을 거야. 그러니 제발 너도 오늘을 생명의 은인을 만난 운이 좋았던 날로 기억하고 이제 좀 나가줘라. 너와 계속해서 공포의 기억을 쌓고 싶진 않다. 무엇보다……."

그 녀석은 묵묵히 듣고 있다가 말했다.

"무엇보다 뭐?"

"난 동물이랑은 절대 같이 못 살아! 집주인도 절대 애완 동물은 안된다 그랬어! 그러니 당장 여기에서 나가!"

나는 몸을 휘돌리며 손가락으로 현관을 가리켰고, 그런 나의 멋진 모습을 보며 고양이는 콧방귀를 흥! 하고 뀌면서 눈을 가늘게 뜨고는 말했다.

"그래? 그럼 사람이라면 같이 살 수도 있는 거네?"

아니, 이거 이야기가 왜 또 이렇게 전개가 되나? 이런 경우엔… 뭐라고 답해야 하지? 에라 모르겠다! 난 일단 되는대로 둘러댔다.

"뭐… 음… 이야기가 그렇게 되나 보군. 하하하! 뭐, 사람이라면 생각해 볼 수도 있지. 어차피 이 비좁은 방 안에서는 같이 살기 힘들겠지만. 그래도 상대방이 좁든 말든 상관없다고 한다면… 특히 여자면 더욱… 흐흐흐… 이런, 내가 지금 무슨 말을 하는 거지? 어… 어쨌든 동물은 안 돼!"

"그래? 그렇단 말이지? 후후… 좋아."

"좋긴 개뿔이 좋아! 나… 응?"

난 '미안하게도 널 내보내야겠다'는 의사를 확실히 하고 싶었지만 안타깝게도, 정말 안타깝게도 미처 말을 이을 수가 없었다. 그 대신 난 말을 잃은 채 멍하니 내 눈앞의 장관을 쳐다보았다.

내 눈앞에서, 정확히 말하면 고양이에게서 황금색 빛이 뿜어져 나오고 있었다.

"우으윽! 눈부셔! 이건 또 뭐야, 젠장! 그만 해! 눈부셔!"

물론 내가 그만 하라고 들을 녀석은 절대 아니다. 그 녀석은 내 눈앞을 휘황찬란한 황금빛으로 물들이고 있었고, 나는 그 빛 때문에 눈을 뜰 수가 없었다. 젠장, 눈을 감으니 불안하잖아! 억지로 실눈을 뜨고 쳐다보자 온통 황금빛뿐인 방 안과 그 빛 가운데의 점점 변해가는 실루엣이 보였다. 이건 또 뭐야? 내 앞의 상황을 바라보며 상황을 이해하려고 노력하는 동안 빛은 점점 줄어들었다. 다행이군. 난 또 빛 사이에서 칼이라도 날아올 줄 알았지.

그러나 빛이 사라진 뒤에 날 기다리고 있는 장면은 칼 따위 백 개가 날아온다고 해도 그리 놀랍지 않은 일이라고 치부해 버릴 만한 상황이었다. 내 눈앞에 검은 고양이는 온데간데없고 웬 요염하고 아름다운 여자가 한 명 서 있었던 것이다.

그것도 알몸으로!

"으아아아악! 누, 누구세요!"

물론 나는 아직은 평범한 20세의 길목으로 막 접어드려 하는 평범한 10대 청소년이고, 그렇기에 눈을 똑바로 뜨고 그 모습을 감상할 수는 없었다. 다시 생각할 때마다 아쉬운 일이지만 젠장, 눈을 떴으면 좋았을 것. 그러나 난 눈을 꽉 감아버렸고, 반사적으로 두 손으로 얼굴을 가리며, 온통 암흑뿐인 세상 속에서 천천히 뒤로 물러났다.

으으으… 이런, 이런 일이! 설마, 저 예쁜 여자가 아까 그 고양이가 변한 모습은 아니겠지? 난 두 눈을 가리고 벽에 몸이 닿을 때까지 구르듯이 뒤로 물러섰다. 그런데 앞에서 사라락… 사라락… 하고, 방바닥에 무언가 스치며 움직이는 소리가 들렸다. 서, 설마? 설마?

"오, 오, 오지 마요!"

오면 나야 좋지. 흐흐… 이리 와… 즐겁게 해줄게… 가 아니라! 난 당황해서 소리치며 어서 가라는 발짓─손으로는 여전히 눈을 가리고 있었다─을 해 보였으나 그 사라락거리는 소리는 계속해서 점점 크게 들려왔고 마침내 내 옆에서 멈췄다. 젠장! 난 다시 소리가 멈춘 반대쪽으로 물러나며 계속,

"가요! 가! 아악! 오지 마요!"

를 외쳤으나 내 의견은 완전히 무시되었는지 사라락… 사라락… 하

는 소리는 계속 들렸으며 가끔씩 내가 발작적으로,

"가라니까요, 좀!'

을 외치자,

"푸홋!'

하는 소리가 들려오기도 했다. 어쨌든 나는 그런 식으로 발자국 소리를 피해 다니느라 방구석에까지 몰려 버렸다. 젠장, 뭐야 도대체! 오늘은 왜 이리 황당한 일이 많지? 벽 구석에 몰려서 '이젠 어쩌지?' 를 생각하는 가운데도 그 사라락거리는 소리는 점점 크게 들려왔으며 마침내 내 앞에 그 소리가 멈췄을 때 난 숨도 제대로 쉴 수 없었다. 너무 떨려서. 젠장. 이제 이렇게 당하는(?) 거야? 나야 좋지… 가 아니라! 이익! 이런 상황에서 자꾸 삼천포로 빠지는 내 머리 속이여, 저주받으라!

"풋, 왜 쳐다보지를 못하니?'

내 앞에서 말 소리가 들려왔고 난 눈을 더욱 꼭 감으며 말했다.

"그럼 그렇게 벗고 있는데 어떻게 똑바로 쳐다봐요! 저… 저기, 그러니까, 전 아직 어리고……."

"어리니까 뭐?'

뭐? 뭐라니? 그걸 어떻게 말하냐!

"저… 그, 그러니까."

"푸홋!'

뭐… 뭐야, 그 웃음은? 시답잖다는 거야? 비웃는 거야, 뭐야? 어쨌든 난 조금씩 떨면서 말했다.

"어, 저, 그러니까, 일단 저기 옷걸이 있으니까 거기서 일단 옷이라도 걸치고 나서, 그리고 나서 함께 지, 진솔한 대화를……."

내 의견은 완전히 무시당했다. 중간에 끊긴 것이다. 그것도 그녀의 말이 아닌 행동으로. 그녀가 나에게 점점 다가오는지 사락사락 하는 소리는 계속 들렸고 잠시 후 두 눈을 가리고 있어 구부려져 있던 내 팔에 뭔가 물컹한 게 닿았다. 으으… 이, 이건… 설마… 꿀꺽. 난 재빨리 '무엇'인가에 닿은 팔을 반사적으로 그 '무엇'으로부터 뗐고, 순간 내 눈을 가리고 있던 손도 치워졌다. 어, 젠장. 이거 참 곤란하게 됐구만. 손으로 눈을 가리면 다시 '무엇'에 팔이 닿을 테고. 그렇다고 그대로 있을 수도 없고. 어차피 이리 되도 곤란하고 저리 되도 곤란한 거 그나마 감은 눈이나 확 떠버리고 감상이나 할까?

…하는 고민은 전혀 할 필요가 없었다. 손으로 잘 가리고 있다는 생각에 안심하고 이미 아까부터 꽉 감느라 불편했던 눈은 손 아래에서 뜨고 있었으니까. 젠장. 물론 손가락 틈으로 다 봤다는 건 절대! 아니다. 난 정말 양심적으로 내 눈을 가렸으니까. 어쨌든 내가 손을 치웠을 때 내 눈에 가득 들어온 것은 눈부신 빛, 그리고 어떤 여자의 얼굴이었다. 아쉬운 일인지 다행인지 모르겠지만 그 여자의 얼굴이 워낙 가까이 있어서 얼굴만이 시야를 가득 메웠을 뿐 다른 것은 눈에 보이지 않았다. 그 여자는 미소 짓더니 말했다.

"뭘 그렇게 겁먹고 그러니?"

"아… 으으… 그게……."

젠장, 이 여자는 부끄러움이고 뭐고 없나? 그건 그렇고 이 여자는 갑자기 어디서 나타난 거야? 그런데 가까이에서 얼굴을 찬찬히 뜯어보니 정말 예쁘다. 왜 TV에서는 지나가는 엑스트라까지 예쁜데 내 주위에는 평범한 일상 생활에서 흔히 볼 수 있는 얼굴밖에 없나… 하는 내가 평소에 품고 있던 세상의 가장 큰 미스터리 중 하나는 이제 오늘로써 해결됐다. 지금 내 주위에 그렇지 않은 얼굴이 하나 나타났으니까. 그것도 평범을 매우 크게 벗어나는. 갸름한 얼굴, 새카만 흑발, 커다랗고 약간 째진 눈, 오똑한 코, 붉고 조그마한 입술, 새하얀 피부. 음, 뭐랄까. 청순가련이랑은 거리가 멀어 보이지만 그대신 섹시하다고 할까? 아냐, 그런 게 아냐. 이건… 요염하다. 마치, 고양이? 그래, 고양이의 분위기처럼.

그 아름다운 얼굴의 붉은 입술이 달싹거렸다. 말을 한 것이다.

"내 얼굴만 뚫어져라 쳐다보지 말고 이제 아까 하던 이야기를 해야지?"

난 황당해서 말했다.

"예? 아까 하던 이야기… 라뇨? 저… 초, 초면… 인… 데요…….

"물론 오늘 보기야 오늘 봤지. 하지만 우린 방금 전까지만 해도 서로 이야기를 나누고 있었잖아?"

웬 헛소리야? 얼굴만 예쁘고 정신은 나갔나?

"그, 그게 무슨…….

내가 미인과 정신병과의 상관 관계를 심각하게 고민하고 있을 때, 갑자기 내 시야에 손이 들어왔다. 뭐, 뭐야? 나는 더 이상 물러설 수 없음을 알면서도 계속해서 등으로 벽을 밀어댔고, 그녀는 내가 버느적거리든 말든 아랑곳하지 않고 손으로 내 얼굴을 부드럽게 쓰다듬으며 말했다.

"아까 말했잖아. 사람은 같이 살 수 있다고. 그래서 사람으로 변했잖아. 이제 되는 거야?"

"그, 그럼…….

이런 젠장, 이런 젠장, 이런 젠장!

"고양이?!"

"그래, 맞아."

그 검은 고양이였구나! 이런 젠장!

어쩐지 아까 빛나기 직전에 이상하게 웃는다 했어! 젠장! 일부러 날 놀리려고 그런 걸 거야! 아까 그 녀석의 싸가지를 보면 확실해! 난 순간 눈을 질끈 감으며 외쳤다.

"아… 아니! 아까 말은 다 거짓말이야! 나, 나, 난 동물이 세상에서 제일 좋아! 널 구해준 거 보면 알지? 동물이랑 얼마든지 같이 살아도 돼! 그, 그러니……."

내 얼굴을 계속해서 쓰다듬던 그녀는, 아니, 그 고양이는 '풋' 하고 웃으며 말했다.

"그럼 고양이로 돌아와도 되는 거네?"

"그렇지! 내가 말하고 싶은 게 바로 그거지! 고양이로 당장 돌아와! 설마 애완 동물 한 마리 못 기르겠냐? 어서! 어서!"

"알았어. 거참 되게 보채네."

곧 내 눈앞이 환하게 밝아졌다. 다시 돌아오나 보군. 빛이 상당히 강해서 눈을 감고도 느낄 수가 있었다. 그리고 눈을 감은 내 시야에서 '밝음'이 점점 사라져 가면서, 난 돌아옴이 끝난 걸 알 수 있었다. 그러나 혹시 모르지. 난 조그맣게 실눈을 뜨고 앞을 쳐다보았다. 내 앞에 검은 고양이 한 마리가 얌전히 앉아 있는 모습이 보였다. 휴우, 다행이군.

그런데 도대체 말이야, 저 고양이는 뭐길래 말도 하고 사람으로 변신… 보다 둔갑이라고 해야 하나? 어쨌든 그런 것도 해? 도대체 저 고양이 정체가 뭐야? 정말 귀신인가 설마?

"너, 너, 너, 너, 너… 윽, 말이 잘 안 나오네. 어쨌든 너, 저… 정체가 뭐야?"

그 녀석은 천연덕스럽게 앞발로 자신을 가리키더니 말했다.

"나? 고양이. 그것도 아주 매력적인 검은 털을 자랑하는 고양이. 그건 그렇고 너 아까랑 태도가 많이 다르다? 아까는 벌벌 떨면서 나한테 제대로 말도 못 걸더니 지금은 완전히 딴판이네? 나 다시 인간으로 변해?"

"변하고 나발이고 간에! 바른대로 말해! 너, 귀… 귀신이지! 으악! 귀신이야! 틀림없어! 우와! 무서워! 가까이 오지 맛!"

"…아주 혼자서 쇼를 해라, 쇼를 해."

"그렇잖아! 고양이가 말도 하고, 게다가 사람으로 변해? 이건 말도 안 돼! 설마… 구미호? 맞아! 구미호는 사람으로 변하지? 그것도 예쁜 여자… 에라이 이 자식아! 생명의 은인을 잡아먹어? 내 간은 지방간이야, 매일 술에 절어서… 맛없어!"

"놀고 있네. 아주 점점 더 연기에 몰입하는구나. 계속해라, 계속해. 고작 여우냐? 아주 나를 호랑이나 사자로 만들지 그러냐?"

"으아악! 점점 더! 이젠 비꼬기까지 하고! 저 인간에 필적할 만한 지성이라니! 도대체 너, 너, 정체가 뭐야?"

그때였다. 갑작스레 굉음과 함께 이웃집에서 비명 소리가 들린 것은.

드르르륵!

"아, 시끄러워! 잠을 못 자겠어, 잠을! 사람 잠 좀 자자!"

…나는 멋쩍게 들리지도 않을 만한 목소리로 '예'라고 웅얼거리며 주저앉았고, 고양이는 나를 계속해서 노려보다 이윽고 한마디를 던졌다.

"쇼는 끝났냐?"

"…너, 도대체 정체가 뭐야?"

"아직 안 끝났나 보군."

"난 진지해! 아까 약속했으니 여기서 잠은 재워주겠지만, 네 녀석의 정체는 알아야 할 것 아니냐? 응? 그걸 알려줘야 나도 너를 데리고 살 수 있겠어!"

그 녀석은 고개를 몇 번 좌우로 젓더니 앞발로 머리를 톡톡 두드리는, 마치 사람의 골치 아프다는 제스처를 취하고는 말했다.

"그렇게 내 이야기가 듣고 싶냐?"

난 빠르게 대답했다.

"아, 아니! 네 정체를 알고 싶을 뿐이야!"

"그거라면 더 말할 것도 없어. 난 고양이일 뿐이야."

"난 우리 동네 과부네 고양이가 근육질 남자로 변해서 그 아주머니를 즐겁게 해준다는 이야기는 들어본 적 없어! 우리 사촌 동생의 고양이가 언제나 명랑한 그 녀석과 즐겁게 이야기하며 뛰어논다는 이야기는 더 더욱 들어본 적 없고! 넌 평범한 고양이가 아냐! 겉모습만 고양이일 뿐이지! 내 말 틀렸어?"

"반은 맞고 반은 틀렸네. 난 고양이가 맞아. 단지 평범한 고양이가 아닐 뿐이지."

"그… 그런……."

난 황당하다는 표정에 궁금하다는 표정을 섞어서 그 녀석을 쳐다봤고 그 녀석은 다시 한 번 아까의 골치가 아프다는 제스처를 취한 다음 입을 열었다.

"내가 왜 평범하지 않은 고양이인지 궁금해?"

"물론, 매우 궁금해!"

"그건… 내가 350년을 살았기 때문이야."

뭐, 뭐, 뭐어어어? 사, 사, 사, 삼백오십 년?!

제2장

안개 같은 기억 속의 옛날이야기

"그래, 삼백오십 년."

"마, 마, 말이 되는 소리를 좀 해라. 아니, 그게 말이냐?"

말도 안 되는 소리. 고양이라면, 2~30년 살면 '참 끈질기게도 오래 산다'는 소리를 듣는 동물일 텐데 350년을 살았다니? 지금 나와 장난 치자는 거야 뭐야? 그 녀석은 나를 침울하게 올려다보더니 말했다.

"믿기지 않겠지만 사실이야."

"그, 그게 무슨… 말도 안 돼! 난 믿을 수 없어!"

"만약 누가 너에게 말하는 고양이나 사람으로 변하는 고양이가 있다고 하면 믿을 수 있었을까?"

"……"

그렇군. 고양이가 350년을 살았다는 이야기도 '말하는 고양이'보다는 현실적이겠군. 내 눈앞에 '말하는 고양이'가 나에게 말을 걸어오는데 무슨 이야기를 못 믿을까. 어쨌든 그 녀석은 드러눕듯이 편하게 누워 있던 자세를 바로잡으며 말했다.

"듣고 싶어? 내 옛날이야기를? 뭐, 이야기랄 것도 없고 한 10분이면 끝날 이야기이지만."

"…응."

"난 별로 들려주고 싶지 않은데."

뭐야? 네가 이야기를 꺼내놓고 다시 네가 들려주기 싫다고 하면 어떻게 하자는 거야? 내가 막 녀석에게 따지려 할 때 녀석이 다시 입을 열었다.

"됐어, 할 일도 없고 잠은 다 깼는데 밤은 너무 길군. 약간은 신비한 이야기라 믿기지 않을지도 몰라. 하지만……."

"알았어. 믿어줄게."

난 녀석의 말을 잡아채며 내 말을 집어넣었고, 그래서 녀석은 어쩔 수 없다는 듯 잠시 고개를 젓고는 희미하게 웃는 듯한 표정을 짓더니 말했다.

"그럼 시작할게."

그 녀석은 다시 편안하게 드러눕더니 잠시 털을 가다듬고는 하품을 한 번 한 뒤에 자신의 옛날이야기를 나에게 들려주기 시작했다.

그 오래된 과거의 이야기. 삼백, 아니, 정확히 말하자면 삼백오십 년 전의 옛이야기를.

이미 갈색으로 변해 버렸을 것 같은 그 묵은 기억을…….

350년 전. 프랑스. 낭트.

부글부글부글…….

마녀의 냄비에서는 언제나 무엇인가가 끓고 있다. 내용물의 색은 초록색이 대부분이었으며, 냄새 또한 언제나 역한 초록빛 냄새. 고양이는 도저히 그곳에서 끓고 있는 것이 무엇인지 알 수 없었다.

마녀의 실험실은 언제나 어두컴컴했으며 습기로 인해 답답하고 눅눅했다. 고양이의 주인이었던 마녀 퀴에르는 언제나 마법의 주문을 중얼거리며 냄비를 휘젓고 마법책을 읽으며 마법의 진을, 그리고 악마의 힘을 끌어들이는 의식을 행했다.

마녀는 대부분 자신의 패밀리어로 고양이를 선택한다. 고양이는 대표적인 요물이며 음의 기운을 띤 동물이기 때문이다. 고양이가 개와 상극인 이유도 개는 양의 기운을 띠고 있으며 고양이는 음의 기운을 띠고 있기 때문이다. 음의 기운을 띤 고양이는 어두운 곳을 좋아하며, 습한 것을 좋아하고, 조용한 것을 좋아하며, 사람을 홀리기를 좋아하고, 장난치기를 좋아하고, 그리고 마녀를 좋아한다.

퀴에르의 고양이를 제외하고는.

마녀는 언제나 몸에서 영력을 뿜어낸다, 모든 영적 능력이 강한 자가 그러하듯이. 특히 퀴에르는 20세라는 젊디젊은 나이로 이미 낭트 지역을 넘어선 전 프랑스에 그 이름이 알려져 있는 장래가 촉망받는 천재 마녀로서 엄청난 영력을 가지고 있었던 데다가 언제나 실험실에 처박혀서 혼자 흑마법을 연구하느라 누군가를 두려워할 필요가 없어 영력을 의식적으로 조절하지 않았기에 매일같이 엄청난 영력이 뿜어져 나왔고, 그런 퀴에르의 주위에 붙어다니는 고양이는 그녀의 몸에서 뿜어져 나오는 영력을 자신도 모르게 상당히 많이 흡수했다. 그리고 그런 식으로 고양이 자신도 모르게—당연히 알 수 없었을 것이다. 그때는 평범한 고양이었으며 지성이 없었으니까—고양이의 몸에는 영력이 점점 쌓여갔고, 그러던 어느 날, 어느 순간.

퀴에르의 고양이는 자신의 눈이 세상을 생각으로 쳐다보고 있다는 것을 깨달았다.

그리고 '그녀'는…….

…여기서 나는 잠시 궁금한 게 생겨서 고양이의 말을 끊었다.

"아, 맞아. 너, 아까 여자로 변신했었잖아?"

"그렇지. 그게 나한테 편하니까."

"그래? 암컷인가 보군?"

"그래. 왜? 뭐가 잘못되었나?"

난 참으로 궁금하다는 듯이 물었다.

"그런데 왜 이렇게 싸가지가 없어?"

그녀는 잠시 할 말을 잃었다는 표정으로 나를 노려보더니 말했다. 고양이가 노려보면 정말로 무섭군.

"…성별과 그런 것은 관계가 없지, 아마. 이야기나 계속 들어. 중간에서 끊지 말고."

고양이는 이야기를 이어 나갔다…….

'그녀'는 생전 처음으로 자신이 어디 있는지 깨달았다. 그전까지의 기억은 모두 몽환적인 느낌이었으며 안개 속의 기억이었고 무언가 자신이 아닌 듯한 느낌이었다. 사람으로 치면 아기 때의 기억이라고 할까? 어두컴컴한 세상 속에 자신의 주인의 목소리와 손짓, 그리고 우유와 생선의 향기만이 기억에 남아 있었다. 습한 느낌과 함께. 그러나 지성을 가지게 된 동시에 고양이는 자신이 어디에 있는지 자각했다. 자신의 주인, 마녀 퀴에르의 무릎 위에. 조금 전까지 자신이 퀴에르의 부드러운 손길에 가르릉거리며 기분 좋게 울었던 기억이 희미하게나마 남아 있었다. 그러나 지성을 가진 후 참을 수 없이 밀려오는 첫 번째 기분은 마녀에 대한 기분 나쁨이었다.

'으으… 뭐야, 이건… 숨 막힐 정도로 어둡잖아…….'

그녀의 첫 혼잣말은 불행히도 어두움에 대한 불평이었다. 그러나 퀴에르는 아직까지 자신의 사랑스러운 고양이가 무엇을 생각하고 있는지 모르고 있는 것 같았다. 아니, 생각하고 있다는 것조차 알 리가 없었다. 고양이가 지금 가르릉거리는 것이 아까와는 다른, 기분이 나빠서 생기는 본능적인 신음이라는 것도.

고양이는 주인이 자신을 사랑하고 아껴주는 것은 알지만 퀴에르의 어둠이, 그리고 실험실의 어둠이 너무나 싫었다.

며칠이 지나가고.

고양이는 퀴에르가 점점 자신을 다른 눈으로 보는 것 같은 기분이 들었다. 뭔가 자신에게 놀란 듯한 눈빛. 왠지 자신이 상당량의 영력을 가지고 있다는 사실을 들킨 것 같았다. 지금까지 고양이는 자신의 영력을 잘 갈무리하고 숨기기 위해 상당히 노력했지만 은연중에 흘러나오는 약간의 영기까지 숨기기는 무리였던 것이다. 고양이는 조금씩 불안해졌다. 들키지는 않았을까? 만약 들켰다면 퀴에르는 나를 어떻게 생각할까?

다시 며칠이 지나가고.

계속되는 기분 나쁨. 주인은 언제나 자신을 따뜻하게 대해줬지만 그 눈빛에는 왠지 모를 의심과 어둠이 섞여 있었다. 그리고 언제나 주인의 몸에서 뿜어져 나와 자신에게 흘러 들어오는 숨이 막힐 정도로 강한 어둠의 기운, 실험실에서 언제나 풍기는 토할 것 같은 역한 냄새, 촛불 한 자루와 난로의 모닥불에서 나오는 불빛조차 검게 만드는 이곳이 싫었다. 온통 주위에는 어둠, 어둠, 어둠뿐.

고양이는 더 참을 수 없었다. 이대로 있다가는 미쳐 버릴 것 같았다. 이 어둠 속에서 그녀가 느끼는 것은 따뜻한 빛에 대한 끝없는 갈망이었다.

그리고 어느 외롭게 비 내리던 날, 퀴에르가 마녀의 집회에 참석하러 그녀의 자줏빛 빗자루를 타고 날아가 버린 날, 빗줄기 사이로 무거운 안개들이 세상을 감싸던 날.

고양이는 도망쳤다. 숨 막힐 듯한 어둠 속에서.

…고양이는 말을 마쳤고 그녀가 들려주는 신비로운 중세 시대 마녀의 이야기에 난 송두리째 넋을 잃었다. 마녀… 의 고양이었다고?

"그럼 마녀라는 게 실제로 있었다는 말이야?"

"그래. 그중에서도 퀴에르는 정말… 후~ 퀴에르와 같이 살 때는 흑마법이나 주술, 영력 같은 것에 대해 잘 몰라서 그녀의 무서움을 몰랐지만, 지금 생각해 보면… 으으……."

"그런데 마녀와 같이 사는 고양이는 누구든 말을 할 수 있는 거냐?"

고양이는 고개를 가로저으며 대답했다.

"아냐. 퀴에르는 나와 언제나 붙어다녔고, 그래서 난 그녀에게서 영적인 기운을 잔뜩 받을 수 있었지. 때문에 다른 고양이와 다르게 말을 할 수 있게 된 거고."

계속 못 알아들을 소리만 하는군. 어휴, 어쨌든 나는 다시 물어보았다.

"그런데… 그 영기라는 것과 네가 말을 하는 것은 무슨 관계인데?"

고양이는 잠시 생각에 빠진 듯 말없이 눈만 깜박깜박 하더니 이윽고 꼬리를 흔들거리며 입을 열었다.

"음… 영적인 기운이 동물에게 지성을 주는 원리가 어떤 건지는 나도 잘 모르겠어. 미안. 하지만 그 영적인 기운이 오랜 시간 쌓이면 동물에게 이성적 생각을 준다는 결과 하나는 잘 알고 있지. 내가 그런 케이스니까. 음, 그러니까, 옛날이야기 보면 구미호나, 아니다. 이건 원래 일반 동물과는 다르고, 호랑이, 아니지. 이건 성스러운 동물이니 우리 같은 거와는 좀 다르지… 너구리! 그래, 너구리. 옛날이야기를 보면 천 년 묵은 너구리는 막 말도 하고 도술도 쓰고 그러잖아?"

"…하지만 그런 너구리는 천 년을 살아야 그렇게 되잖아."

"멍청하긴! 퀴에르에서 계속 엄청난 영기를 받았다고 했잖아. 그 기운은 엄청나다구. 다른 동물은 절대 그런 기회를 얻을 수 없을걸. 그리고 그런 밑바탕에서 300년 동안 다시 틈틈이 영기를 쌓는 훈련을 했으니까, 나도 잘은 모르겠지만 아마… 음, 역시 모르겠다. 하여튼 그래서 내 몸에는 엄청난 기운이 쌓여 있어."

어휴, 머리 아파! 난 빠개질 듯한 머리를 부여잡으며 생각을 정리한 다음 다시 질문을 던졌다.

"그런데… 어떻게 삼백오십 년이나 살게 됐어?"

"그것도 역시 영기가 강해서 그래. 천 년 묵은 호랑이나 너구리, 여우 이야기는 많이 들어봤잖아? 호랑이 같은 경우는 원래 영물, 아니, 금수의 왕이니 웬만해선 오래 살 수가 있고, 너구리나 여우도 대표적인 요물이니 호랑이만큼은 안 돼도 운 좋게 영기가 뭉치기 시작하면 수백 년을 살 수 있지. 나도 마찬가지고 사람도 역시 마찬가지야. 도사, 뭐 이런 사람들은 수백 년을 산다고 전해지잖아. 하지만 사람 중에서는 그런 사람들이 극히 드물지. 그것은 이미 사람이 수명의 축복을 받을 필요가 없을 정도로 많은 축복을 받았기 때문인데……."

나는 손을 들어 녀석의 말을 제지했다. 으으, 머리 아파!

"으으… 모르겠어. 너무 어려워. 그건 그렇고, 그 사람으로 변하는 것도 영기가 강해지면 할 수 있는 거야?"

고양이는 고개를 가로젓더니 말했다.

"아냐, 그건 내가 각고의 수련 끝에 얻은 주술이야."

"주… 술?"

"그래, 주술."

"…왜 사람으로 변하지?"

"원래 동물은 그래. 나도 어쩔 수 없이 그러는 게 맘에 안 들긴 하지만, 동물은 본능적으로 인간을 회구하지. 구미호들이 인간의 간을 빼먹는 이유도 그들만의 주술로 인간으로 변하기 위해서야. 나도 앞으로 얼마의 영력을 쌓아야 할지는 모르겠지만 인간으로 변할 생각이고. 하긴 지금 생활이 너무 편해서 꼭 변하고픈 생각은 없지만."

"와~ 너, 어려운 말 잘 쓴다? 회구한다고? 그리고 인간으로 변하고 싶다고? 넌 이미 마음만 먹으면 인간으로 변할 수 있잖아?"

"진짜 인간 말이야, 진짜 인간. 변신 따위 하지 않아도 영원히 인간의 모습을 유지할 수 있는, 인간의 영혼을 가진 진짜 인간. 물론 나도 영기가 강해서 사람으로 변할 때는 인간이나 다름없지만, 그런 껍데기는……."

응? 웃긴다, 참. 나 같으면 고양이와 인간을 자유자재로 넘나들 수 있는 지금이 훨씬 더 편하겠다. 왜 사람이 되려 하는 거야? 난 이런 류의 질문을 했고 그 녀석은 묵묵히 서글프게 날 올려보더니 말했다.

"동물은… 인간이 부러워서… 인간이 되고 싶어하지… 언제나……."

"아니, 인간이 왜 부러운데? 물론 사람의 사회라는 게 편하긴 하지. 하지만 지금 네 모습도 상당히 편할 것 같은데?"

"응… 그냥. 인간이 부러워서. 원래 나 같은 동물들은 그래. 음양의 조화를 찾을 수 있는 생물은 인간밖에 없거든."

"그건 또 무슨 소리야! 그럼 너희는 조화가 없나?"

"조화가 있긴 있지만 어느 한쪽에 기우는 성격이 짙지. 예를 들면 나 같은 고양이들은 음의 성격을 띠고 있지. 그것도 아주 강한. 우리와 언제나 상극을 이루는 개는 양의 기운을 품고 있고."

"그… 런 거냐? 그럼 사람은?"

"사람 같은 경우는… 개인 차는 있지만 음양의 조화가 완벽에 가깝다고 알고 있어. 그리고 이런 음양과는 상관없는, 훨씬 중요한 인간이 되고 싶은 영혼의 문제가 있지만, 그걸 이야기하자면 너무 어려워지고 나도 그쪽까지는 잘 모르기 때문에 넘어가자."

으아악! 머리 아파! 도대체 계속 무슨 소리를 하는 거야! 난 잠시 머리를 부여잡고 끙끙대며 생각을 정리하다가 질문을 던졌다.

"음… 맞아! 아까 너는 어둠이 싫다고 그랬지? 그런데 고양이는 음의 성격을 띠고 있다며? 원래 음이라는 게 어둠을 좋아하지 않아?"

"그렇지… 아마도."

"으음, 그런데 넌 아까 네 이야기에서 어둠이 싫다고 하지 않았나?"

"그래. 그런데? 왜 난 음의 생물이면서 어둠을 싫어하냐고?"

"응!"

"모르겠어, 나도. 언제나 예외라는 게 있으니까 세상이 재미있는 거 아니겠어? 난 이상하게 지성을 가지게 된 뒤부터 음기를 띠는 것들이 싫더라고. 요물들 말이야."

음기를 띠는 것? 요물? 도대체 어쩌다가 이야기가 여기까지 흘러 버린 거야! 젠장! 하나도 이해가 안 되네! 하지만 머리 속이 뒤죽박죽이 된 가운데에서도 내 호기심은 나에게 계속해서 '주인, 내 대신 질문 좀 해줘. 요물이 뭘까? 궁금해 미치겠어'라고 말하며 안 그래도 복잡한 내 머리 속을 뒤집어놓고 있었다. 젠장! 요물이 뭐긴 뭐야, 요물이지! 싫어! 안 물어봐!

"저… 요물은 또 뭐야?"

으윽. 결국 호기심에 져버린 나는 어차피 녀석이 알아듣지도 못할 대답만 지껄여 댈 걸 뻔히 알면서도 물어보고야 말았다. 그리고 고양이는 잠시 나를 노려보더니 대답했다.

"하나를 알려주면 열을 아는 사람이 있는가 하면, 열을 알려줘도 하나도 모르는 사람도 있다더니 네가 바로 그렇구나. 아까부터 다 설명 했잖아? 음기를 띠는 동물이 요물이라고. 세상의 동물들을 굳이 나누 자면 영물과 요물 둘로 나눌 수 있는데, 예를 들면 호랑이, 곰, 개 등 양 기를 띠고 있는 것은 영물이고, 여우, 너구리, 고양이… 등등등처럼 음 기가 짙은 것들은 요물이야."

"그 두 무리는 뭔가 다른가 보지?"

"다 달라! 다! 다! 싸그리 다르다고! 이제 됐냐? 이제 지긋지긋하니 까 그만 좀 물어봐라. 응? 이제 잠이나 좀 자게 불이나 좀 꺼다오. 응?"

"아, 알았어."

내참, 기가 막혀서. 지가 집주인이야? 왜 이래라저래라야? 젠장! 좀 따져야겠다!

"잘 자."

흐흠… 뭘 또 따지냐. 그냥 웃고 넘어가면 서로 좋지.

"오냐, 오냐. 그리고 난 밝으면 잠이 안 오니까 제발 불 좀 꺼라. 응?"

"아까는 어둠이 싫네 어쩌고 그러더니……."

"젠장, 마음만 영물이면 뭐 하냐. 몸은 요물인데. 그리고 영물이든 요물이든 원래 환하면 잠이 안 오는 건 당연한 거야. 알았지? 그런데 그 불 언제 끌 거냐?"

"끄면 될 거 아냐, 끄면! 좀 보채지 좀 마!"

"알았어, 알았으니까 일단 그 불 좀……."

달깍.

난 더 이상 녀석이 졸라대는 소리를 듣고 싶지 않아 불을 꺼버렸고 녀석은 입을 다물었다. 후우, 이제야 조용해졌네. 나도 좀 자야지. 난 손으로 더듬어 아무렇게나 개어져 있는 이불을 찾아서는 대충 펴고 잠에 빠져들었다.

제3장

아침 새소리, 차가운 공기, 시장 가는 길

주위는 따뜻한 빛뿐이었고 나는 수십 겹의 옷을 껴입은 채 뒤뚱거리며 길을 걸어가고 있었다. 난 어디로 가는 걸까. 모르겠다. 누군가 뒤에서 나를 애타게 부르는 소리가 들려왔다.

"이봐요… 이봐요……."

"예?"

대답하며 뒤를 돌아보는 순간 굳어버리는 나. 어젯밤의 그 예쁜 여자가 내 뒤를 따라오고 있었다. 난 약간 떨리는 목소리로 인사했다.

"아… 바, 반가워요."

"언젠가 뵌 적이 있죠? 반가워요. 어머, 그런데 이렇게 따뜻한 날씨에 웬 옷을 이렇게 많이 입고 있어요?"

응? 따뜻한 날씨라고? 지금은 겨울인데… 의아해하면서 그녀를 보니 그녀가 걸친 옷은 달랑 반팔 티셔츠 하나에 헐렁한 반바지 하나. 보는 사람도 가볍고 시원하게 느끼도록 입고 있었다. 아, 그러고 보니 지금은 여름이지.

"아하하하, 제가 왜 이러고 있었죠? 멍청하게. 하하하!"

난 멍청하게 웃으면서 점퍼를 시작으로 두껍게 입었던 옷을 벗어서 내려놓았다. 근데 참 이상하네. 여름인데 난 왜 이리 춥지? 으으으, 추워.

"으으… 이상해라… 약… 약간 춥지… 않아요? 이상하네… 난 왜 이리 춥지? 날씨가 갑자기 추워졌나?"

조금이 아니라 많이 춥다. 으으으으… 난 이빨까지 딱딱거리면서 그녀를 바라보았고 그녀는 생긋 웃으며 말했다.

"옷 고마워요. 잘 입을게요!"

"아… 예… 그런데 죄송하지만 무, 무슨… 춥다… 하… 무슨 소리신지……."

"고마웠어요. 후훗, 그럼 이만."

그녀는 생긋 웃더니 내 옷가지를 주섬주섬 주워 들고는 갑자기 뒤로 돌아서 도망치기 시작했다. 아악! 이제 보니 옷 도둑이잖아! 난 급히 붙잡으려 했지만 이미 그녀는 어디론가 사라지고 없었고, 난 미친 듯이 떨면서 몸을 웅크렸다. 으으으… 추워… 추워…….

"추워… 추워… 얼어 죽겠다……."

짹짹짹짹!

"으으으… 추워… 죽으려니 새소리가 다 들리는군……."

부우우웅.

"젠장… 죽으려니 차 소리까지 다 들리고… 얼어 죽긴 싫었는데……."

그런데 햇볕이 참 따뜻하고 눈부시군……. 주위에 새소리, 차 소리
는 참 시끄럽고… 마치 일어나라고 시위라도 하는 듯한데. 하아암~
난 비몽사몽간에 눈을 비비며 내 정신이 현실 세계로 점차 돌아오는
느낌을 잠시 편하게 누워서 즐겼다. 으음, 아까 그건 꿈이었나? 역시
꿈을 꾸고 있었나 보다. 그 증거로 흰 공간은 온데간데없고 흐릿하게
하숙방 천장이 보이니까. 그리고 꿈에서는 추웠는데, 지금은… 지금
은… 지금도 춥잖아?!

"제… 젠장, 지금도 춥잖아! 어떻게 된 거야? 으… 추워… 얼어죽겠
다… 꿈인가?"

난 볼을 꼬집어보았다. 안 아팠다. 아직도 꿈인가 보군. 그러나 난
곧 얼굴과 손이 차가워서 신경이 무감각해졌다는 것을 깨달았다. 젠장,
뭐야! 누가 내 이불 가져갔어!

"으아악! 추워! 춥단 말야! 누가 내 이불 가져갔어, 젠장!"

난 순식간에 방금 전까지의 꿈과 현실을 구별 못하던 기분에서 벗어
나며 벌떡 일어났다. 젠장! 이불, 이불 어디 갔어! 혼자 사는 집에서 누
가 내 이불을 집어가다니 그게 말이 돼! 난 주위를 황급히 둘러보았고
내 발치에 이불이 쌓여 있는 것을 보았다. 휴우, 자다 걷어찼나 보군.
으, 추워. 어쨌든 잠은 다 깼으니 이불이나 치워야겠다. 으음, 난 눈을
비비며 이불 가까이로 다가갔다. 그런데 이 이불 꼭 누가 덮고 자는 것
같네? 에이, 덮긴 누가 덮어. 혼자 사는 집에. 난 중얼거리며 이불에 손
을 가져다 댔다.

"으으음……."

이건 또 무슨 소리야? 이불에서 들려온 소리인데. 허, 참 웃긴 일이

로세. 이불도 잠꼬대를 다 하고. 아직도 잠이 덜 깨어서 그런가? 그건 그렇고 내 이불이지만 이 이불 참 이상하다. 왜 이불에 얼굴이 하나 달렸냐? 그것도 예쁜 여자 얼굴이. 꼭 꿈속에 나왔던 그 여자처럼 생겼네? 어쨌든… 음… 이상하다… 이상하다… 이상? 아악!

"다, 당신 누구야!"

"으음… 시끄러… 잠 좀 자자……."

그녀는 그렇게 중얼거리더니 다시 조용해졌다. 잠깐 웅얼거리고는 다시 잠으로 빠져든 것이다. 아아, 뭐란 말인가? 내가 어제 뭘 했지? 혼자 쓸쓸히 술 마시고 집에 여자라도 끌어들였단 말인가? 아냐! 난 생각을 정리했다. 난 혼자 쓸쓸히 집에 돌아왔지. 그런데… 음… 아, 맞다. 집으로 돌아오다가 죽어가던 고양이를 구해줬지. 말하는 고양이었어. 그리고 나는 그 고양이를 집으로 데리고 들어왔지. 그리고 그 고양이는 여자로 변했는……

젠장, 그렇군. 어제 일도 잊어버리다니, 나는 어쩌면 아주 약간 바보일 수도 있겠군. 하하. 순식간에 그 여자에 대한 신비감과 경외감은 싸악 사라졌으며 그 대신 나는 정말 운수도 더럽게 없는 내 인생을 저주하면서 발로 그 여자 얼굴을 톡톡 찼다. 이봐, 이봐, 이 은혜를 원수로 갚는 싸가지없는 고양이 아가씨. 이제 일어나, 좀.

"아우 씨, 누구야? 나 좀 더 잘래… 음……."

후우, 발로 건드려도 안 일어나? 하긴, 내가 너무 무례했군. 숙녀에게는 좀 더 상냥하게 대해야겠지. 난 천천히 그녀의 귓가에 입을 대고 따뜻하게 속삭였다.

"일어나아아아앗! 이 배은망덕한 고양이 자식아아아아! 추워 죽겠단 말이다앗! 그리고 해가 중천에 떴는데 뭐 하는 거야! 엉? 일어나라구우웃!"

"까아아아악!"

그 녀석은 소리를 빼액 지르며 눈을 번쩍 뜨더니 멍하니 주위를 둘러보다가 나를 쳐다보고는 '아이 씨, 왜 깨우고 난리야, 짜증나게. 고막 터지는 줄 알았네' 비슷한 말을 궁시렁거리며 다시 드러누웠다. 이런 젠장. 난 다시 그녀를 발로 톡톡 건드리며 말했다.

"좀 일어나시지? 해가 중천에 떴어. 안 일어나면 그냥 이불 치운다!"

그 녀석은… 음, 여자로 변하니까 정말 예쁘긴 예쁘군. 하지만 지금 예쁘고 나발이고는 문제가 아니다. 어쨌든 그 녀석은 내가 이불을 치운다고 을러대자 그 큰 눈을 동그랗게 뜨더니 장난스럽게 날 쳐다보며 대답했다.

"나 아무것도 안 입었는데? 치워, 치우든지 말든지. 그렇게 여자 알몸이 보고 싶은가 보지? 이제 보니 저질 변태 아냐?"

아씨, 혈압 오르려고 해! 그냥 눈 딱 감고, 아니, 눈 똑바로 뜨고 확 걷어버려? 난 뻑뻑해지는 내 뒷목을 마구 주물러 댔다. 아프기만 하군. 젠장.

"그래, 말이나 묻자."

"쿨……."

"잠 좀 그만 자고 들으란 말이야아아아! 허억! 헉! 콜록콜록!"

"왜 소리는 지르고 난리야."

"그럼 소리 안 지르게 생겼냐? 이봐, 뭐 좀 묻자. 도대체 고양이라면 털도 많고 따뜻할 텐데 사람으로 변해서 이불까지 뺏어간 이유가 뭐야?"

"이 방 뭐 이러냐? 아주 바람이 사방에서 술술 들어오는 게, 집주인한테 집 수리 좀 해달라고 해. 아주 단열이 최악이야, 최악. 자는데 추워서……."

"털 있는데도 춥다고 떼쓰는 네가 그러면 난 얼마나 추웠겠냐, 이 요물 같은 것아!"

"자꾸 요물요물 하지 마라. 그 말 싫어한다고 그랬잖아."

으으… 저렇게 이불 뒤집어쓰고 누운 채로 눈 감고 말 한마디 한마디 받아치는 거 보면 정말이지 요물 같다. 어쨌든 나는 계속해서 따졌다. 빙빙 돌려 말하면 자꾸 꼬투리 잡히니까 아예 딱 부러지게 물어봐야지!

"이불 왜 가져갔냐?"

그 녀석 역시 똑 부러지게 대답했다.

"추워서."

"추.워.서?"

"응."

"그럼 사람으로는 왜 또 변했는데?"

"고양이인 몸으로 이불 쓰면 사이즈가 안 맞거든. 자칫하면 이불 때문에 자다가 숨 막혀."

어이구, 참 가지가지 하시는구만.

"그럼 이제 그만 고양이로 돌아오시는 게 어때?"

"조금만 더 자고 나서."

"이제 잠이 깰 때도 되지 않았냐?"

"어제 잠을 못 잤더니 아직도 졸리네."

"그래? 그럼 잘 자라."

"웬일로 순순하네?"

"……."

난 대답없이 몸을 돌렸다. 그냥 자게 놔둘 거냐구? 물론 아니다. 난 그대로 문으로 다가가서 문을 활짝 열어젖혔다.

휘이이잉!

얼음장같이 차가운 바람이 마치 문을 열기만을 기다리고 있었다는 듯이 해일처럼 쏟아져 들어왔다. 와! 시원해. 그리고 그녀는 뒤에서 소리쳤다.

"꺄악! 문 닫아!"

당연히 나는 딴청을 피웠고.

"공기가 탁하구나… 흠, 흠, 환기를 좀 시켜야겠는걸. 와! 시원하다. 상쾌한 공기가 아주 방 안으로 퍼붓는구나, 퍼부어. 고양아, 너도 시원하지? 아참, 그러고 보니 고양이는 자겠구나. 응? 안 자는구나. 그런데 왜 그리 날 죽일 듯이 노려보니? 잠이 안 오나 보지? 그럼 일어나야지. 추우면 고양이로 돌아오는 것도 좋겠다야. 털 많으니까 따뜻할 거 아냐. 푸하하하하!"

난 결국 통쾌한 웃음을 터뜨렸다. 아아, 복수! 기분 좋은 복수! 이 복수에의 쾌감이여! 계속해서 웃음이 나오는구나!

"푸하하하… 헤헷춰!"

에춰! 크응. 콧물이 나오는군. 그러고 보니 문을 열어놓으면 나도 춥다는 사실을 망각했네. 역시 복수는 복수를 실행하는 당사자조차 파멸로 몰고 간다는 옛 말은 진리였나 봐.

"얼씨구, 잘났어. 자기가 문 열고 자기가 감기 걸리네."

"가, 감기 걸린 거 아냐. 그저 추워서 콧물이 좀… 에츄!"

"잘났어, 정말. 추우면 문이나 좀 닫지 그래?"

"아, 안 그래도… 다, 닫을 생각이었어. 나, 나한테 자꾸 보채지 마. 으, 추워."

콩!

난 벌벌 떨면서 문을 닫았고 내 등 뒤에서는 계속 픽픽거리는, 마치 풍선의 바람이 빠지는 듯한 실없는 비웃음 소리가 들려왔다. 그만 해라, 좀.

"어쨌든 이제 좀 고양이로 돌아오시지? 추워 죽겠어. 나도 이불 좀 덮자."

"어휴, 남자가 돼가지고선 엄살은… 참어."

"아참, 그러고 보니 네가 프랑스 출신이라고 했었나?"

"응. 그런데 왜?"

그녀는 그 큰 눈을 깜박이며 호기심 어린 눈으로 날 쳐다봤고 난 따뜻하게 내 궁금증을 들려주었다.

"그런데 왜 그리 싸가지가 없어?"

"…국적과 그런 것은 별 상관 없다고 알고 있어."

농담 따먹기를 해도 하나도 재미없군. 언제 이 녀석과 시시껄렁한 농담이나 주고받을 정도로 친해졌는지 모르겠지만 말야. 에휴! 라면이나 하나 끓여 먹어야지.

난 부엌으로 갔다. 우리 자취방의 부엌은 방 옆에 있는데 정말이지 발 디딜 틈도 없을 만큼 작은 크기이다. 그 부엌에 있었던 건 가스레인지 하나와 냉동실 없는 미니 냉장고 하나. 그래서 난 언제나 가스레인지를 이용해 주로 식사를 해결한다. 물론 주식은 라면, 부식도 라면, 간식도 라면. 미니 냉장고에는 계란, 파 등 라면에 넣어 먹으면 도움되는 것들로만 꽉 차 있다. 어쨌든 난 부엌으로 가서 며칠 전부터 언제나 밥 때만 되면 해오던 짓을 했다. 라면 박스에 손을 넣은 것이다. 이제 하나밖에 안 남았을 텐데…….

"응? 이상하다? 왜 손에 닿는 게 없지?"

그때 방에서 말소리가 들려왔다.

"야, 춥다. 면은 하나만 넣고, 스프 두 개 넣어서 국물 많이 만들어라. 나도 국물 좀 먹자."

난 무시하고 계속 박스 바닥을 더듬었다. 엉? 없잖아? 서, 설마……? 난 급하게 라면 박스를 뒤집었고, '제발… 제발… 하나라도'를 기원하는 내 바램을 배신하듯 라면 박스에서는 아무것도 떨어지지 않았다. 이런 젠장! 운이 없으려니까 정말 계속해서 없군. 이 추운데 집 밖으로 나가야 하다니. 난 다시 방으로 들어가서 주섬주섬 옷을 두껍게 챙겨 입었고, 그런 나를 보며 녀석이 한마디 했다.

"왜? 어디 가게? 라면 없어?"

"어쩜 그리 잘 아냐."

"와! 잘됐다!"

갑자기 그녀가 손뼉을 치며 좋아했다. 물론 이불 속에서. 으, 얄미워. 요물은 요물인가 보다, 저렇게 얄밉게 구는 걸 보니. 어쨌든 난 물었다.

"잘되긴 뭐가 잘돼?"

"야! 너, 매일같이 라면만 먹느라 얼마나 건강이 안 좋아졌니. 어이구, 눈 밑에 푹 들어간 거 봐. 사람 꼴이 말이 아냐, 정말!"

나를… 걱정해 주는 거야? 갑자기 마음속에 감동의 물결이 밀려오는 걸 느낄 수 있었다. 역시 같이 살아서 그런지 주위에 위로해 줄 사람이 있구나! 난 감동에 젖어 떨리는 목소리로 물었다.

"그래서? 뭐, 뭐가 잘됐는데? 아니, 인사부터 해야지. 날 걱정해 주다니, 고마워! 그건 그렇고 뭐가 잘됐는데?"

그리고 그녀는 생글거리며 대답했다.

"우리 생선 사 먹자!"

이런 젠장. 아주 감동의 물결 앞에 댐을 세워라, 댐을 세워. 난 날카롭게 대답했다.

"돈 없어!"

"돈 많은 거 알어. 꼴을 보아하니 자취하나 본데, 자기 자식을 자취시키고 맘 편할 부모가 어디 있을까. 생선 한 마리에 얼마나 한다고 그래. 누가 회같이 비싼 거 사달래? 그냥 고등어, 아니, 꽁치, 아니, 겨울을 맞아 동태도 좋고. 아무거나 네 능력 되는 대로 사주면 돼. 생선 못 먹은 지 너무 오래됐단 말야."

"ㅇㅇㅇ……"

"응, 사줘라, 응? 사줄 거지? 응? 응?"

에구… 이러니 어쩌랴. 꼼짝없이 식객 하나 들였는데 그 기념으로 한 마리 사줘야지. 무엇보다… 팔짱을 끼고 딱 붙어서 졸라대니까 차마 거절을 못하겠다. 어휴~ 다른 때는 날카롭더니 이럴 때는 꼭 무슨 어린애 같냐……

"알았어, 알았으니까 좀 고양이로 돌아와라."

"왜?"

"같이 안 갈 거야? 네가 사자 그랬으니 네가 골라야 할 것 아냐. 난 뭐가 맛있는지도 잘 모른다구."

"그래? 그럼 그냥 이대로 가자."

"…왜?"

"길 한복판에서 고양이가 말하는 거 보면 사람들이 참 재밌어할 걸."

"아니, 너 고양이 소리로도 울 수 있잖아?"

"그렇게 울어서 말하면 네가 알아듣냐?"

"쩝, 그건 그렇네. 그런데 너, 그 차림으로 가려고? 지나가는 사람들은 즐겁겠지만… 뭐, 길거리에까지 지금의 네 꼬락서니처럼 이불을 휘감고 나가는 방법도 있겠지만 이런 경우에는 사람들이 즐거워하는 대신 웃겨 죽으려고 할걸."

"너, 옷 더 없냐?"

"…이젠 옷까지 뺏어 입으시려고?"

"이왕 같이 사는 거 하나만 줘라, 응?"

정말 어쩜 이렇게 얼굴에 철판을 간 듯이 능글맞을까. 난 자포자기의 심정으로 말했다.

"밖에 나가 있을 테니 옷걸이에서 아무거나 골라 입어. 휴우~"

휘잉—

으으, 추워. 무슨 날씨가 이렇게 춥냐. 문밖에 서서 계속 고양이 녀석을 기다리고 있자니 너무 추워서 미치겠다. 그런데 그때 방 안에서 비명 소리가 들려왔다.

"아아아악!"

"왜, 왜 그래?"

물론 나는 이성이 있고 인간으로서의 최소한의 도덕률과 양심의 한계선을 가지고 있기 때문에 '왜 그러는데?'를 외치면서 문을 벌컥 여는 짓 따위는 하지 않았다. 단지 밖에서 물어봤을 뿐이다.

"아니, 도대체 왜 그러는데?"

"속옷이 없어……."

화끈!

내 얼굴은 순간 확! 달아올랐다. 이런 젠장. 고양이라서 그런지 몰라도 정말 창피한 걸 모르는군.

"아무거나 입어 좀!"

"그럼 네 거 입냐?"

"……."

그러고 보니 그것 참 심각한 문제군. 저 자식이 나 아는, 아니, 알든 모르든 남자였으면 '그냥 내 거 입어… 뭘 따져' 했겠지만… 그러지도 못하니.

"야! 없어?"

안에서는 계속해서 독촉의 목소리가 들려오고… 난 힘없이 말했다.

"옷 쌓인 곳에 뒤져 봐. 새 거 있으니까 그거 입어. 젠장."

아아, 빨래하기 싫은 하숙 생활에서는 새 속옷만큼 중요한 게 없는데! 이제 그것까지 뺏긴단 말이냐! 크아악! 그 안에서는 잠시 '사각이 잖아 젠장' 뭐, 이런 궁시렁거림이 들렸다. 거 되게 따지네, 진짜.

잠시 잠잠해지더니 또다시 불평불만.

"야! 바지 없어, 바지? 아, 여기 청바지 있는 거 대충 입으면 되겠네. 야, 신경 꺼라. 해결됐다."

뭐? 지금 청바… 지라 그랬냐? 아아악!

"으아악! 청바지? 안 돼! 그건 내 세 벌의 바지 중에서 홀로 빛을 발하는 유일한 메이커 바지란 말이야! 제기라아알! 나도 한 번도 안 입은 거란 말이야아아앗!"

"그래서?"

…그래서 뭐 어쩌라고 이런 식으로 나오면 할 말 없다. '그래서 내 말은 그 옷을 입지 말란 말이지' 뭐, 이런 식으로 나갈 수도 있지만. 이미 기세에서 한 발 지고 들어가니. 젠장. 그래, 너 입어라, 너 입어.

"이런 젠장. 윗도리도 없어? 아, 여기 셔츠 있네. 응? 아직 쇼핑백 속에서 꺼내지도 않은 새거잖아? 와~ 느낌 좋은데?"

뭐?

"아아악! 안 돼! 그 셔츠는 집에 내려갈 때 입으려고 라면만 먹으면서 돈을 모으고 모아서 산 거란 말이야! 포장도 안 뜯은 걸 입으려 하다니 네가 사람이냐!"

뭐… 그 정도까지는 아니고 서울에 오기 전에 집에서 옷 사 입으라고 준 돈으로 산 거다. 어쨌든. 난 아직 포장도 안 뜯었는데! 내 웃옷 중 유일한 비싼 옷이란 말이다악! 네가 정녕 사람이냐!

"물론 난 사람이 아니라 고양이야."

"……."

젠장. 또 지고 들어가는군. 아이 씨, 그래, 너 입어라, 입어! 으으으, 추워. 그 바람 한번 정말 세게 부네. 빨리 안 나오나?

삐이걱.

하숙집의 문이 열리고 녀석이 나왔다. 얼씨구. 파카는 또 어디서 찾았냐. 잘났다, 잘났어. 어휴, 젠장. 아무거나 좀 입지 그렇게 아껴놓은 옷만 골라 입어야 속이 시원하냐? 그런다고 뭐 예쁘냐? …조금 예쁘긴 하네. 어쨌든.

"그래, 이제 맘에 들게 다 입었냐?"

"별로 마음에 들진 않지만 뭐 할 수 있니? 네가 워낙 궁하게 사는데."

"그래, 그래, 가자."

어휴, 왠지 내가 식객이고 쟤가 주인인 것 같애. 솔직히 집에 고양이를 들여놨다고 하면 당연히 고양이가 애완 동물이 되고 내가 주인이 되어야 정상 아닌가? 어떻게 된 게 우리는 상황이 거꾸로 되어서 저 녀석이 주인이고 내가 얹혀사는 식객이 된 것 같으니. 안 그래, 애완 동물? 난 옆을 쳐다보았다. 하, 아름다우시군요. 이런 애완 동물이라. 음, 생각이 불순해지려고 하는군. 미안하다, 야. 난 그 녀석을 쳐다보며 마음속으로 사과했다. 그런데 내 마음을 읽었는지 녀석이 나를 바라보며 입을 뗀다.

"야, 무슨 생각하냐? 잡생각 하지 말고 빨리빨리 좀 가."

"알았으니까 좀 보채지 좀 마. 어휴."

이러니 사과고 나발이고 할 마음이 나겠냐? 난 계속 궁시렁거리며 시장으로 향했다.

언제나 느끼는 거지만 시장의 모습은 참 뭐랄까… 우리 나라의 분위기를 그대로 느낄 수 있게 한다고 할까? 활기 차다고 할까? 뭐, 그런 느낌이다. 세상이 망해도 이것만은 꼭 팔아야겠다고 주장하는 듯이 목소리를 높이는 모습들. 세상이 망해도 이것만은 꼭 팔아야겠다고 아무리 댁이 그래도 나는 값을 깎아야겠다는 모습들. 음, 삶의 활력이 느껴지는군.

"아아악!"

뭐, 뭐야?

"아아악! 사과 사세요오오! 사과 좀 사악! 사과!"

"……."

가끔씩 깜짝 놀라게는 하지만 사람의 눈길을 끄는 사과 장수도 있고. 저렇게 소리 지르면 목이 안 아픈가? 장사 하루 이틀 할 것도 아닌데 자제 좀 하지. 어쨌든 참 재밌는 장면들이 이곳저곳에 많은데 그래.

"뭐 물건을 저렇게 파냐? 나 같으면 기분 나빠서 안 사겠다."

내 옆에서 걸어가던 고양이가 투덜거렸다. 에휴, 별게 다 불만이다. 그냥 저런 식으로 장사를 해도 잘 팔리면 되는 거고 네가 불만이면 안 사면 되는 거지, 뭘 그런 걸 가지고 또 투덜거리냐?

"그래도 눈길을 끌면 절반은 성공이잖아."

"아니지. 아무리 눈길을 끌면 뭐 해, 살 사람이 기분이 나쁘다는데."

"그런가?"

녀석의 말을 계속 듣다 보니 뭐가 좋고 뭐가 나쁜 것인지 잘 모르겠네. 그런가? 그건 그렇고 생선이나 사러 가야지. 아참, 그전에. 난 고양이를 돌아보며 말했다.

"자, 손 줘봐."

"손? 손은 왜?"

"글쎄, 손."

나는 그녀에게 손을 내밀 것을 부탁했고 그녀가 멀뚱히 쳐다보며 손을 내밀자 난 그 손을 따뜻하게 꼬옥 쥐며 말했다.

"옜다, 만 원. 이거 가지고 저기 속옷 가게 가서 옷 좀 사라. 아침 같은 추태는 다시는 보기 싫구나."

나의 손 안에 꼬깃꼬깃하게 접힌 만 원짜리가 있었음은 물론이다. 흑, 나 불쌍해. 변변히 넣을 지갑도 없어서 돈을 이렇게 꼬깃꼬깃 접어 가지고 다니다니. 어쨌든 그 녀석은 한참 나를 빤히 쳐다보더니 말했다.

"너, 서울의 물가가 그리 만만해 보이냐?"

"…자, 천 원 더. 됐냐? 더 이상은 못 줘. 알아서 깎아서 사."

"워낙 인간이 비참해서 봐줬다. 기다려라, 갔다 올게."

그 녀석은 가게로 뛰어갔고 나는 과일 가게 옆에서 녀석을 기다렸다. 어? 날씨가 많이 풀렸네? 주위의 나를 둘러싼 공기가 많이 따뜻해진 것이 피부로 느껴졌다. 응? 그런데 왜 갑자기 콧등이 시큰해지지? 갑자기 코끝이 차가워지는 느낌. 난 의아해하며 코를 만졌고 내 손 끝에 묻어나는 물기를 느끼며 눈이 온다는 것을 알 수 있었다. 음, 눈이 오나 보네. 주위를 자세히 보기 위해 눈을 찌푸리자 주위에서 조그맣고 흰 솜털 같은 눈들이 하늘에서 하늘하늘 떨어지는 것이 언뜻언뜻 보였다.

맞군, 눈이 내리는군. 참, 눈이 오다니… 멋있네. 그런데 어제가 크리스마스였는데. 눈이 오려면 어제 올 것이지. 쳇.

난 머리를 긁적이며 다시 하늘을 쳐다보았다. 눈이 내리기는 했지만 주의 깊게 보지 않으면 잘 보이지도 않을 정도의 적은 양이었다. 이 정도면 크리스마스 날 눈이 내렸어도 별로 기분은 안 났겠다. 게다가 크리스마스 날에 눈까지 왔으면 길거리의 수많은 소름 끼치는 커플들의 닭살을 어떻게 견딜 수 있었을까. 차라리 어제 눈이 안 온 것이 오히려 다행일 수도…….

내가 하늘을 쳐다보며 상상에 빠져 있는데 누가 날 툭툭! 친다. 그 녀석인가? 응, 맞군. 손에 쇼핑백을 들고 있는 걸 보아하니 사 왔나 보다.

"야, 가자. 속옷 샀다. 이제 생선이나 사러 가자."

속옷 어쩌고 하는 이야기가 나오니까 주위에서 지나가던 사람들이 힐끔힐끔 쳐다본다. 젠장. 난 사람들의 시선을 피하며 말했다.

"…거스름돈은?"

"이게 보자 보자 하니까 정말… 천 원 깎느라 얼마나 힘들었는지 알아?"

"어이구, 잘났다. 장하다. 그래, 어떻게 깎았냐?"

그녀는 씨익 웃더니 갑자기 나를 찌르듯이 노려보며 날카롭게 울었다.

"캬아아아옹! 이렇게."

"…그래, 어련하겠냐. 생선이나 사러 가자."

"아이구, 색시가 참 참하네~ 총각이랑 무슨 사이여? 애인이여?"

어이구, 아주머니. 한 전도 유망한 청년 인생을 박살 낼 생각 아니라면 그런 말씀은 하지 마세요. 애완 동물과 애인 사이라니요. 참~ 전 만물의 영장 사람이라고요. 앤 얼굴만 좀 많이 예쁘지 짐승이에요, 짐승. 아니, 어휘적 표현의 짐승이 아니라 진짜 짐승이죠. 하긴, 성격도 짐승틱하긴 하지만요. 이런 짐승과 날 애인 사이로 맺으려 하다니 말이 됩니까? 아주머니, 앞으로는 말조심하셔야 해요.

난 계속해서 조금만 더 되바라졌어도 아주머니에게 계속해서 지껄였을 것이 분명한 말들을 머리 속으로만 주워 담으며 웃기지도 않는다는 표정으로 녀석을 쳐다보았고, 그 녀석은 아주 기가 막혀서 미치겠다는 표정으로 나를 마주 보아주었다. 여하튼 한번을 안 진다니까. 솔직히 이런 말을 들으면 내가 훨씬 기분이 나빠야 정상 아냐? 왜 네가 기분 나빠해? 난 다시 아주머니에게 말도 안 되는 소리 하지 마시라는 표정을 지으며 말했다.

"참, 아주머니도. 농담도 잘하셔. 그냥 아는 친구 사이예요. 그치?"

아예 날 모른다는 듯이 고개를 돌려 버리는 고양이. 알았어, 알았어.

젠장. 네가 최고다. 네가 대장 해라.

"거기 생선이나 좀 싸주세요, 아줌마."

"으… 응. 뭘로 줄까?"

난 고양이에게 고개를 돌려 물었다.

"야, 뭐가 맛있나?"

"음… 너, 돈 얼마나 있나?"

"왜? 먹고 살 만큼 있어."

얼마인지 말하면 돈 되는 만큼 다 사려고 그러지? 참나, 내가 그리 호락호락해 보이나? 난 빙빙 돌려서 어중간하게 대답했고 그 녀석은 신경에 자극을 받았는지 날카롭게 말했다.

"딱 부러지게 말 못하겠어?"

그때 끼어드는 아줌마.

"아이구, 색시가 참 당돌하네."

"아, 예, 호호……."

입으로는 웃지만 눈은… 으으, 아예 눈을 옆으로 쭉 찢어라, 찢어. 저 날카로운 눈빛을 아주머니가 보셨다면 무슨 말을 하셨을까. 아줌마, 나이스 타이밍입니다 그려! 난 속으로는 낄낄대면서도 겉으로는 짐짓 태연한 척 물었다.

"오늘 물 좋은 거 뭐예요?"

"응? 음… 오늘은… 갈치가 좋지! 왜? 한 마리 사려고? 아유, 갈치 좋아."

그러나 그때 끼어드는 고양이.

"갈치는 잔가시가 많아서 싫어요. 뭐 딴 거 없어요?"

"색시가 차암 깐깐하기도 하지."

"아, 예……."

당황해하는 그 녀석을 보니 나름대로 귀엽긴 했지만 귀엽다는 생각보다는 참으로 쌤통이라는 생각이 더 들었다. 아줌마, 더 해요! 더!

"그래서, 뭘로 살 거야? 색시가 잔가시가 싫다면 고등어도 좋지!"

"아, 예, 고등어요. 그런데 그건……."

아, 짜증나! 뭘 저렇게 따지는 게 많아!

"그냥 고등어 한 마리 주세요!"

"아이구, 총각이, 사는 김에 두 마리 사!"

"아뇨… 그, 그냥 한 마리만 주세요……."

"그래? 잠시만 기다려."

고등어를 다듬는 아줌마. 머리를 잘라내고 막 내장을 긁어내서 버리려는데 고양이가 또 한 마디 한다.

"아줌마, 머리랑 내장도 버리지 마세요."

먹으려고? 하긴, 고양이로 돌아간 다음에 먹으면 되겠지. 근데 그거 맛있냐? 난 조금 소름 끼친다는 눈빛으로 쳐다봤고 아줌마도 참 여러 가지 트집 잡는다는 얼굴로 한참 고양이를 쳐다보더니 말했다.

"아이구, 색시도 참… 깐깐해……."

"예, 호호……."

어쨌든 머리와 내장까지 싸서 넣어준 아줌마.

"얼마예요?"

"2,300원만 줘."

다시금 따지는 고양이. 뭔 불만이 그리 많냐… 아무래도 아까부터 '색시… 깐깐해… 참'. 뭐, 이런 식으로 아주머니가 꼬투리를 잡았던 게 마음속에 쌓였었나 보다. 그냥 넘어가 좀… 사람 피곤해.

"아니, 2,000원이면 2,000원이지, 300원은 또 뭐예요?"

"내장 값."

이렇게 나오면 할 말 없지. 돈 내도 돼! 내도 돼! 겨우 300원인데 뭐어때! 아줌마, 오늘 좋았어요! 내가 돈을 드리려는데 아주머니가 깔깔대며 웃더니 말했다.

"정말 300원도 주려고? 됐어, 그냥 2,000원만 줘."

"아… 예, 감사합니다."

원래는 주인 아줌마가 인사하고 손님이 인사를 받아야 하지만 너무 당황해서 순서가 바뀌었다. 어쨌든 난 어영부영 인사를 하고 얼른 그곳을 떠났다. 아줌마가 웃는 소리가 들려왔다. 깔깔깔! 으, 왠지 고양이고 나고 누구이고 간에 다 아주머니에게 당해 버린 듯한 느낌. 길을 걸어가는데 다시금 고양이가 한마디 한다.

"휴우, 당황해서 혼났네. 캬악."

"뭘? 재미있는 아주머니시더구만."

내 말을 들은 고양이는 잠시 날 쳐다보더니 그대로 생선 가게 아주머니의 목소리를 흉내 내기 시작했다.

"총각, 차암 취향도 독특해?"

"……."

"그게 재밌냐?"

"……."

난 말없이 계속 길을 걸어갔다. 말을 안 하니까 심심해졌나 보다. 고양이가 먼저 말을 걸어온다.

"어디로 가는 거야? 이제 돌아가는 거야?"

이제 어디로 갈 거냐구? 그냥 잠시 슈퍼에 들렀다가 집으로 가야지 뭐.

"시장 입구에 있는 슈퍼마켓에 갔다가 집으로 가야지."

"그럼 가는 김에 우유 좀 사줘라!"

아주 가지가지 하는군.

"넌 어쩜 그리 부르주아의 상징들만 그렇게 좋아하냐."

"우유가 언제부터 부르주아의 상징이었지? 난 건강에 좋은 음료로만 알고 있는데."

"아니… 뭐… 말이 그렇다는 거지, 말이."

난 머리를 긁적이며 말했다. 음, 말을 하다 보니 어느새 슈퍼마켓에 다 왔군. 난 말 나온 김에 오랜만에 우유 맛 좀 보자고 고양이에게 말했고 녀석은 좋아서 팔짝팔짝 뛰면서 우유를 가지러 갔다. 좋겠다, 좋아하는 거 먹어서. 나도 내가 좋아하는 갈비 좀 뜯어봤으면 좋겠다. 젠장. 난 궁시렁대면서 라면 몇 개를 집었다.

"골라왔냐?"

"응, 우유랑 이거."

녀석은 나에게 우유와 참치 통조림 두어 개를 내밀었다. 이건 또 뭐냐?

"야, 참치는 또 뭐야? 점점……."

"응, 걱정 마. 이건 내 돈으로 벌써 산 거니까."

뭐? 네 돈으로 샀다고? 난 황당해서 물었다.

"야! 네가 돈이 어디 있어? 100원짜리 하나 없잖아!"

"사실은 아까 옷 사고 거스름돈이 좀 남았지롱—약 오르지롱—메롱—"

으윽… 으윽… 으윽! 혀까지 쏙 내밀며 나를 놀려대는 녀석을 보고 있자니 정말 쥐어패고 싶을 정도로 얄미워 미치겠다. 어쨌든 난 내가 고른 것들을 계산한 후 녀석의 우유와 통조림을 받아 든 뒤 가게를 나섰다. 뭐, 은근슬쩍 내가 짐을 다 들게 된 게 이상하긴 하지만 일단 이렇게 며칠 치 식량을 마련하고 나니 큰 짐을 덜어낸 기분이다. 휴, 어쨌든 나와 그 얄미운 녀석은 주거니 받거니 상대의 속을 긁으며 집으로 향했다. 아함, 이제 라면이나 끓여 먹고 낮잠이나 한숨 자야지. 후우~

제4장

어둠의 아르바이트

사박사박.

눈에 띄지 않게 조금씩 내리는 눈이었음에도 어느새 땅을 얇게 덮을
만큼 눈이 쌓여서 듣기 좋은 발자국 소리가 났다. 난 많은 날씨들 중에
서도 눈 오는 날이 좋더라. 옛날부터 눈이 오면 왠지 가슴이 두근두근
뛰고 마음이 심란해졌었는데, 오늘도 이렇게 눈이 오니까 괜히 기분이
이상해진다. 난 약간 두근거리며 옆을 쳐다보았다. 내 옆에는 아름다
운 여자 한 명이 지나가고 있었다. 겉모양은 정말 예쁜 여자. 그러나
사실은 버르장머리없는 고양이. 얘도 눈 오는 날은 기분이 이상해질
까? 그런데 갑자기 눈을 크게 뜨는 그녀. 어이구, 갑자기 웬 예쁜 척?
넌 눈 크니까 더 크게 안 떠도 돼. 설마 내 시선을 의식한 거냐? 난 다
정히 말을 걸었다.

"뭐야, 갑자기 무섭게 눈은 왜 크게 뜨는데?"

내가 장난스럽게 시비를 걸었음에도 상대를 안 하고 고갯짓으로 앞을 가리킨다. 왜 그러는데?

"잠깐, 저 앞 좀 봐."

내 앞을 보라니? 지금 내 앞에는 단지 느릿느릿 굴러가는 정말 비싸고 멋지게 생긴 흰색 메르세데스 벤츠가 있을 뿐… 크악! 사람 속 긁는 거야 뭐야!

"그래, 우리 집은 그 흔한 스쿠터 하나 없다 어쩔랫! 엄마, 우리 집이 지금 고양이한테 무시당했어요! 그러게 내가 진작 차 한 대 사자고 그렇~게 말을 해도……."

"지금 내가 너희 집 부나 자동차 소유 관계 같은 걸 물어봤냐? 내가 너희 집에서 고급 차를 모는지 달구지를 끄는지 알 게 뭐야?"

"그럼 왜 그러는데? 도대체 왜 앞을 보라고 말한 거야? 우리 앞에는 별 특징 없는 사람들과 그 사이를 지나가는 매우 특징 있는 벤츠 한 대밖에 없잖아."

고양이는 고개를 끄덕거렸다.

"그렇지, 잘 봤네. 내가 지금 주목하는 것도 매우 특징 있는 저 차에 대한, 아니, 정확히 말하면 차 주인에 대한 일이야. 일단 저 차가 천천히 가니까 천천히 따라가면서 말하자. 저 차를 따라가."

그 녀석은 왠지 모르게 심각해 보였고 나는 영문도 모른 채 그 벤츠를 따라가며 물었다.

"뭔데 그래?"

"잘 들어. 내가 350년을 살았음에도 인간 사회는 여전히 나에게 복잡한 곳이지만, 옛날부터 화려한 수레는 부의 상징이었지. 내 생각이지만, 저 차를 탄 사람 부자 맞지?"

얘가 갑자기 왜 부자는 따지고 난리야? 웃기네, 참. 도대체 왜 그러는데?

"으… 웅. 그렇겠지. 그런데 왜?"

내 말을 듣자 갑자기 나를 휙! 쳐다보는 그 녀석.

"너, 아르바이트 하나 안 할래?"

물론 나를 쳐다보느라 발걸음을 멈추거나 한 건 아니다. 내가 지나가는 여인이나 심지어는 고양이까지 걸음을 멈추게 하는 미남은 아닐뿐더러 지금 하고 있는 이야기는 외모와는 전혀 관련이 없는 것 같으니까. 어쨌든 그녀는 여전히 벤츠를 종종걸음으로 따라가면서 말했고, 그 이야기는 갑작스러웠지만 내 귀를 솔깃하게 했다.

뭐? 아르바이트? 나야 좋지! 그런데 네가 아무리 서울에서 오래 살았다고 해도 아르바이트 자리까지 꿰고 있지는 않을 텐데? 그리고 저 벤츠와 아르바이트가 무슨 상관이 있길래 갑작스레 이유도 설명하지 않고 벤츠를 졸졸 따라가자는 거야? 나는 의심을 가득 품은 눈으로 물었다.

"무슨 아르바이트?"

"할 거야, 안 할 거야? 무슨 일인지는 걱정하지 마. 보수도 걱정하지 말고. 돈은 아마도 저 차의 주인이 줄 거야. 그것도 아주 많이. 그리고 일은 내가 거의 다 할 거고."

"그래? 정말이지?"

고양이는 눈을 가늘게 뜨며 말했다.

"아마도."

아마도? 여운이 남는 말이다만 까짓거, 설마 죽이기야 하겠냐. 좋아! 그깟 아르바이트, 하자! 해! 하숙집에서 매일같이 뒹굴거리는 데는 이제 질렸다고!

"까짓거 해보지 뭐. 뭔데?"

"지금 가서 차부터 세워."

난 녀석의 말에 고개를 살짝 끄덕여 대답하고는 앞으로 천천히 나아가는 벤츠를 향해 달려갔다. 그 차는 여전히 사람이 많이 지나다니는 차도인지 인도인지 구분도 안 가는 길을 지나가느라 속도를 내지 못하고 있었다. 그런데 도대체 저런, 고속도로도 수준에 맞지 않아서 달리기 기분 나쁠 것 같은 차가 왜 시장 바닥에 들어선 거지? 뭐, 무슨 이유가 있겠지만 은근히 궁금해지는걸.

난 차 문 옆에 붙어서 창문을 두드렸다.

똑똑!

부우우웅.

물론 나 같은 사람에게 호락호락하게 문을 열어줄 거라고는 생각 안 했지만 그래도 이렇게 무시를 하고 가버리면 너무 무안하잖아. 차는 조용한 엔진음과 함께 내 행동에 대한 대답 없이 계속 앞으로 나아갔고 나는 왠지 모를 오기가 치밀어 명백히 '너 따위 녀석과는 상대하기 싫다'는 상대방의 의사를 묵살하고는 문을 계속 쾅쾅! 두드려 댔다.

"이봐요! 이봐요!"

곧 위이잉~ 하는 부드러운 모터 소리와 함께 창문이 열리고는 안에서 고함 소리가 터져 나왔다.

"야, 이 자식아! 지금 뭐 하는 짓이야! 너, 지금 무슨 짓 하는지 알기나 하냐! 여기 타신 분이 누구신지 알기나 하냔 말이다! 너 이 빌어먹을 새끼, 안 비키면……!"

그렇게 욕설을 퍼부어댈 것까진 없잖아. 쳇, 내가 아무리 어리고 보통 사람이라고 해도 그렇지. 난 조용히 말했다.

"아, 예, 죄송합니다. 하지만 잠시 볼일이……."

"이 비루먹은 강아지 같은 게 무슨 헛소리야! 안 그래도 길이 막혀서 죽겠구만, 자꾸 시비를 걸어댈래? 엉? 안 비켜? 안 비킬 거야?"

비루먹은 강아지라… 비루먹은 강아지… 하하하. 젠장, 길 막히는 것까지 나한테 성질내고 난리야. 그러길래 이 시장통에 차는 왜 끌고 오는데. 그것도 흰색 벤츠로 말야. 잠깐 불렀다고 비루먹은 강아지면 이 희디희고 깨끗한 차에 더러운 거라도 묻히면 묻힌 사람을 아주 갈아 마셔 버리겠구만 그래. 난 점점 울화가 치밀어 오는 걸 느꼈다.

"잠시 볼 일이 있다고 하지 않았습니까… 잠시 기다리시면……."

"보나마나 비럭질이겠지 뭐! 꺼져!"

비. 럭. 질? 꺼. 져? 내가 불이냐 꺼졌다 켜졌다 하게? 내가 '이따위 소리 들어가면서도 계속 참아야 하나'를 심각하게 고민하고 있을 때 차 뒤에서 한 중후한 중년의 목소리가 들렸다.

"이봐, 김 기사. 보아하니 자신이 알지도 못하는 차까지 세울 정도로 급한 일인가 본데, 왜 이리 사람을 마구잡이로 대하나. 그러면 듣는 사람 기분이 나쁘지 않겠나. 상대방을 대할 때는 예의있게 대해야지."

보아하니 윗사람의 인품은 됐군. 그러나 기사석에서 나오는 소리는 아랫사람의 인품은 개판이라는 것을 적나라하게 느끼게 했다.

"아닙니다, 회장님! 보나마나 차만 보고 어떻게 국물 좀 안 떨어질까 하고 이 난리를 치는 것이 뻔합니다! 저 몰골을 보십시오! 얼마나 추레합니까!"

추. 레? …아, 정말 열받게 하네. 아저씨, 자꾸 이러면 저도 더는 못 참는다구요. 아르바이트고 나발이고 다 때려치고 욕이나 확 퍼붓고 가버려? 젠장!

"야, 가! 안 가냐? 쯧쯧! 쉬웟!"

마치 개를 쫓는 듯한 저 손짓과 행동. 젠장! 더는 못참겠다!

"아니, 보자 보자 하니……."

그때 내 뒤에서 들려오는 앙칼진 목소리.

"참, 건방짐이 하늘을 찌르는군요. 뭘 믿고 그렇게 건방지죠?"

"…뭐?"

예쁘고 참하게 생긴—하지만 옷은 좀 부자연스럽게, 한마디로 마치 남자처럼 막 입은… 뭐, 그래도 나한테는 다들 가장 귀한 옷들이지만—지나가던 아가씨가 갑자기 자신에게 시비를 걸자 그 기사 아저씨도 기가 막혔나 보다. 당신은 기 좀 더 막혀야 해. 고양이는 계속해서 기사에게 말했다.

"당신 주인이 얼마나 잘 나가는 사람인진 모르겠지만, 당신 정말 성격 나쁘군요. 나이도 어린 것이 말하는 건, 참……."

야, 너 방금 전에 한 말은 실수야, 임마. 내가 기사 아저씨 나이에 저 녀석에게서 저런 소리 들었으면 기가 막혀서 말이 잘 안 나올 것 같은데… 자기 딸자식만한 계집애가 나이 운운하니 내가 기사 아저씨라도 미칠 것 같을 기분에 휩싸이는 것은 순식간일 것이다. 그리고 내 예측대로 기사 아저씨는 기가 막혀서 말이 안 나온다는 표정으로 말했다. 표정과 정반대되는 행동을 잘하는 아저씨군.

"야, 너 몇 살인데 그렇게 싸가지가 없어!"

아, 듣고 싶지 않다! 저렇게 흥분한 저 녀석의 입에서 무슨 말이 나올지는 뻔한 일!

"삼백오십 살이에요! 왜욧!"

으으, 그럼 그렇지.

"아하하하! 미친 사람이었잖아!"

…오, 젠장. 김 기사인지 뭔지 하는 사람은 말도 안 나오는지 입만 떡 벌리고 고양이를 쳐다보고, 지나가다 갑작스러운 고성에 구경거리가 생겼다고 생각하면서 어느새 웅성웅성 모여들어 고양이와 기사 아저씨의 대화를 흥미롭게 바라보던 사람들은 몽땅 우리를 쳐다보며 비웃는다. 내가 구경꾼이라도 고양이 녀석을 보고 미쳤다고 할 거야. 젠장. 난 억지로 웃으면서 그녀에게 말했다. 일부러 주위 사람들 들으라고 크게.

"야, 너 웬 농담을 그렇게 심하게 해! 사람들이 너 미친 줄 알잖아!"

그때서야 자기가 실수했다는 걸 깨달은 고양이. 잠시 머리를 벅벅 긁더니 앙칼지게 말한다.

"캬아악! 어휴, 성질 나. 그래요, 저 스무 살이에요. 됐어요? 그런데 나이 어린 사람한테는 그렇게 막 대해도 돼요?"

으으, 다 좋은데 고양이 소리로 우는 건 또 뭐냐. 아이구, 골치야. 무슨 아르바이트인지는 모르겠지만 이래서는 아르바이트고 나발이고 물 건너가겠군. 이런 차 모는 사람 밑에서 일하면 보수가 장난이 아닐 텐데. 또 알아? 시간당 오천 원씩이나 처줄지! 내가 내 미래의 아르바이트에 대한 깊은 고민에 휩싸여 있을 때 고양이는 내가 고민을 하든 말든 말을 이었다.

"이래서야 도움을 주려고 해도 도움을 주겠어? 당신, 잔챙이 기사 말고 그 뒤의 회장님, 대답해 봐요. 요즘 뭔가 이상하죠? 마치 집에 귀신이라도 나오는 것 같은 양 매일 그러죠? 접시가 날아다닌다거나 도깨비불이 떠다닌다거나."

오, 젠장. 이래서야 지나가는 사람 붙잡아놓고 '도를 아십니까? 요즘 집안에 뭔가 이상하죠? 사돈의 팔촌 범위까지 생각해 봐요. 아픈 사람이 있죠? 혹시 동네에 나무 없어요? 있죠? 어이구, 나무가 있어서 당신 친척이 다친 거야!' 라고 말하는 사람과 뭐가 다른가. 눈은 점점 더 펑펑 내리고 있었고 내 기분도 창피함에 펑펑 박살나고 있었다. 젠장. 주위 사람들 속삭이는 거 봐라. '사이비인가 봐', '무당이냐?', '하여튼 요즘은 별 마케팅이 다 있어', '저래서 관심을 끌면 뭐 해, 당하는 사람이 싫다는데' … 우우, 사람을 순식간에 무허가 기공술 단체 소속 홍보원으로 만들어 버리는구만. 주위에서는 계속해서 수군대는 소리가 들려왔고 그 대화 소리들 중에서 나를 저 녀석과 같은 취급하는 소리가 들려올 때마다 난 점점 더 고양이에게서 한 발짝씩 멀어지며 시선을 자꾸 다른 곳으로 돌리게 되었으며 내 얼굴은 창피함으로 인해 점점 붉은 잉크물을 흡수하는 화선지처럼 붉어졌다.

그런데 이상하다. 원래 수순대로라면 이제 김 기사인지 김 전사인지의 욕설이 쏟아져야 할 차례인데 왜 조용하지? 나는 의아함을 느끼며 고양이와 벤츠를 번갈아 쳐다보았다. 고양이는 팔짱을 낀 채 입가에 미소를 지으며 당당히 서 있었고 벤츠 안은 여전히 침묵이었다. 그러다……

벤츠 문이 조용히 열렸다. 그리고 그 안에서 그 회장이라는 자의 목소리가 들렸다.

"…놀랍군. 일단 타게. 길 한복판에서 이야기하기는 약간 부적당하군. 일단 타고 가면서 이야기하지."

…뭐? 타라고? 지금 나보고 타라고 그런 것 맞지? 에이, 설마. 이런 귀하신 몸께서 나 같은 자취생에게 이 비싼 차를 타게 할까. 난 반신반의하면서 물었다.

"예… 예? 저… 저 말입니까?"

"그래요. 자네도 타고, 그리고 옆의 아름다운 숙녀 분께서도 얼른 타시게나."

이 도대체 어떻게 된 거야? 주위에서는 아직도 '회장이란 사람 참 순진하기도 하네. 저렇게 해서 넘어가면 내가 먼저 해볼걸', '어이구, 웬 여시 같은 계집이 사람 하나 금방 홀리네', '끌끌… 저렇게 차에 타서 어쩌려구 저러누' 등등의 소리가 들려왔다. 그리고 고양이는 차를 타기 전에 자신에 대한 험담을 마구 퍼부어대는 사람들에게 화사하게 웃어주었고, 그걸 본 남자들은 잠시 얼이 빠져 뒷공론을 멈추고는 멍하니 고양이를 쳐다보았다. 당연히, 그와 반대로 여자들의 비난은 더욱 심해졌지만. 어쨌든 우리는 그 하얀 벤츠에 올라탔고 탁 소리를 내며 문을 닫자 벤츠는 천천히 출발했다. 정말, 문까지도 이렇게 소리없이 닫히다니… 신기하네.

햐, 차 안 정말 좋네. 내 자취집보다 훨씬 더 편한 것 같아. 의자도 푹신푹신하고. 아니, 의자가 아니라 시트라고 하나? 어쨌든 햐, 이거 정말 푹신푹신하네. 드러누워 자도 자취집 냉돌 바닥보다 훨씬 깊이 잠들 수 있겠는걸? 나는 계속해서 엉덩이를 들썩들썩거렸다. 물론 눈에 안 띌 정도로. 그때 누가 내 옆구리를 꽈악! 꼬집는다. 으아아아악! 꽤애액— 하고 소리를 지르고 싶었지만 회장인지 뭔지 하는 사람이 내 왼쪽에 있으니까 그러지도 못하겠고. 나는 입을 앙다문 채로 속으로만 비명을 삭였다.

"으… 으으윽……."

더 이상해 보였나 보다. 옆의 회장이 이상하게 쳐다본다.

"자네, 어디 불편한가?"

난 손으로 무릎을 꽈악 쥐거나 팔을 비튼다거나 하는 등의 행동으로 어떻게든 고통을 참으려고 노력하며 말했다.

"괘, 괜찮습니다. 하… 하… 하……."

대충 나의 미소로 옆의 회장의 이상하다는 듯한 눈빛을 무마시킨 후, 나는 고양이에게 속삭였다.

"야, 뭐야! 지금 나랑 장난치자는 거야, 뭐야! 왜 꼬집고 난리야!"

그러자 그 녀석은 오히려 한술 더 떠서 나를 노려보며 몰아붙인다.

"차 처음 타보냐? 아주 엉덩이가 춤을 추더구만, 춤을 춰. 아무리 곤궁하게 산다고 해도 그렇지 꼭 그렇게 궁한 티를 내야겠냐? 응? 왜? 아주 드러눕고 잠을 자지 그러냐. 아주 옆에 있자니 창피해서 원."

"야, 뭐, 창피? 그럼, 좀 들썩거린다고 창피하면 자신이 삼백오십 살 먹었다고 주장하는 미친 여자와 한패거리가 되었던 나의 심정은 어땠겠냐? 응?"

"그럼 내 나이가 세 살 오 개월이냐? 삼백오십 살이지!"

"그걸 누가 몰라! 나이 많이 먹은 게 무슨 벼슬이냐? 꼭 그렇게 나이를 먹었다고 시장통 한바닥에서 티를 내야 돼? 그리고 내가 너한테 이만삼천 살 먹었다 그러면 너는 믿겠냐? 이봐, 전혀 무슨 말인지 모르겠다는 표정 짓지 마! 다 알면서! 미안해 죽겠다는 표정도 풀어! 하나도 안 미안한 거 알아! 하여튼 요물은 요물……."

꽈아아악.

"으… 으으……."

또, 또 꼬집었어! 또! 그것도 아까 꼬집은데! 으으으… 젠장, 아프잖아! 난 온몸을 비비 꼬면서 어떻게든 비명을 지르지 않으려고 노력했고 그래서 사색이 된 채로 필사적으로 비명을 참고 있는 나에게 회장이 말을 걸어왔다.

"자, 그건 그렇고 일단 인사부터 하지?"

"으… 끄으윽… 아, 예… 제… 이름은… 영… 준, 박영준… 입니다."

난 씨익 미소를 지어줬고 회장은 고통을 꾹꾹 참아내며 억지 미소를 짓느라 온 얼굴 근육에 경련을 일으키는 나를 보며 못 볼 것을 본 듯이 잠시 동안 말이 없었다. 그리고 나는 어떻게든 평범한 척해 보이려고 미소를 지우지 않았고, 곧 내 옆의 고양이가 자신을 소개하는 소리가 들렸다. 으, 나를 바라보는 고양이의 저 거짓된 전시용의 의문스러운 눈빛. 내가 왜 이리 고통스러워하는지 의문이라는 슬픈 듯한 눈빛. 저, 저 앙큼한 것 같으니라구! 어쨌든 고양이는 그렇게 잠시 나를 쳐다보다가 회장에게 자신을 소개했다.

"안녕하세요, 처음 뵙겠습니다. 제 이름은 이요령이라고 해요."

고개까지 꼬박 숙이며 인사하는 그녀. 그런데 너 이름이 이요령이었어? 어쩐지 요령을 잘 피우더라니… 가 아니라. 넌 프랑스 출신이잖아? 프랑스의 유명한 이름이라면 봉주르, 마담, 뤽 베송, 레옹, 밀라 요요비치… 어쨌든 이요령, 뭐 이런 이름과는 전혀 상관이 없는데. 난 다시 속삭였다.

"야, 네 이름이 이요령이었어? 그 이름 한번 이상하다."

"한국으로 넘어온 뒤 혹시나 싶어 지어놨던 이름이야. 그리고 내 이름이 뭐가 어때서? 박영준이라는 평범하다 못해 지루하기까지 한 이름보다는 나을 텐데? 아참, 그러고 보니 네 이름도 몰랐네? 박.영.준. 호호호! 평범해라. 아, 흔해서 지루할 지경이야~"

속삭이면서도 묻고, 웃고, 할 말 다 하는군. 정말 이럴 때는 얄밉지 않을 수 없다. 어쨌든 뭐, 이름이 요령이라니 요령이라고 불러야 하나, 고양이라고 불러야 하나? 에이, 고양이가 더 편해. 부를 때야 뭐 야, 너, 이렇게 불러도 되겠지 뭐. 어쨌든 회장이라던 사람은 요령이의, 그러니까 고양이의 소개를 듣자 자신을 소개했다.

"그래, 영준 군, 요령 양, 일단 반갑네. 내 이름은 김정수라고 한다네."

으잉? 김정수? 어디서 많이 들어본 것인데… 어디서… 들었더라? 내가 김정수라는 이름을 어디서 접했는지 고민하고 있을 때 요령이는 고개를 꾸벅 하며 인사했다.

"다시 한 번 정식으로 인사드리겠습니다. 반갑습니다, 김정수 씨. 저는 이요령이라고 합니다."

김정수인가 하는 사람은 자신의 이름을 밝혔는데도 그리 놀라지 않는 우리를 보고는 당황했는지 '허허…' 하며 약간은 억지로 웃는 듯한 얼굴로 인사를 받았다. 저런 모습을 보면 나도 알 정도로 유명한 사람이긴 한데 말야. 김정수… 김정수라… 누구지? 김정수… 정수… 정수… 정수?

순간 나는 자리에서 벌떡 일어날 뻔했다. 김정수! 불과 50대의 나이로 세계 굴지의 대기업을 소유하고 있는, 우리 나라 3대 그룹의 하나인 정수그룹의 회장, 김정수! 설… 마? 에이, 동명이인이겠지. 김정수가 이런 시장바닥에 왜 와? 하지만 벤츠를 모는 걸 보면 정말 김정수인 것 같기도 하고… 젠장, 내 옆에 있는 중년의 사내가 정말로 정수그룹 회장 김정수라면 그거 정말 큰일인데! 그런 사람의 차를 멈추고, 게다가 기사한테 조롱까지 퍼부어 버렸으니(내가 한 건 아니지만)! 난 그가 정수그룹의 회장 김정수가 아니기를 간절히 빌며 물었다.

"저… 혹시… 회장님께서… 정수그룹의……."

그리고 그는 당황해하는 나를 보고 '이제야 알아모시는구면' 하는 얼굴로 허허 웃으며 대답했다.

"맞네, 내가 정수그룹 회장 김정수이네. 나를 알아봐 주는 사람이 있다니 반갑군."

"회, 회장님! 아까는 제가 너무 실례를……!"

난 나도 모르게 고개를 푹 숙였고 김 회장은 허허 웃으며 말했다.

"괜찮아요, 괜찮아. 젊은이가 패기도 있고, 예절도 바르고 참 괜찮은 청년이야. 허허허."

"아, 그렇습니까? 영광입니다! 하하하!"

난 어떻게든 김 회장의 기분을 맞추려고 노력하며 하하 웃었다. 이 기회에 정수그룹 회장에게 잘 보여놓아야지! 혹시 또 아냐? '이렇게 만난 것도 인연인데 용돈 쓰게!' 하면서 단위 수 높은 수표를 한 장 척 꺼내 주거나, 아니면 '자네, 참 성실해 보이는군. 정수그룹에서 나와 함께 세계의 미래 경제를 개척해 보지 않겠나?' 같은 식으로 취직시켜주겠다고 팔을 걷어붙이고 나올지! 난 어떻게든 내 얼굴을 김 회장이 익히게 하도록 노력하며 하하 웃었다.

그때 누군가 내 옆구리를 마악 찌른다.

쿡쿡쿡쿡쿡! 욱! 욱!

난 옆구리가 찔릴 때마다 조금씩 몸을 움찔거렸다. 제발 방해 좀 하지 마! 이 기회에 나도 우울한 내 인생 좀 쫘악 펴보자! 응? 그러나 내가 마음속으로 '제발! 제발!' 을 외칠 때에도 내 옆구리는 사정없이 찔리고 있었다.

쿡쿡쿡! 쿡쿡! 쿡! 쿡쿡!

이런 젠장. 이젠 아예 옆구리 찌르기에 장단을 집어넣는군. 난 하는 수 없이 옆을 돌아보며 속삭였다.

"찌르지 마!"

"야, 저 김정수인가 하는 사람이 유명한 사람이야?"

어이구. 그래도 우리말 배울 정도면 나름대로 우리 나라에서 많이 살았잖아? 그런데 아직도 김정수를 몰라? 난 짧게 설명하기로 마음먹었다.

"정수그룹은 알아?"

"응, 대기업이잖아."

"거기 회장님이셔."

"뭐? 에이, 설마."

"설마가 사람 잡곤 한다지?"

"난 설마라는 애한테 잡힐 염려는 없겠네. 고양이니까. 어쨌든 그 정도 거물이라면 참 우습네. 그런 사람이라면 몸에서 기본적으로 뿜어지는 양기가 엄청나게 셀 텐데… 그런 기를 보이지도 않게 할 정도로 음기를 낸다… 그것도 낮에… 참… 생각보다 어렵겠는걸."

무슨 소리냐? 내가 저 녀석의 말을 하나하나 머리 속으로 주워 담고 어떻게든 짜맞춰 보려고 노력하는 동안 저 녀석은 내가 자신이 중얼거린 말로 인해서 생각에 잠겼는지 아닌지는 상관도 하지 않으며 자기 나름대로 무언가를 생각하다가 머리를 벅벅 긁는다. 어휴… 추잡해. 그런데 추잡하면서도 귀엽다. 어이구, 참. 나 왜 이러니. 미인 처음 보니? 으음. 하긴, 이 정도의 미인은 처음 보는군. 미인이라. 미인… 미인… 어휴, 얼굴 빨개져. 이런 생각하면 안 되지. 괜히 혼자 무언가를 상상하고 무안해진 내가 혼자 당황해서 요령이에게 아무거나 말하려고 할 때, 그 녀석이 갑자기 김 회장에게 말을 걸었다. 젠장, 무시당할 뻔했다. 두 번 무안해질 뻔했군.

"김 회장님, 이제 아까 제가 이야기했던 걸 진지하게 말해 보고 싶은데요."

김 회장은 반갑다는 듯이 대답했다.

"오, 그래. 언제 그 말을 하나 기다리고 있었다네. 아가씨는 나를 처음 보자마자 나에게 '혹시 접시가 날아다니거나 도깨비불이 날아다니거나 하지 않으세요?'라고 했었지. 그게 무슨 뜻이지?"

제 생각에는요, 무슨 비유 같아요. 무언가 의미하는 말 같지 않아요? 설마 진짜로 접시가 날아다니거나 도깨비불이 나타나거나 하지는 않을 거 아닙니까, 회장님. 난 그렇게 생각하고 요령이를 쳐다보았으나 요령이는 단순하다는 표정으로 말했다.

"말 그대로예요. 집에 귀신이 있는 것 같죠?"

얼씨구, 갑자기 웬 헛소리야? 그런 식으로 말하면 김 회장이 너와 나를 어떻게 생각하겠냐? 아니, 너야 어차피 고양이니까 네가 황당한 말을 툭하니 던진 사람이 김 회장이든 김 대통령이든 상관이 없겠지만, 나는 앞날 창창한 젊은이니 상관이 많단 말이다!

난 어떻게 이 상황을 무마할까 생각하며 급히 김 회장을 쳐다보았다. 그런데? 김 회장은 그녀의 말에 경악한 것 같았다. 어떻게 아냐구? 요령의 말을 들은 그가 입을 따악 벌려 버렸으니까. 하, 이제 앞으로 술자리에서 사장이나 회장 이야기 나오면 나도 그 이야기에선 할 말이 많겠군 그래. '자네, 김정수 회장 놀라서 입 떠억 벌리는 것 봤나?' 이런 식으로 말한다면 모두 놀라겠지. 어쨌든 잠시 내가 손가락을 집어넣어도 모를 것 같은 표정을 짓던 김 회장은 잠시 후 잘 나오지도 않는 것 같은 목소리로 말했다.

"어… 어… 어떻게… 알았나?"

어떻게 알았냐니? 그럼 진짜 집에서 귀신이라도 나온다는 말입니까? 난 김 회장의 경악에 찬 목소리를 듣고는 그의 표정을 그대로 따라하기 시작했다. 입을 떡 벌리고 고양이, 그러니까 요령이를 쳐다보기 시작한 것이다. 그리고 그 녀석은 만면에 미소를 띠고는 자신의 머리칼을 잠시 쓸어넘기더니 대답했다.

"다 아는 방법이 있어요. 후훗."

말을 못하는 걸 보니 때려 맞췄나 보구나? 젠장. 아까는 음기가 어쩌네 양기가 어쩌네 하더니 다 그냥 해본 소리였나 보군. 그런데 거기서 말이 끝나지 않았다. 잠시 뜸을 들이던 요령이가 말을 이어 나갔던 것이다. 때려 맞추진 않았나 보네.

"어떻게 알았냐 하면 말이죠. 설명하면 이해하실 수 있겠어요?"

"아… 노, 노력해 봄세."

김 회장이 고개를 끄덕이며 대답하자 요령이는 잠시 손가락을 우두둑! 소리와 함께 깍지껴 돌리며 꺾고, 목을 빙빙 돌려서 푼 다음에, 어깨를 두어 번 정도 톡톡! 두들겨서 풀고는, 하품이라도 할 듯이 입을 쫘악 벌리려고 하다가 김 회장과 그 앞의 기사의 자신을 뚫어버릴 듯한 눈빛을 보고는 최소한 자신에게 사랑에 빠져서 그렇게 바라보는 것은 절대 아니라는 것을 깨달았는지 그만두고는 말했다.

"이 차, 조금만 무언가 아는 사람이 본다면 알 수 있어요. 아주 조금만이라도 영적 능력이 있는 사람이 본다면."

요령이 그렇게 말하자 김 회장은 당황한 기색이 역력했다. 그는 잠시 허둥대더니 나를 바라보았고, 그래서 나는 씨익 웃어줄 수밖에 없었다. 나 역시 아무것도 모른단 말야!

"이 차, 아주 어둠의 기운을 풀풀 풍기고 다녀요. 쳐다보기만 해도 기분 나빠서 혼났다구요. 내색은 안 했지만. 그리고 김 회장님?"

갑자기 김 회장을 부르고 그가 자신을 쳐다보자 자신의 얼굴을 바짝 김 회장에게 붙이는 요령. 그녀는 그렇게 김 회장의 시선을 자신의 얼굴로 확! 잡아끌더니 온갖 공포 분위기를 조성해 가며 말했다. 즉, 눈은 최대한 날카롭게 뜨고 얼굴에는 수심이 가득 차게 하는 표정을 지으며 약간은 가르랑거리는 소리를 섞어서 이야기를 들려준 것이다. 나라도 상대방이 저렇게 바라본다면 무섭겠다.

"당신에게서 특히 어둠의 기운이 많이 느껴져요. 김 회장, 대그룹의 회장이라고 했죠? 거상이라면 처음부터 남들보다 훨씬 많은 운, 즉 양기를 타고나는 법. 그런데 당신의 몸에서는 양기가 하나도 느껴지지 않아요. 아니, 약간은 느껴지지만 무엇인가에 잔뜩 눌려져 있는 듯한 느낌이에요. 도대체 당신에게 무슨 일이 있었던 거죠? 이런 상태라면 요즘 당신에게 운은 하나도 따르지 않고 당신 주위에는 온갖 귀신들이 당신을 괴롭혔을 것이며 매일같이 환청이 들리고… 하여튼 상당히 괴로웠을 텐데 어떻게 잘 버텼군요. 역시 보통 사람보다 강한 양기 때문인가? 지금까지 용케 잘 버텼군요."

"아… 아아……."

김 회장은 잠시 굳어 있더니 결국 토해내듯 큰 숨을 쉬고는 말했다.

"후우, 자네 말이 모두 맞네. 요즘 정말 죽을 지경이야."

그 말을 들은 요령의 표정은 반반이었다. 내 말이 맞지 않냐는 당당하고 자신감 넘치는 표정과 뭔가 이상하다는 의문 섞인 표정. 참, 표정도 다양하지. 그녀는 그런 식으로 잠시 얼굴에 두 가지 표정을 공존시키더니 결국 자신감 넘친다는 표정을 지우고 의문스러운 표정만을 남긴 뒤 김 회장에게 질문을 던졌다.

"그런데 참 이상하군요. 몇 가지 궁금한 게 있는데 말씀해 주실래요?"

"그, 그래, 대답해 주지. 어서 물어보게."

그러자 요령이는 등받이에 무게를 실어서 조금 더 편한 자세를 지은 후 대답했다. 그런데 지금 어디로 가는 거지? 그것도 생각 안 했네. 난 창밖을 보았고, 시장을 완전히 벗어난 것은 아님을 알고서 안심했다. 휴우, 아직도 차는 느릿느릿 가고 있었다. 그리고 요령이는 질문을 시작했다.

"먼저 회장님은 보통 유명하고 성공한 사람들이 그렇듯이 태어나면서부터 강한 기운을 타고 태어나신 분이세요. 그런 분께 보통 잡귀는 아예 붙을 수도 없죠. 하지만 지금 회장님에게는 낮임에도 불구하고 엄청난 요기가 흘러나와요. 한마디로 누가 회장님께 장난을 쳤다는 소리이지요. 귀신이든 뭐든. 뭐 짚이는 거 없으세요?"

그러자 김 회장은 그녀의 말에 바로 무릎을 타악 치며 신음을 내질렀다.

"그럼 설마… 이럴 수가, 그게 사실이었다니… 역시……."

그리고 그의 신음을 들은 요령은 눈을 가늘게 뜨면서 빠르게 물었다.

"뭐죠? 역시 뭔가 짚이는 것이 있는 거로군요?"

"그렇다네… 며칠 전 일이었지……."

김 회장은 고개를 푹 떨구며 말을 이어나갔다.

"어떤 여자였네… 그건… 난 그날 집에서 편안히 쉬고 있었지. 매일같이 격무에 시달리느라 휴식이 좀 필요했거든. 그래서 일부러 마누라가 자식들 데리고 스키장이라고 가자고 하는 걸 난 좀 쉬겠으니 마누라와 자식들만 갔다 오라고 그랬다네. 조용한 생활을 위해서 수행원도, 기사도, 파출부 아주머니도 모두 보낸 상태였네. 정말 오래간만의 휴가라 기분이 좋았지."

"…그런데요?"

요령이는 반문했고 김 회장은 그 순간을 떠올리는 듯 몸을 부르르 떨었다. 그의 얼굴은 사색이 되어 있었다.

…조용하고 적막한 밤이었다. 서울이지만 한적한 곳. 그래서 김정수 회장은 자신의 집이 좋은지도 몰랐다. 그는 오랜만에 편안히 자리에 드러누워서 그동안 못 읽었던 책을 펼쳐 들었다. 그러나… 매일같이 밤잠도 설치며 미친 듯이 일을 해댄 몸에다 다시 밤새워 책을 읽으라고 하는데 몸이 좋아라 하고 받아들일 리 없었다. 결국 김 회장의 정신과 몸은 치열한 싸움을 거듭하다가 정신의 패배로 막을 내렸다. 피로를 견디지 못하고 잠들었다는 소리다. 그렇게 얼마 간쯤 잠들었을까.

휘이이이잉…….

"으으으… 웬 바람이지?"

차가운 바람이 김 회장의 몸을 휘돌아 감고 있었고, 그 때문에 그는 머리를 흔들며 잠에서 깨어났다. 젠장, 창문을 안 잠그고 잤나? 으윽, 한창 기분 좋게 자고 있었는데. 김 회장은 잠에 취해 비틀거리며 창문으로 다가가 창문을 확인했다. 어? 이상하다. 창문은 잠겨 있는데? 그럼 그 차가운 느낌은 바람이 아니었나? 그럼 뭐지? …젠장, 꿈이라도 꿨나 보군. 그가 투덜대며 고개를 돌렸을 때였다.

그의 눈앞에서는 파르스름하게 빛나는 구체가 두둥실 떠 있었고 그 뒤에는 희미하게 형체만 알아볼 수 있는 한 여인이 있었다. 입가에 묘한 미소를 띠고 있는 붉은 머리의 아름다운 이미지의 여인이.

'젠장, 아직도 꿈에서 깨어나지 않았나? 분위기를 보아하니 악몽일 듯한데… 꿈속에서 고통받으니 그만 깨어나야지.'

김 회장은 속으로 중얼거리며 자신의 뺨을 힘껏 쳤다.

쫘아악!

"정말 힘껏 쳤어요? 자기 뺨을? 쫘아악! 하고?"

난 의심스러운 듯이 말했고 김 회장은 우울하게 고개를 끄덕였으며 고양이는, 그러니까 요령이는 말 끊지 말라는 듯한 시선과 함께 내 옆구리를 꼬집어 버렸다. 아아악! 또, 또! 젠장, 아프잖아! 어쨌든 김 회장의 이야기는 계속되었다…….

비틀. 젠장, 아프잖아. 정말 실감나는 꿈일세. 그는 다시 자신의 뺨을 때렸다. 쫘악! 그래도 꿈에서 깨어나지 않는 자신을 보며, 그는 천천히 불안감에 사로잡혔다.

'대체 이거 어떻게 해야 꿈에서 깰 수 있는 거야, 젠장?

그는 겁이 별로 없는 편이었다. 그렇기에 지금 이 상황이 현실일지도 모른다는 것은 아예 그의 머리 속에서 떠오르지 않았다. 단지 꿈에서 깨지 않는다는 불안감만 밀려왔을 뿐.

그리고 그가 '아예 벽에다 머리를 박아볼까' 라는 고민에 휩싸여 있을 때쯤, 갑자기 그의 마음속으로 어떤 '이야기' 가 스며들었다. 요염한 여인의 목소리. 눈앞을 침침하게나마 밝혀주는 저 푸른색의 불덩이가 말하는 것일까, 아니면 뒷쪽의 매력 있는 여인이 말하는 것일까.

'아무래도 여자가 말하는 것이겠지? 하하하.'

아직도 꿈이라고 생각하고 있던 그는 안일하게 마음속으로 웃어버렸다. 그러나 그가 웃든 말든 자신에게 말하는 누군가의 이야기는 마음속으로 계속해서 스며들었고, 결국 그는 집중해서 들을 수밖에 없었다.

"어리석군요. 호호호호호! 꿈 같은가요?"

"뭐… 뭐야, 젠장!"

"이제 곧 꿈이 아님을 곧 알게 될 것이니 언제쯤 꿈에서 깰까 하는 걱정은 하지 마시고 마음을 푸욱 놓으세요. 그건 그렇고… 이봐요, 로맨틱하게 생긴 중년 아저씨. 아저씨가 이 나라 최고의 부자라던데, 맞나요?"

"젠장, 우리 나라 최고의 부자가 누구인지는 몰라도 나는 아냐. 우리 회사라면 몰라도. 그리고 난 로맨틱한 중년 아저씨가 맞으니 계속 그렇게 불러주게, 섹시한 목소리의 아가씨."

"호호호! 섹시한 목소리의 아가씨라. 기분이 나쁘지는 않네요. 하지만 아저씨, 그거 아세요?"

"뭘 말인가?"

"한 번만 더 제게 그 따위로 말하면 죽여 버리겠어요."

"…뭐?"

김 회장은 갑작스러운 대화 상대자의 싸늘한 태도에 말을 제대로 꺼내지 못했고, 그가 기가 막혀서 말을 하지 못하든 말든 신경 쓰지 않는지 그 알 수 없는 여인, 혹은 파란 불덩어리인지는 그의 마음속으로 말을 전해왔다. 이미 그녀의 기분은 풀린 듯이 느껴졌다.

"아저씨와의 대화, 즐겁지만 더 이상 아저씨와 말장난하고 싶지 않네요. 아이참~ 자꾸 말을 걸려고 하시면 어떻게 해요. 죄송하지만 그 입 좀 닥치고 제 말 좀 들어주세요. 제가 돈이 많이 필요하거든요? 아, 그렇게 많은 것은 아니니까 부담 같은 건 가지지 않으셔도 돼요. 딱 천만 달러예요. 아셨죠? 천만 달러. 더 달란 말 안 할게요. 제게 그 정도를 주시는 것, 쉽죠? 돈이 준비가 되거든 마음속으로 나를 염원하세요. 내가 그것으로 지금 거는 당신에게의 저주, 풀어드리겠어요. 아이, 아저씨. 뭘 떨어요? 안 아프게 걸어드릴게요. 또 혹시 알아요? 천만 달러를 받고 감동해서 아저씨와 사랑에 빠져 버릴지. 호호호!"

"처, 천만? 백이십억 원? 놀고 있네, 그거면 우리 그룹의 조금 덜 나가는 계열사의 순이익이다, 임마. 참 웃기지도 않지. 도대체 천만 달러는 어디 쓰려고? 알아나 놓자. 하여튼 난 꿈도 황당하다니까. 하하, 젠장. 그리고 난 마누라와 자식새끼들 있으니까 제발 나와 사랑에 빠진다느니 하는 말로 중년의 가슴에 불을 지르진 말아줘."

"호호호, 재밌는 아저씨셔. 그럼, 아까 말했듯이 저주를 걸어드릴게요. 아이, 긴장하지 마시라니깐요. 하나도 안 아프단 말이에요. 자꾸 긴장하면 저 토라질 거예요? 그래요, 그렇게 힘을 쫘악 빼셔야 저주가 잘 걸리죠. 그리고 약속하세요, 천만 달러예요! 천만 달러! 꼭 주시는 거예요! 호홋!"

목소리의 주인공, 즉 희미하게 묘한 미소만을 보여주던 신비의 여인은 김 회장의 마음속에서 말이 끝나자 씨익 웃었다.

'웃는 걸 보니 저 여자가 내 마음속에 말을 걸던 여자임은 확실하군.'

김 회장은 생각했다. 어쨌든 상관없지. 이건 꿈이니까. 참 신비한 꿈이라서 저 여자가 사실은 내 마누라쟁이라고 해도 난 절대 놀라지 않을 거야. 김 회장은 그렇게 생각하고는 기가 막혀서 실없이 피식 웃었다. 그리고 그때 다시 그의 마음속으로 이야기가 들려왔다.

"아이참~ 아저씨, 아직도 꿈이라고 생각하시네? 일단 저주를 걸기 전에 꿈이 아니라는 것부터 보여드려야지. 잘 보세요! 호홋!"

신비의 여인은 그렇게 말하고는 유리창가로 다가서 몇 번 똑똑 두드렸다. 뭘 하려고 하는 거지? 그러나 김 회장은 그런 의문을 가질 필요가 없었다. 곧 무엇을 하는지 알게 되었으니까.

와장창!

그녀가 손을 휘두르자 유리는 박살이 나버렸고 그녀는 씨익 웃으며 계속 말했다.

"내일 아침에 달콤한 잠에서 깨어났을 때, 이 깨어진 유리창이 아저씨를 반긴다면 아저씨도 우리의 추억이 하룻밤 꿈이 아님을 알게 되겠죠. 아, 이제 전 저주만 걸고 가면 되겠네요. 아저씨, 이 불빛을 잘 봐요… 아이, 고개 돌리지 마시고… 그렇죠. 자, 시작할게요!"

마음속의 목소리가 말을 끝내자, 곧 자신의 앞에 있던 붉은 머리의 아가씨가 입술을 달싹거리기 시작했다. 주문을 외우는 건가? 참 가지가지 하는군 그래.

붉은 머리의 아가씨는 김 회장이 마음속으로 뭐라고 하던 아랑곳하지 않고 자신의 두 손 위에 푸른 불덩이를 띄워놓고 다시 무어라고 주문을 외웠고, 그러자 갑자기 그 푸른 불덩이가 파악! 하고 폭사되면서 그 속에서 푸른 빛이 쏟아져 나오기 시작했다.

파아아아앗!

그리고 김 회장은 엄청난 빛을 온몸으로 받으며 정신을 잃어버렸다.

그가 의식의 끈을 놓으며 마지막으로 한 생각은 '그러고 보니 그 푸른 불덩이가 꼭 옛날이야기에 나오는 도깨비불 같군' 이었다. 그리고 그런 생각을 비집고 들어온 다른 누군가의, 즉 붉은 머리의 아가씨의 마치 마음을 전하는 듯한 외침이 마지막으로 머리 속에 메아리 치듯이 울려 퍼졌다.

"잊지 마세요! 천만 달러예요! 준비가 된다면, 나를 떠올려요! 호호!"

나는 침을 꿀꺽 삼켰다. 긴장해서 그런지 침 삼키는 소리가 크게 들렸다. 젠장, 남이 안 들었으려나? 에라, 들었으면 또 어때. 그건 그렇고 이 아저씨의 이야기, 도저히 믿지지 않는군 그래. 하긴, 이미 내 옆자리에 전설의 고향의 처녀귀신들 뺨을 열 번은 치고 남을 아가씨가 앉아 있는데 무슨 이야기를 못 믿겠냐마는. 난 김 회장에게 물었다.

"그래서… 그 뒤로는 어떻게 되었습니까?

"아, 잠시만. 김 기사? 거기 음료수 한 캔만 주겠나? 아, 고맙네."

그는 이야기하느라 힘들었는지 기사에게 음료수를 청한 뒤에 한 캔을 몽땅 벌컥벌컥 들이키고는 대답했다.

"난 그대로 아침에 일어났지. 거실에서 잠들어 있더군. '참, 내가 생각해도 잠버릇이 요란하네. 그건 그렇고 어젯밤 꿈 참 신기했지. 하하, 뭐? 잊지 말아요? 허허허!' 라고 생각하면서 샤워실로 갔지. 그런데 허허, 거울을 보니 내 왼뺨에 벌겋게 손자국이 나 있더군."

허억! 그런? 난 이야기에 몰입되어서 점점 김 회장 쪽으로 몸을 가까이 했고, 김회장은 티는 안 내지만 약간 거북스러워하는 듯했다. 에구 참, 나도 주책이지. 어쨌든 난 다시 몸을 뒤로 뺐고 김 회장은 어색하게 잠시 웃다가 말했다.

"어디까지 이야기했지? 아, 왼뺨. 그래. 난 정말 그때 기절하는 줄 알았어. 난 놀라서 세면실을 정신없이 뛰어나와 거실 유리창을 봤지. 빌어먹을, 깨져 있더군. 그제야 난 어젯밤에 있었던 일이 꿈이 아닐지도 모른다고 생각하게 됐어. 하지만 생각하게 됐을 뿐이지 아무렇지도 않으려니 했어, 설마 세상에 저주가 어딨냐고 말이야. 지금 생각해 보면 모든 게 믿지 않을래야 않을 수 없는 일이지만 말야."

"그래서 어떤 피해를 봤죠?"

뒤에서 요령이가 날카롭게 물었고 김 회장은 씨익 웃더니 말했다.

"첫날은 별거 아니었지. 잠을 자는데 밤새도록 여자 울음소리가 들리더군. 옆집에서 누가 우는 줄 알고 넘어갔지. 둘째 날은 좀 더 심각했어. 밥을 먹는데 포크가 내 손을 찍어버리더군. 젠장. 난 비명을 질렀지만 참았지. 그냥 내가 실수한 줄 알고 넘어갔거든. 그리고 그날 밤, 접시들이 하늘을 가르며 자기들끼리 부딪쳐서 서로 박살이 나더군. 젠장."

"그, 그럴 수가……."

난 신음을 흘렸다. 저주라는 게 그렇게 무서운 건가? 그런 식으로 도깨비 장난 같은 일이 예사로 벌어질 정도로? 그러나 회장의 말은 계속되고 있었다. 그것은 이 정도로 끝이 아니라는 이야기이다.

"난 그때서야 무엇인가가 무서워지기 시작했지. 하지만 그런 거에 시달린다고 백억을 줄 미친 사람은 없어. 난 미치지 않았고, 무엇보다 나에겐 정말로 백억 원이란 재산이 없었거든. 그런데 그냥 참고 넘어가기에는 점점 정도가 장난이 아니게 되더군. 다음날, 우리 첫째가 스키 사고로 다리가 부러졌지. 그 녀석은 그날로 병원에 실려갔어. 그 다음날, 우리 가족은 내 동생을 문병 가다 단체로 교통사고가 났어. 모두 중상을 입고 입원 중이지. 젠장. 이게 다인 줄 알아? 우리 계열사 중 위태위태하던 회사가 지금 부도를 맞게 생겼어! 젠장! 여기서 부도가 나 버리면 들어가는 돈은 백억이 문제가 아냐! 그런데 내가 정말로 불안한 건, 그 저주받을 여자가 천만 달러를 주지 않으면 저주를 절대로 풀어주지 않겠다고 했다는 거지. 젠장… 나한테는 정말로 백억은커녕 십억도 없는데! 몇 푼 안 되는 재산은 모일 때마다 몽땅 회사에 쏟아 부었다고! 왜 하필 내게! 제기랄! 제기라알~!"

소리를 질러대며 자신의 무릎을 치고 분해하는 김 회장. 나는 그 모습을 보며 숙연해지지 않을 수 없었다. 불쌍하군. 나와는 상관없는 일이긴 하지만 왠지 불쌍해. 그리고 김 회장의 분통해하는 모습을 보며 요령이가 무언가를 말하려 했을 때 김 회장이 먼저 우리 쪽을 돌아보며 말했다.

"자네들, 자네들은 아까 내가 무언가에 시달리고 있다는 걸 내 차만 보고도 느꼈었지? 자네들이라면 나를 도와줄 수 있을 게야! 부탁하네!"

아, 자네들이 아니고 제 옆의 고양이인데요. 뭐, 저와는 별 상관 없는 이야기예요. 아참, 그러고 보니 너무 황당한 이야기에 정신이 팔려 내 아르바이트 건을 까맣게 잊고 있었군. 난 고양이에게 은근슬쩍 물어보았다.

"야, 다 좋은데, 내 아르바이트는 어떻게 되는 거야? 이 분위기에서는 아무래도 안 될 것 같은데?"

"안 되긴 왜 안 돼? 방금 설명까지 다 들었잖아?"

"…뭐?"

뭐라 그러는지 하나도 모르겠네. 도대체 무얼 어떻게 설명했다는 거야? 난 의문이 잔뜩 섞인 눈빛으로 요령이를 쳐다보았고 그녀는 잠시 나를 쳐다보더니 참 한심하다는 듯이 한숨까지 푸욱! 쉬며 속삭였다.

"야, 이 정도 되면 대충 눈치 챌 때도 됐잖아? 쉬운 아르바이트네, 그 여자만 잡으면 되니까."

…뭐, 뭐, 뭐, 뭐어?! 그 여자를 잡아?! 그럼 네가 말한 아르바이트가 설마?!

난 이번에는 의심을 가득 섞어서 그녀를 노려보았고 그녀는 윙크를 찡긋 하더니 말했다.

"맞아, 귀신 잡기. 아니, 저주 풀기. 그 이상한 여자만 잡으면 되는 거 아냐? 쉽네 뭐."

이 말을 들은 나는 굳어버릴 수밖에 없었다. 이런 젠장. 그 대신 난 계속해서 같은 말만 되뇌었다. 굳어버린 채로.

나는… 나는… 나는…….

보통 사람이란 말이다아아앗!!

우와, 이거 미치겠네? 귀신? 저주?

얼어죽을, 귀신같은 소리 하고 앉아 있네. 젠장! 내가 돈에 뱃속이 환장하고 눈이 뒤집힌 녀석으로 보이냐? 난 고양이, 그러니까 요령이를 미친 듯이 노려봤지만 요령이는 나를 빤히 쳐다보며 배실배실 웃을 뿐이었다. 젠장. 웃지 마. 정든다구. 웃지 말라니까? 이익! 자꾸 웃으니까 마음이 풀리려고 하잖아! 그래. 너 예뻐, 예쁘니까 그만 좀 웃어! 어쭈? 자꾸 웃어? 그런다고 내가 이런 일을 할 것 같아? 난 김 회장에게 말했다. 최대한 슬프고 죄송스러운 표정으로.

"아, 예, 김 회장님의 사연, 정말 심히 안타깝고 할 수만 있다면 어떻게든 돕고 싶은 게 사실입니다. 하지만 저희들에게 무슨 능력이 있겠습니까. 저희들 같은 범부들이 할 수 있는 것이라고는……."

오옷, 나 오늘 말 잘 나온다! 내 입에서 이런 유식한 말이! 내 이런 진심 어린 말을 들으면 누가 무서워서 부탁을 거부한다고 생각하겠는가? 난 마음속으로는 의기양양한 채로, 그러나 겉으로는 눈물 섞인 표정과 울음 섞인 목소리를 유지한 채로 말을 이었다. 물론 이미 내가 하고 싶어하는 말을 눈치 챈 김 회장은 점점 풀이 죽어버렸다. 쯧, 죄송해요. 하지만 할 수 있나요.

"그래서… 저흰… 김 회장님을 도와드릴 수가……."

꽈아아악.

"으아아아악! 또, 또 꼬집었어! 더 이상은 못 참겠다! 으아악! 야, 왜 아까부터 자꾸 꼬집고 난리야!"

난 비명을 질러 버렸다. 젠장! 요령이 그 녀석이 또 꼬집어 버린 것이다. 그것도 처음에 꼬집고 두 번째에 또 꼬집은 곳을 또! 젠장, 꼬집힌 데 또 꼬집히고 또또 꼬집히면 얼마나 아픈지 알아? 요령이 너, 이번엔 또 내가 뭘 잘못했다고 그러냐? 그럼 능력없는 놈이 일 못하겠다 그런 것도 잘못이야? 아니, 도대체 내가 뭘 어쨌다고 그러는 거야, 도대체!

"야, 도대체 무슨 짓… 읍!"

나는 그 녀석에게 나의 생각, 즉 아파 죽겠으니 제발 꼬집지 말고 무서워 죽겠으니 아르바이트고 뭐고 간에 때려 치고 집에나 가자. 아직 그리 멀리 오지 않았으니 조금만 걸어가면 금방 집이다. 안 가면 나 혼자라도 간다. 정말 갈 거야… 등등을 확실히 전해주고 싶었으나 불행하게도 그 녀석은 내 말을 들을 준비가 되어 있지 않았는지 손을 내밀어서 내 입을 막아버렸다.

쳇! 이 자식이! 콱 그냥 손을 물어버릴까? 그러나 왠지 그랬다가는 그 녀석이 내 얼굴에 다섯 줄기의 붉은 선을 그려줄 것 같았다. 참아야지 별수있나. 젠장. 어쨌든 난 그렇게 내 의사를 표현할 방법을 철저히 봉쇄당했고, 그 녀석은 그런 자세, 즉 내 무릎 위에 올라타서 내 얼굴을 김 회장의 시선에서 가리면서 동시에 내 입을 막아버린다는, 약간은 보기 안 좋고 내 입장에서는 기분이 좋아야 하나 나빠야 하나 상당히 고민하게 만드는 자세를, 그러나 요령이의 입장으로 봤을 때는 상당히 실용적인 자세를 취하며 김 회장에게 말했다.

"얘가 원래 농담이랑 장난치는 것을 좀 좋아해요. 호호호! 물론 도와드려야지요! 저주 풀기, 까짓거 쉽죠 뭐! 호호호!"

그리고 금방이라도 울 듯한 표정이던 김 회장은 요령의 말을 듣고는 얼굴이 환해지며 대답했다.

"그, 그런가! 하하하! 젊은이도 참… 나 깜짝 놀랐다네. 어쨌든 도와준다니 고맙구먼. 허허!"

"에이, 고맙기는요. 사람으로서 당연히 해야 할 일이죠. 호호! 그렇지, 영준아? 호호호!"

젠… 장… 웃냐? 웃기냐? 녀석이 웃으니까 내 무릎 위에 올라앉아 있는 녀석의 몸에서 내 몸으로 진동이 그대로 전달된다. 으, 기분 나빠. 어쨌든 난 두 손으로 내 입을 막고 있던 그 녀석의 손을 억지로 떼어버렸다. 제기랄, 남이 보면 내가 이상한 놈이라서 여자 손을 마구 붙잡는 줄 알겠다. 어쨌든 간신히 떼어내자 신선한 공기가 입속 가득 밀려 들어온다. 그동안 숨이 막혔었나 보군. 탁하디탁한 차 안 공기가 이렇게 맑게 느껴지니. 젠장, 숨 막혀 죽는 줄 알았네!

"헉, 후우… 야, 무거워, 비켜. 보기에는 안 그래 보이는데 뭐 이리 몸이 무거워? 그리고 김 회장님, 전 절대 그 일……."

곧 다시 틀어막히는 내 입. 난 버둥거렸지만 그 녀석은 나를 꽈악 누르며 말했다.

"회장님? 얘가 장난이 심하네요. 호호! 잠깐 타일러 줘야겠어요!"

그리고 그 녀석은 내 막은 입을 풀어주었다. 푸아아! 숨 막혀 죽는 줄 알았네! 난 재빨리 그 녀석에게 아까 전하지 못했던 내 의사를 똑바로 전달하려 했다. 하나 덧붙여서. 입 막지 말아줘! 젠장.

…불행히도 내 의사는 또다시 전달되지 못하고 말았다. 내가 미처 입을 열기도 전에 그 녀석이 내 귀를 잡아당기더니 속삭인 것이다.

"작작 좀 해, 임마! 그 붉은 머리의 여자인지 뭔지는 내가 잡지 네가 잡어? 왜 네가 발악이야, 임마!"

"젠장, 무섭단 말이다! 어차피 일반 알바보다 시급 천 원이나 더 주겠어? 저 김 회장인가 하는 사람, 생각보다 잘 살지도 못한다잖아. 젠장! 이 벤츠도 회사차겠지 뭐! 뻔해, 뻔해! 텄어! 그리고 난 이런 일은 시간당 만 원을 준다고 해도 안 해!"

난 마구 손을 내저으며 속삭였다. 아주 소리를 고래고래 질러서 내 의사를 김 회장도 파악하게 했으면 싶은 생각도 있었지만, 지금도 우리 쪽을 안절부절함과 어리둥절함의 시선을 보내며 계속해서 불안한 듯한 표정을 지어 보이는 김 회장에게 미안해서 차마 소리치지는 못하겠다. 내가 착잡한 심정으로 잠시 김 회장을 바라보고 있는데, 녀석이 내 귀에 대고 속삭인다.

"캬아악… 이 무식한 인간아, 내가 아르바이트라고 했다고 그걸 진짜 일반 아르바이트로 생각했냐? 뭐? 시급당 만 원? 네 겁대가리 잠시만 자르면 얼마가 들어오는지 내 눈으로 보여줄게! 쳇, 네가 사는 게 하도 궁상맞아 보이고 저 사람도 하도 안돼 보이길래 생활비도 벌어다 주고 불쌍한 사람도 돕겠다는데 그게 그렇게 싫어? 응? 젠장! 똑똑히 봐, 알았지?'

녀석은 캬르릉거리면서 내 귀에 속삭였다. 고양이 특유의 목울림 소리 때문에 내 귀에는 그 녀석의 입김이 확확 뿜어졌고, 덕분에 난 이야기는 듣는 둥 마는 둥한 채 화끈거리는 얼굴을 어떻게든 원상태로 돌리려 노력해야 했다. 젠장, 왜 얼굴이 빨개지지? 더운가 보군. 으음, 겨울인데…….

내가 약간 부끄러워하든 말든 할 말을 끝낸 녀석은 잠시 나에게 보여줬던 답답하다는 표정을 싸악 바꿔서 귀엽게 미소 짓더니 김 회장에게 말한다. 얼씨구, 아주 연극을 해라, 연극을 해. 정말로 요물을 요물이구먼. 뭐? '난 요물이 싫어'라고? 참나, 웃겨서.

"호호, 이 녀석도 좋다고 했어요."

"야, 내가 언제……."

텁! 움! 움! 다시금 내 입을 효과적으로 가로막는 그 녀석의 왼손. 젠장, 졌다, 졌어. 난 말하기를 포기하고는 그 녀석이 입을 막든 말든 팔짱을 끼고는 등받이에 몸을 눕혀 버렸다. 쳇, 내가 포기한 걸 알자 녀석은 내 입에서 손을 떼고는 생글거리며 말한다.

"저, 그런데요… 궁금한 것이 있어요."

"응, 아가씨, 무엇이 궁금하지? 뭐든 물어봐도 좋아!"

요령가 자신의 부탁을 승락하자 금방 죽상에서 환상으로 바뀐 김 회장의 얼굴. 우리가 도와준다니까 기쁘긴 기뻤나 보군. 우리를 알지도 못할 텐데 도와준다는 말을 그대로 믿다니. 하긴, 그 정도까지 심리적으로 궁지에 몰렸나 보지. 김 회장은 허허거리면서 뭐든 궁금한 게 있으면 물어보라고 말했고, 그러자 요령은 짓궂게 웃으며 장난스럽게 물었다.

"이건 그냥 개인적인 궁금함인데요, 회장님이나 되는 높으신 분이 이런 고급 차를 타고 시장까지는 무슨 일로 오셨죠?"

맞아! 나도 그게 궁금했어! 난 맞장구치고 싶은 것을 꾹 참았다. 버릇없다는 소리를 들을 것 같은 걱정도 있었지만, 그것보다는 입만 열면 요령이 다시 입을 막아버릴까 봐. 어쨌든 요령은 대답을 기대한다는 눈빛으로 김 회장을 쳐다보았고, 김 회장은 별거 아니라는 듯이, 그러나 당황했는지 이마의 땀을 손수건으로 훔치며 대답했다.

"아, 별, 별건 아니라네. 그저……."

"그저 뭐죠?"

그녀는 궁금한 듯이 대답을 재촉했고 그는 더욱더 당황한 표정이 되었지만 할 수 없다는 듯이 말했다.

"저… 기, 이 주위에 정계 사람들에게도 소문이 난 용한 무당이… 있다길래… 점도 보고… 굿이라도… 해서……."

그랬구나. 쯧쯧, 얼마나 급했으면 이 나라 최고의 위치에 있다는 사람이 무당을 다 찾았을까. 하지만 우습다, 무당이라니. 요령도 그 이야기를 듣고는 잠시 쿡쿡대더니 간신히 웃음을 참았는지 말했다.

"쿠쿡, 아, 그러세요. 아, 웃어서 죄송해요. 그런데 무당에게 주시려고 했던 돈이 얼마였어요?"

요령의 약간은 무례한 질문. 그러나 김 회장은 별로 표정의 변화 없이 대답했다.

"일단 달라는 대로 줄 생각이었네만… 금액을 요구하지 않는다면 내 쪽에서 방문료로 한 백만 원쯤 줄 생각이었다네. 물론 굿 값이나 부적 값을 요구하면 더 주려고 했고."

배, 배, 배, 백, 백만 원! 그냥 찾아만 가서 얼굴만 보는 데 백만 원! 아니, 이 사람, 그게 제정신으로 하는 소리인가? 어느 정도의 금액에는 놀라지 않으리라 다짐한 것 같던 요령이도 이번만큼은 황당했는지 안색이 약간 변해서는 더듬으며 대답했다.

"예, 백, 백만 원. 호호, 차, 참. 얼굴만 마주 보는 데는 약간 많은 액수네요. 호호."

김 회장은 고개를 끄덕이며 말했다.

"사실 나도 아깝네. 하지만 어쩌겠는가? 대그룹 회장이라는 위신이 있는 내가 만 원짜리 한두 장 툭 던지고 갈 수는 없는 것 아닌가."

"그, 그렇군요."

요령이는 얼굴에서 흐르는 땀을 닦고 억지로 짓는 듯한 미소를 지었다. 꽤나 당황했나 보다. 하긴, 나도 황당했어. 백만 원이라니.

"백만 원이라… 회장님, 그럼 어차피 그 돈은 그 무당에게 쓰실 돈이었군요?"

김 회장은 약간 고민하는 듯한 표정이 되더니 대답했다.

"에? 음… 이야기가 그렇게 되나? 그런… 가 보군."

그리고 그의 대답을 들은 요령이는 눈을 빛내며 말했다.

"그렇군요! 회장님?"

"왜… 그러나?"

"잘 들으세요. 아까 약속드린 대로 저희가 모두 해결해 드리죠. 김 회장님 집으로 차 돌리세요. 이 정도로 강한 주술을 걸 수 있는 자에게 굿 따위는 별 소용이 없어요. 그보다 제가, 아니, 저희가 그 붉은 머리의 아가씨인지 머리에 불 붙은 아가씨인지를 잡아서 회장님의 저주를 풀어드릴 테니……."

요령이는 잠시 뜸을 들이더니 말했다.

"그 대가로 회장님이 그냥 버릴 뻔했던 백만 원을 저희 주시지 않겠어요?"

김 회장은 고민할 필요도 없다는 듯이 말했다.

"아, 그거? 좋아! 어차피 누군가에게 지불하기 위해서 마련한 돈일세. 자네들이 나를 도와준다니 그 정도를 지불 못하겠나? 오히려 어느 정도로 자네들을 대접해야 약소하지 않을까 고민해야 할 판이었는데, 그 정도라면 얼마든지 주겠네! 걱정하지 말게!"

기뻐하는 김 회장. 후우, 요령이는 그 모습을 보며 잠시 이마 주위를 짚으며 숨을 들이쉬다가 나에게 아쉬운 듯 약간은 허탈한 미소를 지으며 말했다.

"더 부를 걸 그랬다, 그치?"

뭐… 뭐야? 내 의견은 무시해 놓고, 멋대로 귀신인지 여우인지 정체도 모르는 그런 이상한 여자를 잡는다는 말을 멋대로 해버리고, 게다가 꼬집고, 입 틀어막고, 하여튼 별짓은 다 했으면서 지금 나를 쳐다보면서 천진난만하게 웃으며 '더 부를 걸 그랬다, 그치?'라고? 하! 웃기는군. 결국 내 마음속에서 용솟음치는 순간의 기분을 참지 못한 나는 그녀의 어깨에 손을 올리며 한마디를 외칠 수밖에 없었다.

"고맙다, 고양아! 아니지, 고맙다, 요령아! 으하하하하!"

참고로 이때의 내 기분은 생각도 못했던 엄청난 돈이 굴러 들어온다는 생각에 날아갈 것 같았다. 으하하하! 붉은 머리의 아가씨? 저주? 어차피 그녀를 잡는 건 요령이이고 저주를 푸는 것도 요령이이니, 난 굿이나 보고 떡이나 먹자구! 내가 집에 복덩이를 굴러들였구나, 어절씨구, 좋다— 역시 좋은 일 하면 복을 받는가 봐! 백만 원 받으면 내가 크게 살게, 요령아! 생선? 우유? 말만 해, 말만! 하하하!

부우우우우웅.

귀를 부드럽게 쓰다듬는 듯한 엔진 소리가 멈추고 우리는 차에서 내렸다.

달칵.

음, 역시 문을 닫을 때의 소리가 작네. 그럼 세게 닫으면 어떻게 될까? 그래도 소리가 작을까? 음… 궁금해라. 하지만 그런 짓을 했다간 미친놈 취급받겠지? 그렇지, 요령아? 난 그 녀석을 쳐다보았다. 그런데 녀석은 문의 손잡이를 잡고 안절부절못하고 있었다. 어쩜 나랑 그렇게 생각이 같냐, 그래? 난 피식 웃고는 문을 활짝 연 다음에 집어 던지듯이 닫아버렸다.

타아아앙!

잠시 차가 부르르르 떨렸다. 흠, 역시 지가 벤츠가 아니라 리무진이라도 문을 세게 닫으면 차가 떨릴 정도로 소리가 크겠지. 이 쉬운 걸 가지고 왜 고민했을까. 나는 고개를 끄덕이며 고개를 들어 올렸고, 내 눈에는 나를 노려보는 김 기사가 보였다. 쳇.

"차 부서져! 이 빌어먹고 빌어먹고 또 빌어먹고 지긋지긋하게 빌어먹다 못해 삼대가 빌어먹을 놈아! 이게 얼마짜란 줄 알아, 임마! 니놈이 평생 빌어먹……."

"그만 하게, 김 기사."

"네, 회장님."

으으… 저 얍삽한 놈 같으니라고. 내 옆에서 요령이가 비꼬는 소리가 들려온다 '네, 회장님. 네, 네, 네, 왜? 아주 구두라도 닦지 그라냐?'

라고 말이다.

　김 기사는 그녀의 중얼거리는 소리를 들었는지 잠시 노려보았지만 요령이가 눈을 가늘게 뜨고 노려보자 곧 고개를 떨구고 말았다. 그럼 설마 지금 고양이랑 눈 싸움하려고 그랬냐? 풋, 잘했다, 요령아.

　"자네들, 여기가 내 집일세. 들어가세."

　"예, 회장님."

　그런데 그 집 참 크네. 벌써 대문부터 으리으리하구만 그래. TV드라마에 나오는 회장님들 집 그대로잖아? 난 김 회장을 따라 대문 안으로 들어갔다. 맙소사, 웬 정원에… 허, 이 겨울에 잔디까지 깔려 있고―도대체 어떻게 한 거야?―그네에, 맙소사, 연못까지? 놀랍군, 놀라워. 정말로 놀라운데… 데… 데… 데… 자꾸 내 옆구리를 꼬집는 이 손톱은 뭐냐? 아아악! 아프잖아, 젠장! 난 휙 돌아보며 소리쳤다.

　"제기랄! 야! 너 자꾸 꼬집을래? 한 번만 더 꼬집으면 아주 손톱을 뽑아버린다!"

　"뽑히기 전에 네 얼굴에 그어줄까? 창피해 죽겠어, 정말. 그렇게 두리번거리다 목 빠져, 목."

　"야! 신기하니까 볼 수도 있는 거지, 그걸 가지고 꼬집어?"

　"잘났다, 잘났어. 그래, 니 멋대로 봐라. 왜, 아주 목을 뽑아서 둘러보지 그러니?"

　목소리는 예쁜데 말하는 싸가지하고는… 난 잠시 지끈거리는 머리를 누르고는 한숨을 푹 쉬며 김 회장을 따라 저택 안으로 들어갔다. 휴우~ 요령아, 언제쯤 이 시달림이 끝날까. 너만 마음을 조금 고쳐먹으면 금방 끝날 것 같은데. 난 다시 요령이를 쳐다보았다. 저 약간 토라진 듯한 얼굴. 젠장, 앞으로도 이 시달림이 끝나려면 멀었나 보군.

어느덧 느릿느릿 시간은 지나고 어느새 어둠이 우리 곁으로 천천히 스며들었다.

"불을 꺼요."

요령의 말에 김 회장과 김 기사가 돌아다니며 집 안의 모든 전등을 끄고—물론 나와 요령이는 집의 구조를 모르기에 가만히 있었다—거실로 왔다. 뭘 하고 있느냐고? 저주를 풀 준비를 하고 있는 것이다. 요령이는 이렇게 말했다.

"내가 떠돌면서 홀로 수련하거나 마녀들의 마법책을 훔쳐서 읽으며 배운 흑마법 중 하나로 이 주술을 충분히 깰 수 있을 거야."

"어, 그런데 흑마법은 악마한테 영혼을 팔아야 되지 않아?"

"내가 그렇게 멍청해 보이냐? 영혼을 팔 거면 내가 미쳤다고 사람이 되려고 하겠냐? 어차피 영혼을 팔아야 하는데? 이건 악마의 힘 대신 내 영력을 직접 끌어다 쓰는 거야. 한마디로 내 힘이지."

"어, 그래… 그런데 무안은 주지 마라. 좀 짜증나."

"오냐."

녀석은 그렇게 말하더니 김 회장을 가부좌를 틀고 앉게 하고서는 초 여섯 개를 그의 주위에 두 개의 삼각형이 역으로 겹쳐진 모양으로 놓더니 만화나 소설에서 많이 보고 들은 마법진을 그렸다. 맙소사. 내가 이런 걸 실제로 보게 되다니. 저건 다비드의 별이잖아?

초를 다 놓은 그녀는 매직으로 초를 꼭지점으로 한 여섯 개의 뿔이 달린 별을 그리고 그 둘레에 원을 그린, 그리고 그 안에 이상한 글자들을 휘갈겨 놓은 마법진을 완성했다. 봐도 모르겠지만, 촛불에 따라 푸르스름한 빛이 그 마법진 안에서 일렁이는 것으로 봐서는 뭔가 있긴 있나 보다.

"김 회장님, 마음 편하게 먹으세요. 곧 끝나요."

"아, 그래. 그런데 자네 지금 뭘 하는 건가? 굿 같은 거… 안 하나?"

"예에? 굿이요? 푸훗, 전 그런 거 할 줄 몰라요. 그 대신 전 마법진으로 저주를 없앨 거예요."

"마법진이… 라고?"

"예, 그냥 바닥에 그리는 부적이라고 생각하세요."

요령이는 그렇게 말하고 생긋 웃었지만 왠지 그 미소 속에서도 공포심이 느껴졌다. 저런 녀석에게 겁먹으면 안 되지. 암, 안 되고말고. 하지만 무서워, 젠장. 갑자기 귀신으로 변해서 왁! 하고 나를 덮치면 어떻게 하지? 나는 왠지 모를 두려움에 몸을 엉거주춤 뒤로 뺐다.

어두컴컴한 방 안. 왠지 모를 공포감이 내 주위를 휩싸고 있었다. 그 속에서 왠지 모르게 빛나는 듯 보이는 요령의 눈. 그리고 겁을 잔뜩 먹은 듯 덜덜 떨고 있는 김 회장의 표정. 요령은 천천히 일어나서 손을 들어 올리고는 주문을 외웠다.

"$\Gamma \delta \theta \upsilon A \ \alpha_\pi \text{ж} \text{Ю} \ Đ \ \epsilon \Phi \Delta \Sigma$……."

왠지 모를 요염함이 느껴지는데. 으음, 난 요령이의 몸짓에 눈을 떼지 못했다. 단지 손과 허리를 약간씩 흔들면서 주문을 외울 뿐인데도 요령이의 모습은 이상하게 아름다워 보였다. 꼭 춤을 추는 것 같다고 할까? 하긴, 원판이 예쁘니까. 내가 멍하니 그녀에게서 눈길을 떼지 못하고 있을 때 갑자기 마법진에서 밝은 빛이 뿜어져 나왔다.

번쩍! 파아아앗!

김 회장은 깜짝 놀랐는지 눈을 가려 버렸다. 으음, 나이 많은 사람이 약간 주책이야. 어쨌든 마법진에서 뿜어져 나온 빛들은 점점 김 회장을 둘러싸더니 빙글빙글 돌면서 그의 몸속으로 스며들기 시작했다. 그리고 난 김 회장의 외침을 똑똑히 들을 수 있었다.

"땅에서 빛이 나와서 나에게 덤벼들다니 이게 말이 되냔 말이야!"

그리고 놀라 버린 요령이.

"뭐야, 저렇게 말을 술술 잘한다는 것은 아예 해제의 주술에 걸리지 않았다는 소리잖아?"

그녀가 말을 마치자마자 김 회장의 몸에서 아까 그의 몸으로 스며들었던 파란 빛과 같은 종류의 빛이 도로 뿜어져 나왔다.

파아아아앗!

"까악!"

"으아악! 깜짝이야!"

"워메, 저게 뭐야!"

요령이와 나, 그리고 김 기사는 동시에 깜짝 놀라서 비명을 질렀다. 젠장! 뭐, 뭐야? 왜 김 회장 몸에서 빛이 뿜어져 나오지? 어떻게 된 거얏!

"시, 실패예요. 도대체 얼마나 저주가 강하게 걸렸길래……."

요령은 털썩 주저앉으며 중얼거렸고 난 한숨을 푸욱 쉬었다. 뭐야, 멋만 잔뜩 부리더니 실패야? 그녀는 입술을 꼬옥 물어뜯더니 손가락을 잠시 잘근거리며 웅얼거리듯 말했다. 초조한가 보군.

"우웅… 젠장(애구, 역시 그 예쁜 입술에서 나오는 말이 고작 젠장이냐?). 김 회장님, 그 빨간 머리의 여자인가 뭔가가 자기를 떠올리면 온다고 그랬나요?"

김 회장은 실패했다는 요령이의 말에 허탈한 듯 멍하니 앉아 있다가 화들짝 놀라며 대답했다.

"그, 그렇지. 그런데… 왜 그러나?"

"그렇다면, 젠장, 집 박살날 각오가 되어 있으신가요?"

"그… 물론… 저주만 풀린다면야, 집이야 다시 고칠 수 있으니 박살을 내든 때려 부수든 마음대로 해도 좋다만… 그건 왜 물어보는가?"

그 말을 듣자 요령이는 또다시 혼자 중얼거리며 고민에 빠져들었다. 어두운 밤, 거실 안에서 신비로운 문자가 새겨진 마법진의 촛불은 붉게 일렁이며 우리 얼굴에 그로테스크한 그림자를 드리웠다. 그리고 부엉이 우는 소리가 창밖으로 아련히 들려오는 달빛 비추는 거실은 마치 요령이가 말한 마녀라도 나올 듯이 음침했다. 무섭군. 젠장. 그리고 그 어두운 분위기 속에서 요령이는 속삭이듯 침착하게, 그리고 나직하게 말했다.

"그녀를… 불러요."

"…뭐라구?"

김 회장은 반문했고 요령은 다시 말했다, 손가락을 한 번 깍지 껴서 꺾고, 숨을 크게 쉰 후에. 그녀의 말투는 부드러운 농담 같았지만 입술을 꼭 깨물고 있었다.

"그녀를 불러요, 붉은 머리의 여인을. 그 아름답다는 얼굴과 붉디붉다는 머릿결이 보고 싶군요. 입술도 붉을까요? 어쩌면 피를 머금고 있을지도 모르죠. 후훗, 이런 분위기에 어울리는 여자일 듯싶네요. 인사라도 나누어보고 싶어요."

제5장

퀴에르

미, 미쳤어! 그 붉은 머리인지 파란 머리인지가 건 불운해지는—정말 불운해지는 저주인지는 모르겠지만 상황을 봐서는 그런 것 같다—저주조차 풀지 못했으면서, 뭐? 부르라고? 인사가 하고 싶어? 그래서, 인사를 한 다음에는 어쩔건데? 서로 손 잡고 '푸른 하늘 은하수'라도 하시려고? 어이구, 그것 참 정답겠어! 젠장!

그리고 김 회장도 말했다.

"황당한 소리! 자네는 그녀의 저주를 풀지 못하지 않았나! 물론, 지금 보니 신기한 것들을 보여주기는 하네만. 안 돼! 이미 간접적인 대결에서는 자네가 졌다고 보네!"

김 회장님, 제가 하고 싶은 소리를 아주 통쾌하게 하시는군요!

그러나 요령은 말했다.

"져도 제가 져요. 신경 쓰지 마세요."

"지는 건 자네지만 그 다음에 책임을 져야 하는 것은 나일세! 만약 그녀가 화가 나서 우리 가족을 몰살시키는 저주라도 건다면… 으으, 생각도 하기 싫네!"

정말로 생각도 하기 싫다는 표정을 실감나게 보여주는 듯 일그러지는 김 회장의 얼굴. 그러나 요령이는 계속해서 말한다.

"제 전문이 저주 풀기가 아니라 치고 받기란 말이에요! 제기랄, 이해 못해요?"

그녀는 머리 주위로 손가락을 마구 흔들면서 격렬하게 이해 못하냐는 손짓을 취하며 더듬거렸다. 답답해서 말이 제대로 안 나오나 보다. 그렇다고 저렇게 버벅거리나, 세상에.

"어, 그러니까, 제길, 그 빨간 머리의 계집애인가 하는 애가 건 저주는, 그러니까, 점점 갈수록 커지는 거란 말이에요! 젠, 으으… 젠장! 답답해 죽겠네! 이해 못하겠어요? 제가 지금 그녀를 안 잡으면, 당신이 거부가 아니라 왕의 운을 타고난 자라도 1년 안에 망해요! 젠장! 아이씨, 박영준! 너 때문에 나까지 젠장이 입에 배어버렸잖아! 젠장!"

얼씨구, 뭐? 나 때문에 젠장이 입에 배어? 젠장, 물론 내가 젠장이란 말을 잘 쓰긴 하지만, 그래도 만난 지 하루밖에 안 된 사람에게 그런 식으로 자기 악습관을 뒤집어씌우는 건 좀 심했다, 야. 어이구, 저 뾰로통한 얼굴 좀 봐. 마치 원래의 자신의 입에서는 성스러운 말만 나왔다는 듯이 입을 비쭉 내밀고 나를 째려보는 저 모습. 어이구, 귀여워라… 뭐? 귀여워? 에이, 설마 내가 잠시라도 그런 생각을 했을까. 쟤가 귀여운 구석이 어디 있다고.

"이해하겠어요?"

"하, 하지만……."

김 회장이 망설이자 그녀는 고함을 빽 질렀다.

"불러요오옷~!"

"아, 알았네… 왜 화는 내고 그러나… 하지만 젠장, 난 모르네!"

"내가 다 책임질게욧! 부르기나 해요!"

요령이가 표독스럽게 소리를 지르자 김 회장은 어쩔 수 없다는 듯이 눈을 감고는 무언가를 중얼거리기 시작했다.

젠장, 정말 부르는 거야? 미쳤어, 미쳤어! 분명히 요령이가 질 거야! 안 돼! 젠장! 안 된단 말야! 난 벌떡 일어나서 외쳤다.

"안 돼요! 이건 말도……."

그때 눈을 뜬 김 회장의 떨리는 목소리.

"마음속에서… 그녀가 응답했어……."

그 순간, 마법진의 여섯 촛불이 갑자기 팍 꺼지고 거실의 유리창들이 한 장씩 차례로 박살이 나기 시작했다.

와장창! 차창! 쨍그랑! 와그랑— 차창!

한 장씩 부서져 버린 유리 가루들이 달빛에 반사되어 눈부시게 빛나며 허공을 별빛처럼 수놓고.

쐐애액— 콰악!

갑자기 마법진 앞에 한줄기 적색 빛이 꽂혔다.

뭐지? 내가 눈을 들어 보니 홍적색의 빗자루였다. 빗자루가 날아왔다고? 맙소사! 이게 뭐야? 어떻게 된 거야? 이게 도대체… 그리고 난 요령이의 떨리는 목소리를 들었다.

"자, 자주색 빗… 자루? 붉은… 머리? 붉은 머리의 여자… 서, 설마… 맙소사… 이럴 리가… 없는데!"

"뭐, 뭐야? 뭘 보았기에 그렇게 무서워하는 거야? 젠… 젠장! 이게

뭐야! 소설 써? 퇴마록이야? 영화 찍어? 엑소시스트냐? 젠장! 왜 유리
창이 박살이 나고 난리야!"

난 부들부들 떨면서 외쳤다. 참을 수 없는 무기력감. 이게 뭐야! 난
뭘 해야 하지? 내가 주위를 두리번거리며 무기를 찾을 때 갑자기 삐억!
하는 소리와 함께 현관문이 벌컥 하고 열렸다. 그리고 김 회장은 뒤로
주춤주춤 물러서며 말했다.

"그… 녀다……."

"호호, 김 회장님, 손님들이 많네요?"

날카로운 목소리. 한마디 한마디가 심장을 찌르는 듯한 목소리. 말
을 들을 뿐인데도 고통이 느껴진다. 저 여자… 도대체 누구야? 요령이
는 그녀의 목소리에 부르르 떨더니 중얼거렸다.

"서, 설마… 아, 아냐… 아닐 거야……. 그럴 리 없어… 하지만… 이
기운은… 분명히……."

현관문 앞의 실루엣. 그림자처럼 보이는 그녀의 실루엣은 아름답다.
요령이는 비교도 할 수 없을 정도의 색기. 그녀는 잠시 그렇게 서 있더
니 주위를 둘러보고는 한 발짝 달빛 아래로 그녀의 몸을 드러내었다.
새빨간 핏빛의 머리카락, 그리고 어깨와 등, 양 가슴이 드러난 가죽 재
질의 웃옷과 역시 가죽의 미니스커트, 검은 스타킹과 검은 하이힐, 검
은 립스틱을 바른 그녀는 미소 지었다. 그리고 요령이의 날카로운, 겁
에 잔뜩 질린 비명 소리가 온 집을 울렸다.

"까아아악! 퀴… 퀴에르!"

퀴… 에르? 퀴에르가 누구야? 어디에선가 분명히 들어본 이름 같기
는 한데…….

어쨌든 달빛에 완연히 모습을 드러낸 그녀의 자태는 정말이지 아름

다왔다. 악마 같은 요염함이 온몸을 휘감은 그 모습. 밤중에서도 짙은 밤 같은 검은색과 핏빛을 그대로 따온 듯한 붉은빛이 묘한 조화를 이루는 모습. 그녀는 휘파람을 불어서 붉은 빗자루를 부르더니 그 위에 걸터앉아서는 다리를 꼬았다.

하, 내 눈앞에 이런 미인이 또 보이는군. 하지만 요령이와는 전혀 달라. 요령이가 요염함 속에 발랄함과 밝은 미소를 가지고 있다면 요령이가 퀴에르라고 하던 새빨간 머리색의 여자는, 이 여자는 온통 성적인 매력과 성숙한 분위기뿐이었다. 제… 젠장! 그러고 보니 내가 이 여자 미모나 평가하고 있을 때가 아니잖아!

난 온 힘을 짜내서 물었다.

"너, 넌 누구야? 왜 이런… 짓… 을 하는 거지?"

그녀는 미친 듯이 깔깔대더니 요염하게 말했다.

"호호호호호! 귀여운 아이야, 이 누나는 너에게 그런 것을 대답할 시간이 없어요. 네 옆의 나보다 약간 못생긴 계집애에게 물어보려무나, 날 아는 것 같은데. 호호호호!"

그러더니 그녀는 아직도 바들바들 떨고 있는 요령이에게 물었다.

"너 못생긴 아이야, 날 어떻게 알고 있지?"

"아… 퀴… 에르… 퀴에르……."

그리고 요령이 겁을 잔뜩 먹었는지 대답을 못하자 그녀는 약간 짜증을 부리더니 말했다.

"날 어떻게 알고 있냐고 물었어, 멍청한 계집아!"

"아… 날… 못 알아봐?"

"당연하지. 나를 보았었나? 나는 너를 본 적이 없어. 그러니 빨리 대답해, 죽여 버리기 전에. 친절하게 다시 한 번 물어봐 주지. 나를 언제

봤지?"

참, 죽여 버린다는 말을 정말 쉽게 하네. 퀴에르는 짜증이 난다는 듯이 붉은 머리를 뒤로 넘기며 말했고, 요령이는 계속 조금씩 몸을 떠는 와중에서도 왜 자신을 못 알아보는지 고민하는 표정이었다. 그런데 퀴에르가 누구길래? 나도 들어본 이름이기는 한데… 퀴에르… 퀴에르…….

"마녀의 실험실은 언제나 어두컴컴했다. 고양이의 주인이었던 마녀 퀴에르는 언제나 마법의 주문을 중얼거리며……."

생각났다! 요령이가 옛 일을 말해 줄 때, 치를 떨면서 다시는 생각하기도 싫다고 했던 그 마녀! 자줏빛 지팡이를 타고 다닌다던 요령의 원주인, 퀴에르! 그랬구나! 그래서 요령이가 저 퀴에르라는 여자를 알아본 것이었구나! 그러나 그렇다면 퀴에르가 요령이를 알아볼 가능성은 없지! 퀴에르라는 여자는 요령이가 영력을 지니고 있다는 걸 모르는 것 같았다고 요령이가 전에 자기 입으로 그랬으니까! 더구나 요령이가 사람으로 변해 있으면 퀴에르는 요령이를 더욱 알아보기 힘들지! 왜냐하면 퀴에르는 요령이가 사람으로 변했을 때의 모습을 본 적이 없으니까! 으, 이 사실을 알려줘야 해! 그래서 요령이에게 놀랄 것 없다고 말해 줘야 해!

난 옆으로 천천히 걸어가서 생각에 잠긴 요령이에게 속삭였다.

"저 퀴에르라는 여자는 널 못 알아봐! 저 여자가 네가 영기를 가지고 있다는 걸 알 리가 없잖아! 더구나 사람으로 변할 수 있다는 건 더 더욱 모르지! 보나마나야! 저 여자는 네가 자기의 고양이라는 사실을 절대 모를 거야! 그러니까 절대 널 알리지 마! 마녀 퀴에르의 이름은 워낙 유명해서 너같이 힘을 좀 가진 자들은 다 안다고 해! 그럼 될 거야! 어서!"

그 말을 들은 요령이는 약간 얼굴이 밝아졌다. 그리고는 고개를 살짝 끄덕이더니 말했다. 아니, 말하려고 했다. 그 의지를 실현시키지는 못했지만. 참지 못한 퀴에르가 갑자기 외친 것이다.

"하, 이 못생긴 계집이 내 말을 무시했어? 죽어!"

아니, 요령이가 뭘 어쨌기에 그래! 어쨌든 '죽어'라는 살벌한 말을 내뱉은 퀴에르는 손을 내밀었다. 그런데 그 손끝이 이상했다. 뭐… 뭐야?

바지직… 바지직…….

그녀의 손끝으로 빠르게 검은 기운이 모이고 있었다.

"제, 젠장! 주술이다! 영준아, 내 뒤로 숨어!"

뭔지는 모르지만 숨으란 말이지? 지당하신 그 말씀 받드나이다! 난 요령의 뒤에 숨었고, 내가 그녀의 뒤에 숨자 요령이 빠르게 외치기 시작했다.

"샐러맨더, 언딘, 실프, 노옴, 그들의 위에 무엇이 있는지 아는가! 전능하신 야훼의 빛 한줄기를 얻은 아스트랄이 그들 위에 있나니! 샐러맨더! 언딘! 실프! 노옴!"

갑자기 요령의 주위로 붉고, 푸르고, 누렇고, 투명한 네 가닥의 빛줄기들이 나타나서는 빙글빙글 돌기 시작했다.

"하나로 뭉쳐랏! 아스트랄!"

퀴에르는 요령이를 보고는 피식 웃으며 자신의 손에 뭉친 검은 덩어리를 던졌고, 네 줄기의 서로 다른 색의 빛덩이들은 서로 뭉쳐서 순백의 광구가 되더니 검은 덩어리와 부딪쳤다.

콰아앙!

으악! 웬 폭발음! 난 요령의 어깨 너머로 얼굴을 빼꼼히 내밀어 쳐다보았다. 퀴에르와 요령의 가운데 지점의 장판이 녹아버리고 그 주위가 검게 그슬려 있었다. 맙소사, 이것들, 인간이야? 아니, 참, 요령이는 고양이고 퀴에르는 마녀지. 하지만 마녀는 사람도 아니냐? 어쨌든 요령이는 중얼거렸다.

"이 바닥에서 좀 노는 사람 중에 네 이름 모르는 사람도 있었나? 그건 그렇고 성질 더러운 건 여전하군."

"호, 그깟 정령 좀 다룬다고 이 바닥에서 놀았다고 하는 거냐? 지나가는 개가 웃겠구나. 호호호호! 못생긴 게."

요령이는 못생겼다는 말에 피식 웃더니 말했다. 자신감을 얻었나?

"그건 그렇고 너, 힘이 많이 약해졌구나? 내가 아스트랄을 소환할 시간 동안 영력을 모았는데도 내 힘과 부딪쳐서 대등하게 소멸하다니."

그런데 퀴에르라는 여자가 갑자기 그녀의 말에 필요 이상으로 반응했다. 그 색기 도는 얼굴에서 계속해서 여유롭게 짓고 있던 미소가 싸악 사라진 것이다. 섹시하게 꼬고 있던 다리를 풀고는 벌떡 일어선 그녀, 양손을 들어 올린다. 그러자 갑자기 바즈즈즉… 하는 소리와 함께 그녀의 온몸에서 검은 빛이 전류처럼 솟아올랐다. 그녀는 그런 식으로 힘을 모으면서 말했다.

"재수없는 계집, 힘이 어쩌고 저째? 기분 나빠. 죽어줘야겠어. 김 회장, 이런 계집을 끼어들게 한 당신도 각오해요. 돈을 주지 않으면 당신과 당신의 가족 모두를 죽여 버릴 거야. 알아듣겠……."

퀴에르가 손으로 계속 힘을 끌어 모으면서 중얼거릴 때, 요령이가 갑자기 소리쳤다. 그녀의 몸 주위에는 빛나는 오망성이 그려져 있었고 은은한 빛의 벽이 그 오망성에서 솟아오르고 있었다.

"빛이여, 솟아라잇! 아스트랄 익스트림! 샐러맨더, 둘러싸! 언딘, 물의 방어막을 나에게 둘러! 절대 막아야 해! 실프, 샐러맨더를 지원해!"

요령의 비명 같은 주문인지 뭔지가 끝나자, 갑작스레 내 주위로 투명한, 물을 연상시키는 투명하고 출렁이는 질감의 막이 쳐졌다. 그리고 퀴에르는 울부짖었다.

"꺄아아아악!"

그녀의 발 밑에서 빛이 그녀의 몸을 휩쓸고 천장으로 솟아올랐다. 그녀가 손끝에 맺고 있던 검은 번개는 소멸해 버렸다. 그리고 괴로워하는 그녀의 주위로 붉은 빛이 빙글빙글 돌면서 포위망을 구축했다. 마치 불덩어리 같군. 가끔씩 혀도 낼름거리는 것 같은데? 샐러맨더겠지? 불의 도마뱀. 이 정도는 나도 안다고. 살아생전 한 번이라도 이런 걸 볼까 하고 고민한 적조차 없어서 현실감이 안 나긴 하지만. 그 샐러맨더는 계속해서 빙글빙글 돌았으며 가끔씩 투명한 바람 같은 기운과 마주칠 때마다 색이 짙어지고 크기가 더욱 커졌다. 어쨌든 한차례 그녀의 몸 전체를 빛이 휩쓸고 지나간 후, 퀴에르는 비틀거렸고 요령이는 웃기 시작했다.

"깔깔깔깔!"

뭐야? 아까는 그렇게 겁내더니, 왜 웃어?

"영체군?"

"닥쳐엇!"

퀴에르의 날카로운 고함 소리. 그러나 요령은 웃음을 멈추지 않으며 말했다.

"깔깔깔. 난 또… 괜히 놀랐잖아. 어쩐지 마녀협회를 이끄느라 바쁘신 몸일 텐데 여기까지 와서 이상하다고 생각하고 있었지. 아참, 마녀협회는 백마도사 협회와 전쟁 끝에 괴멸됐다는 소문이 들리던데 그때 죽어버리지는 않았나 봐? 그건 그렇고 직접 행차를 하시지 않고 아까운 영기를 갈라서 영체를 만들어 이 나라로 보낸 걸 보니 꽤나 바쁘신가 보군."

"이… 이익… 이 계집이… 죽어!"

갑작스러운 퀴에르의 기습. 그녀가 갑자기 손을 마구 휘저으며 온몸에서 검은 바람을 뿜어낸다.

쐬아아아!

그러나 엄청난 기세로 뿜어져 나오는 바람들은 몽땅 샐러맨더와 실프의 포위진에 부딪쳐서 소멸되어 버렸고 퀴에르는 절망적인 표정으로 얼굴을 감싸더니 주저앉아 버렸다.

"역시, 영체였어. 샐러맨더 하나 소멸시키지 못하다니. 퀴에르, 아니, 퀴에르의 영체. 어쨌든 유명하신 몸을 이런 곳에서 보게 되다니 너무너무 반갑군. 꺄하하! 감히 나를 겁먹게 했어?"

"닥… 쳐… 못생긴 게……."

"뭐! 못생겨? 내가 못생겼다고? 말이 나와서 말인데, 너보다는 내가 훨씬 예뻐! 온통 피 뒤집어쓴 것 같은 머리칼에, 새까만 패션이라니… 참나, 기가 막혀서! 너 말야, 내가 인간 모습의 얼굴에 별 집착은 없지만……."

야! 너, 너무 막 나가잖아! 그 이야기는 하면 안 되지! 쟤가 영체인지 뭔지는 내가 알 바 아니지만, 어쨌든 퀴에르인데! 난 흥분해서 자신이 퀴에르의 검은 고양이라는 것을 밝히려는 그녀의 옆구리를 꼬집었다.

꽈아아악!

솔직히 말해서 지금까지 녀석에게 미친 듯이 꼬집힌 데 대한 복수의 의미가 아예 포함되어 있지 않다고는 말 못하겠다. 그건 그렇고 녀석, 옷 밑으로 잡히는 살인데도 참 부드럽네. 어떻게 아냐고? 꼬집으니까 그냥 꽈악 꼬집히잖아. 뭐, 저 녀석 피부가 부드러운 게 아니라 내가 원한이 조금, 아주 조~금 많이 실려서 세게 꼬집은 것일 수도 있지만. 어쨌든 좀 아프겠다, 야.

"아아아악! 왜 꼬집어!"

아직도 몰라? 젠장! 이것도 눈치 못 채면서 나보고 매일같이 멍청하다고 했지? 앞으로 나보고 멍청하다고 하기만 해봐! 아주 그냥 콱! 난 그 녀석에게 빠르게 속삭였다.

"너, 미쳤어? 네가 저 마녀의 고양이라는 걸 밝히려고? 안 그래도 저 여자가 널 약간은 이상하게 보는 것 같은데! 정말로 밝힐 거야? 밝힐 거면 아예 내가 말해 주든가!"

내 말을 들은 그녀는 눈을 동그랗게 뜨며 놀란 듯이 급히 입을 가렸다. 이제야 자신이 무슨 실수를 할 뻔했는지 눈치 챘냐?

"으읍, 휴우, 말 안 했다. 음… 어쨌든 너, 영체 맞지?"

"닥치라고… 했을 텐데… 정말로 죽고 싶나? 내 이름을 안다면 그 소문도 들었을 텐데. 내가 정말 화나면 직접 이 나라로 찾아와서 널 죽여 버린다는 것쯤은 예측할 수 있을 텐데?"

"영력을 쪼개서 영체를 만들 정도면 고작 화 좀 났다고 이 먼 곳까지 오기 힘들 정도로 바쁜가 본데, 쓸데없는 협박을 하는군."

"말은 그렇게 하면서도 말투는 많이 고분고분해졌구나. 이제야 약간은 알아모시나 보군. 그건 그렇고, 내가 영체라는 사실은 어떻게 알았지? 내 힘이 약해서?"

"…그래, 넌 너무 약했어. 내가 알고 있던 퀴에르가… 음, 아냐."

말을 실수했다는 것을 깨달은 요령이. 자신의 주인, 자신이 가장 두려워하는 사람—실제로 퀴에르가 가장 두렵다는 말은 하지 않았지만 퀴에르를 떠올릴 때 그녀의 얼굴에 떠올랐던 불안감을 생각해 보면 충분히 추측이 가능하다—을 만났다는 불안감이나 긴장 때문일까? 어쨌든 요령이의 말을 들은 퀴에르의 얼굴에 묘한 표정이 떠올랐다. 무언가 무척 궁금하다는 듯한 표정. 그녀는 입을 열었다.

"너… 그 말투는 나를 옛날부터 잘 알고 있었던 말투 같은데……."

"잘 알고 있긴 뭘 잘 알아!"

약간씩 추궁당하는 느낌이 들었는지 요령이가 소리를 빼액 질렀다. 그러나 퀴에르는 계속해서 말했다.

"너… 아까부터 참 이상한데. 웬 과민 반응? 그러고 보니 처음부터 뭔가 이상했어. 이 바닥에서 날 알고 있으려면 그만큼 유명해야 하는데 너 같은 계집은 한 번도 들어본 적이 없다는 것은 논외로 할게. 하지만 그렇다 해도 이해되지 않는 게 너무 많은데? 처음 나를 봤을 때의 그 질려 버린 듯한 표정… 마치 나한테 처음부터 무슨 공포심을 가지고 있는 듯한 얼굴이었어. 말로만 나를 들었다고 했는데, 그런 두려움이 마음속에서 나올 수가 있나? 처음 본 상대인데다 실력도 별것 아닌 상대에게 말야. 게다가 아무리 내 힘이 약하다고 해도, 그렇게 쉽게 영체라는 결론을 내려 버리는군. 내 힘이 이 정도가 아니라는 것을 처음부터 알고 있는 듯. 소문만으로 그렇게 나에 대해 쉽게 파악을 할 정도로 네가 머리가 좋다고 생각하면 마음이 편하겠지만, 미안하게도 넌 정말 멍청해 보이거든."

"이익… 멍청하다닛!"

요령이가 날카롭게 소리를 지르든 말든 그녀는 코웃음을 치며 계속 말했다.

"이상한 건 아직도 많지. 아까 '인간 모습의 얼굴은 신경을 안 쓰지 만' 이라고 했는데… 인간이 아니란 소리니?"

당황해 버린 요령이. 마구 손을 흔들며 부정한다.

"아, 아냐! 그, 그건 그냥 외모에 신경을 쓰지 않는다는 소리였어!"

"호호호, 외모에 신경을 안 쓴다는 소리와 인간의 모습에 신경을 안 쓴다는 말은 다를 텐데? 게다가……."

"그만 햇!"

자꾸 추궁당하는 듯한 느낌을 받았는지 요령은 소리를 지르며 손을 확 휘둘렀다. 그러자 퀴에르의 주위를 빙글빙글 돌고 있던 샐러맨더가 화악! 하며 더욱 크게 번져서 이글거렸다. 요령은 그런 식으로 퀴에르를 위협한 뒤 말했다.

"너, 소멸시킬 거야! 정말이야! 어차피 영체니까 상관은 없겠지만 그래도 퀴에르 자신에게도 피해가 많이 가겠지? 자신의 기운을 떼어서 만든 거니까."

"호호호호호! 나를 좀 알고 있는 듯하면서도 파악을 못하다니, 모르는 체하는 건가? 멍청한 계집. 나는, 그러니까 이 영체는 나, 그러니까 퀴에르의 손가락만도 못한 힘이야. 알 텐데? 소멸시키려면 소멸시켜. 상관없으니까."

"…과장이 좀 심하군. 손가락이라니, 기가 막혀서. 어쨌든 마지막으로 궁금한 것 하나만 묻지. 저주는 너를 소멸시키면 해제되나?"

그 말에 그녀는 깔깔대며 웃더니 윙크를 하며 말했다.

"호호, 어차피 소멸되는 마당에 뭘 못 알려주겠니. 그래, 안타깝게도 저주는 풀린단다."

"그렇다면 다행이군. 그럼, 죽어."

"고마워. 난 영체라 죽는다는 개념은 없지만 융숭한 대접 감사하며 마지막 소원을 너에게 부탁하지. 나도 너에게 저주가 풀린다고 알려줬으니 너도 내 질문에 대한 답변을 성실히 해주리라 믿어."

"…뭐지?"

"난 정말로 네 정체가 궁금하거든? 알려주지 않을래?"

"싫다면?"

"강제로 알아야겠지!"

퀴에르는 말을 마치자마자 땅을 타앙! 하고 쳤고 집 전체를 울리는 진동과 동시에 갑자기 요령이의 주위로 오망성이 그려지더니 어두운 기운이 쏟아져 나왔다.

파아아앗!

"까아아악! 이게 뭐얏!"

그녀는 어두운 기운에 휩싸여 상당히 당황했는지 마구 허우적댔다. 마법진에서 나오는 어두운 기운은 검은빛의 장막처럼 요령이를 둘러싸고 요령은 그 안에서 비명을 질렀다.

젠장, 도대체 무슨 일이 일어나는 거야! 난 주위를 둘러보았다. 무기, 무기 없나? 젠장, 저 퀴에르라는 여자를 때려눕혀 버리면 어떻게든 되겠지! 저 샐러맨더인지 뭔지 하는 머저리는 자기 주인이 이상한 주문에 당하는데도 멍청하게 퀴에르의 주위를 빙글빙글 돌고만 있다. 어떻게 하면 되는 거야! 난 계속해서 주위를 둘러보았지만 내 주위에는 요령이가 둘러싸인 커튼 같은 어둠과 물빛 장막뿐이었다. 젠장! 쓸모 있는 건 아무것도 없잖아… 가 아니라! 그렇지! 저 물빛 장막! 뭔지는 몰라도 요령이의 힘이렷다! 그렇다면! 에라!

"으라차차차!"

난 어깨로 요령에게, 아니, 어둠의 장막으로 돌진했다. 으라차! 물빛 장막에 어둠의 덩어리를 밀어붙여서 서로 부딪치게 해서 없애 버리려 한 것이다. 그러나 허무하게도, 내가 온몸을 그 어둠에 던질 때 갑자기 그 어둠이 사라져 버렸다.

파아앗!

난 놀라서 허공에서 허우적댔지만 이미 늦은 일. 난 그대로 어둠이 있던 자리를 통과한 뒤 물빛 장막조차도 뚫고—아무 저항이 없었다—바닥에 부딪쳐 버렸다.

콰아앙!

크으윽, 머리를 정통으로 부딪쳤군. 으으, 지끈거리네. 혹은 안 났으려나? 젠장, 그런데 뭐야? 원래대로라면 어둠의 장막이 사라졌을 때 요령이와 부딪쳤어야 하잖아? 내가 '요령이가 어디로 갔길래 안 부딪친 거지?' 하고 고민하고 있을 때 퀴에르는 날카로운 웃음소리로 웃었다.

"호호호호호! 이 누나에게 쇼를 보여주는구나. 아주 재밌어. 나중에 귀여워해 줄게, 꼬마야. 그리고 너, 못생긴 계집. 꼴이 그게 뭐니? 호호호호! 이제 보니 고양이였잖아? 그것도 검은 고양이. 마치 내가 옛날에 사랑해 주었던 고양이와 같은 모습이구… 그러고 보니 너… 설마?"

뭐? 무슨 소리야? 난 놀라서 요령이가 있던 곳을 쳐다보았다. 그러나 그곳에는 예쁘게 생긴, 그러나 옷은 꼭 남자처럼 막 입은 여자가 서 있는 대신 마구 바닥에 흐트러진 옷 위에 새까만 고양이 한 마리가 털을 바짝 세우고는 가르랑대고 있었다. 젠장, 고양아! 결국엔 들켰구나!
녀석은 날카롭게 울부짖더니 말했다.

"캬오옹! 진작 소멸시켰어야 했는데, 젠장!"

"어떻… 게 된 거야, 요령아?"

"어떻게 되긴 어떻게 되냐, 사람으로 변해 있던 주술이 풀린 거지.
젠장, 방심하다 당했어."

그때 퀴에르가 놀란 듯이 말했다.

"새까만 고양이? 게다가 내 기운과 이렇게까지 닮은 느낌의 기운이
라니… 너… 넌… 설마… 카르… 테?"

카르테? 요령이의 원래 이름인가?

"…카르테가 누구지? 어쨌든 나는 모르는 이름이군. 미안하지만 나
는 이 나라 출신이라서 말야. 그리고 너같이 재수없는 것의 영기를 닮
았다니, 기분 나빠."

"아냐. 너에게서 느껴지는 기운… 내가 옛날에 미미하게 카르테에
게서 느끼던 기운과 똑같아. 그 녀석은 앙큼하게도 자기가 영력을 가
지고 있다는 것을 숨기고 있었지. 꼭 지금의 네가 카르테가 아니라고
나를 속이려 하는 것처럼 말이야. 오호호호! 마침 잘됐어, 내 예상이
맞다면 큰 짐 하나는 덜었군! 자, 카르테? 어서 나의 품으로 오렴. 널
무척 찾고 있었어. 나와 함께 가자. 호호호!"

"놀고 있네. 카르테인지 뭔지, 난 알지도 못하는 이름이야! 그리고
너 같은 계집 따위 따라갈 생각 따윈 추호도 없어!"

이건 순전히 내 생각인데, 요령이는 고양이의 모습이 되면 훨씬 사
나워지는 것 같다. 말투가 딱딱해지고 귀에 팍팍 꽂히는 듯이 날카로
워지거든. 게다가 비꼬는 듯한 말투도 훨씬 많이 쓰고.

"쯧쯧, 카르테. 내가 얼마나 널 사랑하는지 알고 있잖니? 어서 나에게로 오렴."

"…말 정말 못 알아듣는군. 내 이름은 요령이야, 요령이! 그리고 왜 그리 고양이에게 집착하지? 어디 내가 필요한 곳이라도 있나? 고양이 탕이라도 끓여 드시게?"

"이유는 알 것 없고, 네가 카르테가 아니라고 해도 상관없어. 비슷한 애라도 있으면 되니까. 난 너같이 강한 고양이가 꼭 필요하거든? 호호! 이 언니가 사랑해 줄게, 이리 오렴!"

퀴에르는 약간의 애교를 섞어가며 부탁했고 그런 퀴에르를 바라보던 고양이는 야옹 하고 한 번 울더니 말했다.

"샐러맨더, 태워."

제6장

달빛 아래 골목길에서

고양이는 차갑게 미소를 지으며 자신을 노려보는 퀴에르를 잠시 쳐다보다가 똑같이 차갑게 미소를 지으며 말을 내뱉었고, 그 순간 그녀 주위를 둘러싸며 허공을 살라먹던 불덩어리가 퀴에르를 덮쳤다.

번쩍!

그리고 갑자기 눈앞이 환하게 밝아졌다. 폭발해 버린 것이다. 오렌지색 빛이 잠시 동안 온 집 안을 환하게 물들였고, 큰 진동이 온 집 안을 울렸다.

우르르르르릉!

그리고 기분 나쁜 웃음소리와 함께 퀴에르의 마지막 외침이 우리의 마음속에서 메아리처럼 울리며 사라져 갔다.

"호호호호호! 사람으로 변하고 말도 하고, 강해졌구나, 카르테! 300년 이상 산 고양이라니, 대단해! 내 마음에 꼭 들었어! 호호호호~"

"젠장, 소멸되면서도 더럽게 시끄럽네. 도대체 이 나라 말은 어디서 배운 거야. 젠장."

고양이는 나직하게 중얼거리더니 앞발을 휘저었다. 그러자 퀴에르를 소멸시킨 뒤에도 사라지지 않고 허공에서 맹렬히 불타오르던 샐러맨더는 훅! 하는 바람 소리 같은 울림과 함께 머리카락같이 가느다란 한줄기 연기를 남겨두고는 허공에서 사라져 버렸다. 사라진 샐러맨더의 주위는 열기로 불타고 바닥은 녹아 흐를 거라 생각했던 내 예상과는 달리 그슬린 흔적 하나 없이 멀쩡했다. 거참, 신기하네. 진짜 불은 아니라는 소리인가? 어쨌든 우선적으로 걱정해야 할 것은 집보다는 사람, 아니, 고양이겠지.

"요령아, 괜찮아?"

아니, 이제 고양이로 변했으니까 요령이가 아니라 고양이라고 불러야 하나? 에이, 요령이는 요령이지.

"젠장, 변신이 강제로 해제되는 기분, 그렇게 좋은 기분은 아냐. 게다가 퀴에르가 아직 살아 있다는 것을 알았을 뿐더러 퀴에르도 내가 살아 있다는 것을 눈치 챘을 테니까. 뭐, 바쁘신 몸이 고작 나 같은 고양이 한 마리 때문에 이곳으로 오겠냐마는 찜찜한 마음은 지울 수 없군. 제길."

고양이는 앞발로 수염을 쓰다듬더니 가르릉거리며 말했다. 정말 화난 표정이네. 잘못 건드렸다간 얼굴을 밭고랑으로 만들어 버리겠지? 그때 뒤에서 나직한 비명 소리 같은 것이 들렸다. 김 회장이었다. 그는 입을 약간 벌리고는 멍한 표정으로 우리를 쳐다보고 있었다.

"으… 으윽, 어떻게 된 거지? 폭탄이 터지고, 그리고… 고양이? 요령 양은 어디로 가고 웬 검은 고양이가……?! 나, 난 아직도 이 상황이 이해가 잘 안 되는데… 누구 설명해 줄 사람 없나?"

으음, 이걸 말해 줘야 하나? 에이, 어차피 이제 알 사람은 다 아는 듯 싶은데. 김 회장 한 명에게 더 말한다고 변할 것 있나? 아니지, 그래도 경솔하게 요령이의 정체를 밝혀서는 안 되겠지? 내가 막 '많은 걸 알려드릴 수는 없어요' 라고 말을 하려 입을 열 때였다.

"마법에 걸렸어요."

요령이였다. 자신이 직접 뭔가 핑계를 대려나 보군.

"어억? 고, 고양이가 말을 한다!"

"못 말리겠군. 제가 요령이에요."

"으… 응? 무슨 소리인… 가?"

"고양이로 변하는 마술에 걸렸다고요! 쳇."

으음, 뭔가 반대로 된 것 같다. 사실 요령이는 원래가 고양이고 평소에는 주술을 걸어서 사람으로 변한 채로 다니는 것으로 알고 있는데. 어쨌든 요령이의 말을 들은 김 회장은 크게 놀란 표정이 되었다.

"그, 그런! 말도 안 되는!"

"물론 말이 안 되죠. 하지만 말이 안 되기로 따지자면 퀴에르의 저주나 제가 보여드린 저주의 해체, 아니면 아까 퀴에르와 제가 주고받았던 술법들 등등, 뭐 그런 것들은 더 할 텐데요?"

요령이는 일일이 설명하기 귀찮다는 듯이 툴툴거리며 말했고 요령이의 말이 끝나자 김 회장은 머리를 감싸 쥐며 울부짖었다.

"아아아! 이게 무슨 몹쓸 짓이란 말인가아~ 내가 불쌍한 한 아가씨의 인생을 망쳐 놓았구나! 으흐흑……."

뭐, 뭐야! 누가 갑자기 울어! 어후, 깜짝 놀랐네. 김 회장, 저 사람 갑자기 미쳤나? 설마 아까 빗자루에 머리라도 얻어맞았나? 갑자기 왜 저래? 요령이도 김 회장이 갑작스럽게 울음을 터뜨리자 한참 동안 세로로 갈라진 눈동자가 동그랗게 되고 입을 약간 벌리고 뾰족한 귀를 앞으로 축 늘어뜨린, 한마디로 멍한 표정을 짓더니―고양이가 멍한 표정을 짓는 것을 본 적이 있는가? 정말 재밌는 표정이다―물었다.

"어이, 어이, 김 회장님?"

"흐으윽! 나를 부르지 말게. 나는 지금 죄책감에 시달려 미칠 것 같은 기분이니! 나 때문에… 아아… 이럴 수가……."

"…이봐요, 회장님. 도대체 왜 그러는데?"

그는 소맷자락으로 눈물을 훔치더니 대답했다.

"그렇게 애써 태연한 척하지 않아도 되네. 평생을 고양이로 살다니! 이 얼마나 비극인가! 흐흐흑… 나 때문에……."

무슨 소리냐. 쟤는 원래 고양이야. 원래 평생을 고양이로 살아야 한다구. 요령이는 김 회장의 말을 듣자 피식 웃더니 말했다.

"걱정하지 마요. 이건 몇 시간 지나면 정상으로 돌아오니까."

"그, 그게 저, 정말인가?"

"예, 예, 그러니까 울음 그치세요. 나참, 다 큰 어른이 엉엉거리니까 보기 그러네요."

어? 무슨 소리지? 몇 시간 뒤면 사람으로 돌아온다니? 원래 고양이 아냐? 난 녀석을 불렀다.

"요령아, 이리 와봐. 쯧쯧쯧쯧……."

"이봐, 날 부르는 건 좋은데 그렇게 너희 집 고양이 부르듯 부르지 말아줄래?"

"얼럴럴러러, 이리 와봐."

"개 부르듯 하는 건 더욱 싫단다, 참고로."

"그래? 그렇다면, 이리 와, 요령아, 구구구……."

그 녀석은 쏜살같이 달려오더니 내 어깨에 붙어서 말했다.

"안 닥칠래?"

"음, 왔구나."

"하고 싶은 말이 뭔데?"

"으… 응. 그게 말이지, 그냥 궁금해서 물어보는 건데… 네가 아까 했던 몇 시간 뒤에는 사람으로 돌아온다는 말이 무슨 말이야? 넌 원래부터 고양이잖아. 돌아오고 자시고 할 게 어디 있어?"

난 호기심을 담아서 질문했고 녀석은 한숨을 포옥 쉬더니 말했다.

"나 너한테 고백할 거 있는데……."

뭐? 고… 고백? 아이, 부끄럽게, 이런 데서… 요령아, 미안. 난 아직 애완 동물과는 애정을 나눌 준비가… 아니지. 일단 무슨 고백인지 물어보자.

"뭐, 뭔… 데?"

"나… 평소부터… 널……."

아앗? 이것은 역시 '고백'의 수순을 하나도 빠짐없이 밟아 들어가는 대사? 안 돼! 난 아직 마음의 준비가… 준비가…….

내가 마음의 준비를 하든 말든 그 녀석은 말을 이었다.

"나… 평소부터… 널… 정말 지긋지긋하도록 멍청하다고 생각해 왔어!"

이런 젠장, 그럼 그렇지. 그 녀석은 나에게 혀까지 낼름 내밀더니 말했다.

"왜 그리 죽상이야? 못 먹을 것 먹었어? 야, 머리는 어깨가 허전하다고 아우성쳐서 달았냐? 아니면 목구멍으로 들어가는 바람이 너무 차가워서 머리를 뚜껑으로 덮어놓은 거냐? 생각을 좀 해봐라. 그럼 김 회장한테 내가 '아, 예, 제가 사실은 고양이예요. 놀랐죠? 까꿍? 그래도 검은 고양이치고는 귀엽게 생긴 편이죠? 털도 곱게 났고 송곳니도 귀엽고…' 이렇게 말하리? 응? 응?"

"…아, 그렇구나."

"이제라도 안다니 다행이다."

녀석은 그렇게 살짝(?) 타박을 주고는 주위를 휘휘 둘러보더니 김 회장 앞으로 걸어가서는 무언가를 말했다. 아니, 말하려고 했다. 그런데 그 녀석은 김 회장의 얼굴을 올려다보더니 갑자기 몸을 부르르 떨어대는 것이, 마치 사람이 웃음을 참는 듯한 행동이었다. 별거 다하네, 참.

"쿡… 쿡쿡……."

"…왜 웃냐?"

난 그 녀석이 온 힘을 다해 웃음을 참는 이유를 알 것 같았다. 얼굴이 콧물과 눈물과 침으로 뒤범벅된 채로 방긋이 웃는 사회 지도층 인사를 보는 일은 그리 흔한 일은 아닐 뿐더러, 보는 사람에게는 상당히 웃긴 일이다. 그리고 난 고양이가 쳐다보며 킥킥거리고 있는 '흔하지 않은 우스운 일'을 보면서 웃음을 참기 위해 무릎을 움켜쥐고 주저앉아야 했다. 쿠쿠쿡.

"으음, 아니에요. 회장님, 저희 갈래요."

"아! 그, 그래, 잘 가게. 자, 여기 자네들에게 약속했던 돈일세."

그는 그렇게 말하며 품속에 손을 넣어서는 흰 봉투를 꺼내 요령이에게 내밀었다가 요령이에게 손이 없다는 것을 깨닫고는 이마를 딱! 치며 나에게 그 봉투를 건네었다. 그리고 난 평온한 얼굴을 억지로 유지

하며 부들부들 떨리는 손으로 그 봉투를 받았다. 미소 띤 얼굴로 수전 증 환자처럼 미친 듯이 손을 떨어대던 나는 무척 태연하다는 듯이 봉 투 속을 쳐다보고는, 백만 원짜리 수표가 한 장 들어 있다는 사실을 확 인한 뒤, 역시 미소 띤 얼굴로 그 봉투를 주머니에 넣고는 펄쩍펄쩍 뛰 어버렸다.

젠장, 나 왜 이러니? 너무 비굴하잖아!

"감사합니다, 회장님! 이 은혜는 평생 잊지 않겠습니다!"

사실 감사의 인사 따위는 저쪽에서 해야 할 말이지만 너무 기쁜 나 머지 아무 말이나 마구 나온다. 김 회장은 약간은 당황한 얼굴이 되어 주춤거리더니 곧 다시 미소를 띠고는 대답했다.

"아… 하하하. 그건 내가 할 말이지. 나야말로 자네들에게 정말 감 사하네. 뭐 어려운 일 있거든 내게 연락하고, 이건 내 명함일세."

그는 그렇게 말하며 주머니에 손을 넣어서는 명함을 하나 꺼내주었 고, 난 그 명함을 대충 주머니에 넣고는 말했다.

"감사합니다! 감사합니다! 생각 같아서는 밤을 새면서라도 앞으로도 회장님을 지켜드리고 싶지만……."

그때 더 참을 수가 없었던지 요령이가 끼어들었다.

"얼씨구, 신났다. 뭘 지켜, 다 끝났는데."

이런 젠장. 그냥 그러려니 하지 왜 꼭 껴들어서 일을 망치냐. 요령이 는 잠시 건방지게 나를 노려보다가 내가 마주 노려봐 주자 혀를 낼름 내밀더니—크아악!—태연하게 회장님을 쳐다보며 고개를 까닥거렸다.

"회장님, 저희 갑니다. 부디 안녕하시고, 다음부터는 조심하시길 바 래요."

음. 고개를 까닥이는 것은 자기 나름의 인사였나 보지?

"아… 그, 그래. 난 오늘 밤을 절대 잊을 수 없을 것 같군."

그러자 녀석은 제 딴에는 윙크라고 생각하고 하는 짓, 즉 한쪽 눈을 깜박이는 짓을 하며 말했다. 한쪽 눈을 감은 고양이를 봤는가… 으으~ 애꾸눈 고양이를 잠시나마 봐버리다니. 젠장.

김 회장은 요령이의 그 행동을 보고 요령이가 갑작스럽게 마음이 바뀌어서 위협하는 것이라고 생각했는가 보다. 움찔거리면서 뒤로 조금씩 물러나는 것을 보면 알 수 있지.

"오늘 밤은 잊으시는 게 좋을 거예요. 악몽을 꾸는 것 이외에는 도움되지 않을 테니까."

"…어, 그, 그, 그래."

"안녕히 계세요."

"그, 그래, 잘 가게."

난 고개를 꾸벅 숙이고는 현관 밖으로 뚜벅뚜벅 걸어나가다가 잠시 뒤를 돌아보았다. 유리창은 박살나고, 바닥에는 녹아버린 초들이 범벅을 이루어서 지저분하고, 책장은 넘어져 있고… 어쨌든 집은 엉망이었지만 김 회장의 얼굴은 밝았다. 그럼 된 거지 뭐.

"야, 그런데 너 생각 외로 잘하더라. 그… 뭐냐. 그거 정령술이지? 맞지? 맞지?"

난 옆을 처다보며 말했고, 꼬리를 위로 꼿꼿이 세우고는 건방지게 가끔씩 폴짝폴짝 가볍게 뛰며 담 위를 걸어가던 요령이는 야옹 하고 한 번 나직이 울더니 대답했다. 우리는 골목길을 걷고 있었고, 달빛은 눈이 살짝 쌓여 있는 밤거리를 환상적으로 비추어주고 있었다. 그리고 그 달빛은 요령이의 몸 위에도 뿌려져 녀석의 검은색 털을 황금색으로 빛내주고 있었다.

"잘 아네? 맞아."

"으흠, 내가 책 좀 봤지."

책이래 봤자 퇴마록이나 판타지 소설 말고 뭐가 또 있겠는가. 하지만 녀석은 믿는 눈치였다.

"그래? 그런데 왜 아까는 그렇게 모르는 척했지?"

"그럼 처음 보는데 아냐."

난 대충 대답해서 슬쩍 곤란한 질문에 대해 넘어가고는 다시 걸어갔다. 눈이 녹았을 법도 한데 김 회장의 집에 있는 동안에 조금 더 내렸는지, 거리에는 여전히 눈이 살짝 깔려 있었다. 난 뽀드득거리는 눈 소리를 들으며 걸어가다가 아무거나 질문하기로 마음먹었다.

"넌 마녀의 고양이잖아, 그렇지?"

"그랬었지. 마녀는 몰라주기를 바라지만. 그런데 왜?"

"그런데 흑마법은 쓸 줄 몰라? 아까 낮에 물어보았을 때는 뭐 흑마법을 쓸 줄 안다느니 악마의 힘을 비는 게 아니라 자기 힘을 직접 쓰는 거라 안전하다느니 어쩌느니 하면서 시건방은 혼자 다 떨었잖아."

"시.건.방?"

"왜 또박또박 끊어서 말할까. 후—"

난 마치 지나가는 소리처럼 한숨을 섞어서 말했고 그래서 하마터면 녀석은 그냥 넘어갈 뻔했다.

"후우, 그렇지? …가 아니라! 시건방이라니 이 자식아!"

"헤헤, 그냥 넘어가도 좋았을 것을. 그건 그렇고 내가 물어본 것 중 잘못된 부분은 없잖아. 그럼 대답해 줘도 되겠지?"

녀석은 잠시 아무 말 없이 그냥 무심히 달을 쳐다보았다. 역시 달밤의 분위기는 나뿐만이 아니라 녀석의 정신도 느슨하게 만드나 보다.

슬쩍 말을 돌렸더니 시건방에 대해서는 더 이상 말하지 않고 그냥 넘어가는 것으로 봐서. 헤헤.

"그냥… 흑마법의 대가에게 흑마법을 쓴다는 것도 좀 그렇고… 옛 주인한테 주인에게서 얻은 힘으로 덤비는 것도 약간 좀 걸리고, 무엇보다도 그때는 녀석이 영체인 줄 몰라서 영력을 최대한도로 아껴야 도망이라도 칠 수 있겠다고 생각했으니까. 정령술은 흑마법에 비해서 영력이 별로 필요하지 않거든."

"그래? 영력이 필요하지 않아?"

"응."

우와! 잘됐네! 나도 하늘에다가 불장난 좀 하고 싶은데!

"그럼 나도 그 정령술인지 뭔지 좀 알려줘! 나도 하고 싶어 그거! 알려줘알려줘알려줘!"

난 갑자기 마구잡이로 말을 쏟아 부었고 그런 나를 잠시 쳐다보던 녀석은 흥! 하고 콧방귀를 뀌었다.

"뭐, 네가 너도 모르는 잠재력을 가졌다거나, 무슨 기운이 느껴진다거나, 억눌린 힘의 조각이 보인다거나 하면 얼마나 좋겠냐마는……."

"냐마는 뭐?"

"넌 너무도, 지극히, 심히, 무지막지하게 보통 사람이라서 안 돼."

"…정말?"

내가 지나가는 말투로, 아무 생각 없이 물어보자 갑자기 녀석은 심각한 얼굴을 하더니 대답했다.

"사실은 그렇지 않아. 사실 네 몸에는 엄청난 영력이 흐르고 있어. 하지만 그건 금지된 힘이야. 악마성을 띤 힘이지. 그 힘을 일깨울 수는 없어. 너무 위험해… 그런데 만약 네가 정령술이든 뭐든 주술을 하나

배우기라도 한다면 그 어마어마한 힘은 곧 너에게서 깨어나서, 네가 미처 그 힘을 지배하려고 하기도 전에 그 악마성이 너를 지배해 버리고 말 거야. 그리고 난 불쌍하게 쓰레기 더미에서 자다 깔린 척하고 네게 접근했지만, 사실은 네 힘이 네 밖으로 뛰쳐나오는 것을 막기 위해서 파견된 감시원이고. 미안해."

…뭐? 이건 무슨 헛소리야? 달빛은 여전히 내 어깨에 내리쬐고 있었고 눈은 여전히 사박거리며 내 발끝에 밟힌다. 가끔씩 개들이 아스라이 짖는 소리도 아까와 다름없이 들려온다. 그러나 내 마음은, 내 머리 속은 방금 전과는 전혀 다른 생각으로 가득 차 있었다. 그리고 난 부들부들 떨면서 되는대로 말했다.

"헛소리지? 거짓말이지?"

"……."

"어서 말해! 헛소리지? 거짓말이지?"

그리고 녀석은 혼란스러워하는 나를 심각하고 불쌍하고 안쓰럽고 두려워하는, 말 그대로 복합적인 생각이 뒤섞인 눈빛으로 쳐다보다가 입을 열었다.

"어쩜 그렇게 눈치가 화살이냐~ 꺄하하하하!"

"이런 젠장. 그럼 그렇지."

"뭐? '어서 말해! 헛소리지? 거짓말이지?' 미안해, 헛소리고 거짓말이야. 꺄하하하하하!"

녀석은 아주 배를 잡고 뒹굴어대며 내 심각해하던 목소리를 흉내 내고 있었다. '헛소리지? 거짓말이지?'를 외쳐 대며.

"큭큭큭, 너 진짜 웃긴다!"

"이런 젠장, 왜 거짓말하고 그래!"

그런데 갑자기 미친 듯이 웃던 녀석은 웃음을 뚝 그치더니 잠시 슬픈 눈빛으로 나를 쳐다보고는 말했다.

"웃어서 아닌 척하려고 했지만 너에게 거짓말을 하려니 너무 미안하다. 언제까지 숨길 수도 없는 일이고… 사실… 아까 한 말은 진실이야. 넌 엄청난 힘을 가지고 있어."

"진짜?"

"…물론… 가짜지! 까하하하! 두 번 속았어! 완전 바보야, 바보! 바보 중의 바보! 우킬킬킬! '진짜? 우하하하!'"

"이런 젠장! 야! 자꾸 그럴래? 너, 도대체 진짜야, 거짓말이야!"

그러자 녀석은 갑자기 얼굴 표정을 싸악 바꾸더니 말한다. 이런 젠장.

"사실……."

"그만 해!"

그러자 녀석은 피싯 웃더니 말한다.

"세 번은 안 속네. 사실 솔직히 말하면, 넌 정말 보통 사람 수준밖에 안 돼. 못 믿겠다면 할 수 없지만 이번엔 정말 진짜야. 뭐, 보통 사람이라도 수련을 열심히 한다면 정령을 못 부리거나 영력을 못 얻거나 하는 건 아니지만. 쩝, 공부도 그런 거 있잖아. 노력하는 녀석들과 머리가 좋은 녀석들의 차이점. 에이, 뭐 비유가 이렇게 조악하냐. 너같이 멍청한 녀석은 이해 못하겠지. 딱 잘라 말해서 한마디로 넌 재능이 없단 소리지. 그냥 살아. 그렇다고 상처받지도 말고. 영적인 재능이 있는 사람들은 네 주위에서 천재를 찾는 것보다 더 어려울 테니까. 그런 놈들이 이상한 거지, 한마디로. 그리고 이런 거, 그렇게 안 좋아."

녀석은 그렇게 말하더니 앞발의 발톱으로 자신이 서 있던 돌담벽을 톡! 친다. 그러자 내 주위에서 갑자기 불꽃 한줄기가 나타나더니 빙글빙글 돌면서 마치 춤을 추듯이 현란하게 움직이기 시작했다. 와, 예쁘다.

그리고 녀석은 씨익 웃으며 말했다.

"위로의 댄스인가? 낄낄. 자, 잡아봐."

"응?"

"네 눈앞의 불꽃 잡아보라고. 안 뜨거우니까."

잡아보라고? 못할 것도 없지. 회장 집에서 보니까 그 큰 불덩이가 타오를 때도 주위의 사물들은 하나도 안 타던데. 난 손을 뻗어서 그 자그마한 불꽃을 움켜쥐었다.

"앗, 뜨거! 젠장! 야! 안 뜨겁다며!"

난 팔짝팔짝 뛰면서 외쳤고 녀석은 이제 저렇게 난리치다가 담벽에서 떨어지지 않을까 심히 걱정될 정도로 데굴데굴 구르면서 웃어대기 시작했다.

"아하하하하! 진짜, 진짜, 진짜 잡았어! 불을, 맨손으로!"

젠장, 지금이 웃을 일이냐! 남은 손이 뜨거워서 죽겠구만! 나 진짜 화났다구!

"꺄하하하, 야, 야!"

"왜."

"어? 왜 대답이 시원찮아? 너, 화났니?"

"……."

"어? 진짜 화났나 보네. 야, 주인이 그 정도 장난도 이해 못하고 화를 내면 어떻게 해?"

뭐? 주인? 누가? 누가 누구의 주인이야?

"누가 주인이야? 누구의 주인이고?"

"네가 주인이야. 나의 주인이고."

"이제 장난은 그만 쳐. 지겨우니까."

"아냐. 이번엔 진짜야."

"응? 진짜?"

"그래. 뭐, 어차피 주인없는 고양이가 진득하게 한곳에서 살아보려면 주인을 정해야 할 수 있냐. 나, 여기가 마음에 들었어. 그래서 살려는데 주인이 없잖아. 한동안 떠돌아다녔지. 근데, 뭐 너 정도면 괜찮겠다."

"진짜냐? 나보고 네 주인 하라고?"

"그래. 원래 고양이는 한 군데에서 살려면 주인이 필요해. 안 그러면 그냥 떠돌아다니는 들고양이에 불과하지."

"그런 거 안 따졌잖아?"

"굳이 따질 필요는 없지만… 뭐, 그래도 인간을 '인간' 하나로만 보는 것과 '주인'과 '주인이 아닌 사람'으로 구별하는 것은 좀 달라. 설명하기는 좀 그렇고, 고양이라는 것이 원래 좀 그래."

"그래서?"

그 녀석은 잠시 입을 다물더니 한숨을 포옥 쉬고는 말했다.

"그래서 네가 내 주인 좀 해달라고. 너 정도면 따악 알맞을 것 같아."

"뭐가?"

"같잖은 주인이라서 다루기가 너무 쉬울 것 같거든. 깔깔깔!"

"뭐? 같잖은 주인?! 야!"

녀석은 내가 슬쩍 휘두르는 주먹을 획! 뛰어서 피하더니 폴짝폴짝 뛰어갔고 난 멍하니 그 모습을 지켜보았다. 내가 저 녀석의 주인이라고? 참 나원, 기가 막혀서 미치겠네. 녀석은 내가 한숨을 푸욱 쉬든 말든 신경 쓰지 않는지 계속해서 앞으로 뛰어가다가 뒤돌아보더니 말했다.

"아! 안 와?"

"으… 응! 갈게!"

난 녀석을 따라 뛰어가기 시작했다. 달빛 아래에서 통통 뛰어가는 검은 고양이와 역시 달빛을 받아서 빛나는 미소년… 후, 양심적으로, 그래. 달빛을 받나 안 받나 마찬가지로 우중충한 평범한 청소년. 쳇, 어쨌든 내가 저 녀석의 주인이라는 게 그렇게 기분이 나쁘지는 않다. 아니, 솔직히, 갑자기 약간은 저 앞에서 뛰어가는 고양이가 귀여워 보인다. 아주 조~금. 달빛 때문이야. 쳇. 그건 그렇고 저 자식은 뭐 저리 빨리 달려가고 난리야?

"야! 같이 안 가나!"

"아주 느려 터졌어! 빨리 좀 와!"

누가 누구를 아주 조금 귀여워한다고? 젠장.

"그런데 너, 지금 어디로 가는 거야!"

"어디로 가긴! 너희 하숙집 가지!"

"길 알아? 난 몰라! 안내해! 난 지금 여기가 어딘지도 모르겠어!"

내 말에 갑자기 녀석은 우뚝 서버렸다. 뭐냐? 왜 서냐? 설마… 설마? 모.르.냐?

"…이런 젠장, 진짜 몰라?"

"몰라. 어휴, 이런 걸 주인이라고, 젠장, 아이 씨, 또 젠장이라 그랬지, 나? 자꾸 네가 젠장거리니까 나도 젠장이 입에 붙었어. 젠장, 어휴, 어휴!"

"젠장은 네 입버릇이 나빠서 그런 거니까 나를 탓하면 안 되지. 어쨌든 도로 김 회장 집에 가서 하루만 재워달라고 그럴까?"

"젠장, 인사까지 다 하고 '다시는 이런 일, 기억하지 마세요' 하고 멋지게 엔딩을 장식하는 대사까지 던지고 나왔는데 이제 와서 도로 가자고? 넌 창피하지도 않냐?"

"그리고 보니 우리가 샀던 라면이랑 생선이랑 참치 같은 걸 그 집에 다 놓고 온 것 같은 기분이 마구 들지 않냐?"

"그래서, 라면 가지러 왔다고 그러면 김 회장이 참 얼씨구나 하겠다."

으음, 그런가? 생각을 해보자. 생각을… 생각을… 아! 생각났다! 난 엄지와 검지손가락을 따악! 하고 맞부딪쳐 소리를 내면서 다급하게 말했다.

"내 옷도 놓고 왔어, 그곳에!"

"옷이라니?"

"네가 고양이로 돌아오면서! 네가 너무 작아져서 벗겨져 버린 옷을 그곳에 그대로 놓고 왔잖아!"

그러자 갑자기 녀석은 씨익 웃으며 '주인 하나는 잘 뒀군' 하고 중얼거리더니 과장된 목소리로 말한다.

"아참, 그렇~군! 그리고 보니 내 옷~을 놓고 왔어! 그럼 다시 돌아가야 하겠군!"

난 기쁜 마음에 철저히 짝짜꿍을 맞춰주기로 결심했다. 물론 걸고 넘어갈 것은 넘어가야지.

"그렇~지. 물론 네.옷.이 아니라 내.옷.이긴 하지만, 어쨌든 그 옷들은 내 기준으로는 상당~히 소중한 추억들이 담긴 옷들이니, 다시 찾으러 가야 하겠군! 그리고 그 옷들을 찾으러 간다면 너무 늦은 시각이니 하룻밤 자고 나와야 할 것~ 같은데?"

"그렇지? 물론 네가 나에게 준 옷이니 내.옷.이긴 하지만, 어이쿠, 벌써 달이 중천에 떴군! 너무 늦은 시각이야! 옷을 찾으러 간 다음에는 아마 김 회장님이 우리를 잡고 가지 말라고 할 거야!"

녀석의 계속된 과장된 말투로 이루어지는 옷에 대한 소유권 주장을 듣던 나는 과장된 몸짓의 짝자꿍 맞춰주기고 나발이고 다 집어치우고 싶은 충동을 느꼈다. 그리고 난 충동을 그렇게 잘 자제하는 사람이 아니고.

"야! 그게 어떻게 네 옷이야! 내 옷이지!"

그러자 녀석도 질 수 없다는 듯이 날카롭게 대답했다.

"그럼 난 벗고 다니냐!"

"그럼 고양이가 옷 입고 다니냐!"

"나도 사람으로 다닐 거야! 그땐 어떻게 하라고!"

"그땐 빌려줄 거지만 소유권은 분명히 하자구. 그건 내 옷이야!"

"어이구, 주인이라는 놈이 옷 몇 벌로… 아주 쩨쩨함의 극치를 달리는구만."

"뭐, 쩨쩨? 그래? 그럼 주인이 명하노니, 옷 이야기 그만 해!"

그런데 녀석은 피식거리며 웃더니 대답한다. 뭐야? 주인이 말하는데 비웃어? 이게 주인을 무시하네!

"야, 너 동물 중에 주인 말을 가장 안 듣고 제멋대로 하는 동물이 뭔지 모르지?"

"내가 그걸 어떻게 알아?"

"모르면 지금 알아놓도록 해. 동물 중에 주인 말을 가장 안 듣고 제

멋대로 하는 동물이 바로 고양이야. 고양이에게 주인은 자기를 돌봐주는 존재 이상이 아니라구."

"…한마디로 비공식적인 빈대였던 네가 나를 주인으로 만들면서 공식적인 빈대가 되어버린 거냐?"

"야, 너 똑똑하다. 해석력 끝내준다. 하하하!"

젠장! 그래서 정착을 하려면 주인이 필요하다는 거였나 보다. 당했군, 당했어! 난 신경질적으로 눈을 확! 걸어찼고 녀석은 그런 내 모습을 보면서 잠시 깔깔대다가 말했다.

"가자구, 어서. 밤이 깊었네."

"알았어. 알았는데, 그 옷은 내 거야!"

"네 마음대로 하세요……."

녀석은 흐르는 한숨처럼 말하고는 먼저 앞장서서 걸어갔고 나는 그 녀석의 모습을 잠시 쳐다보다가 고개를 흔들고는 추적추적 녀석을 따라 걸었다. 아스라이 어디선가 아직도 개 짖는 소리가 들려오는 깊은 달밤 속의 눈길을.

"야, 그런데 우리 김 회장에게 받은 100만원으로 몽땅 생선이랑 내 옷 사면 안 되… 겠지?

"크아아아악!"

제7장

빛의 아르바이트

지겨운 일요일의 어느 나른한, 창밖으로 햇살이 따사롭게 내리쬐는 '오전'. 그렇다. 오후가 아니라 오전이다. 어차피 할 일이 없는 나에게는 오전의 의미라고 해봤자 '자려면 한참 남았군. 이 지겨움이 언제나 끝날까' 정도의 의미밖에 안 되지만. 뭐, 여기가 고향이었다면 억지로 교회라도 나갔겠지만, 귀찮아 죽겠는데 교회는 무슨 교회. 아하함, 하도 잤더니 이제 잠도 안 온다. 찌뿌드드하기만 하고. 난 팔과 다리를 쭈욱 펴며 발광하듯이 몸을 마구 비틀고 바닥에 굴려댔다. 끄드드드드—!

"아이 씨, 좁아 죽겠는데 그렇게 굴러대면 어떡하냐, 임마!"

그 녀석, 그러니까 요령이는 방바닥에 누워서 나와 똑같이 지겨워 미치겠다는 표정을 지으며 몸을 데굴데굴 굴려대다가 나와 몸이 부딪치자 짜증을 확! 내고 나를 벽쪽으로 밀어버렸다. 윽, 데굴데굴.

"이런 젠장, 야! 여기가 내 집이지 네 집이야? 얹혀사는 주제에 궁시렁궁시렁 말은 진짜 많네!"

"내가 뼈빠지게 일해서 번 백만 원을 먹고 입 싹 닦은 게 누구더라."

"야! 내가 언제 입 싹 닦았어! 네가 나한테 맡긴다고 줬잖아!"

그렇다. 녀석은 김 회장의 집에서 돌아온 다음날 나한테 '그거 네가 좀 맡아놔. 어차피 얹혀살 거, 뭐 네가 알아서 먹여주고 입혀주고 할 테니 돈은 필요없겠지. 그 대신 내가 돈 달랄 때는 착착 주고'라는 가증스러운 말을 해대며 나에게 그 돈을 맡겨 버렸다. 그럴 거면 차라리 나한테 주던가.

"아우 씨, 몰라, 왜? 그냥 너 가질래? 응? 그럼 그게 너한테 주는 관리비로 생각하고 그 대신 잔소리를 하지 말던가. 돈을 줬으면 대접을 해줘야 될 거 아냐, 대접을!"

"…그냥 맡겨둔 것이라고 생각하는 편이 정신 건강에 좋겠네. 그건 그렇고, 안 그래도 비좁아 죽겠는데 너까지 아득바득 그렇게 생고집을 부려가면서 사람 모습으로 드러누워 있는 이유가 뭐야? 좁아 죽어, 좁아 죽어! 제발 부탁이니까 집에 있을 때는 고양이로 있어 좀! 털 날려서 지저분하다고 안 할게! 제발!"

녀석은 지금 사람 모습으로 변해서 누워 있었고 덕분에 안 그래도 좁은 방 안은 꽉 차버렸다. 그리고 그래서 내가 몸을 뒤틀거나 녀석이 몸을 데굴거리거나 할 때마다 자꾸 서로 부딪치게 되는 것이다. 뭐, 내 옆에 누워 있는 게 여자라는 생각이 들면 내가 알아서 몸을 움츠리고 자중했을 것이다. 하지만 요령이 이 녀석은 비록 얼굴은 예쁘지만 여자라는 생각이 절대! 안 들거든. 실제로도 고양이고. 뭐, 암컷이라니까 여자는 여자인가?

"고양이로 있으면 털이 많아서 나도 갑갑하거든. 벼룩 생기고, 진드기 붙고… 찜찜하다구. 그리고 영기의 순환에도 사람 형태가 가장 이상적이고, 또 주술은 쓰면 쓸수록 느는 거니까 평소에도 이렇게……."

"그만 해라, 그만 해. 그렇게 불편하면 보통 고양이들은 도대체 어떻게 사냐?"

"사내 새끼가 더럽게 딱딱거리네, 거참. 참아, 임마. 야, 그리고 넌 나갈 데도 없냐? 어떻게 된 놈이 하루 종일 방 안에서만 뒹굴뒹굴뒹굴… 누가 그랬지, 아마? 나태는 인류의 가장 큰 적이라고 말야."

녀석의 잔소리를 들으며 꾹 참던 나는 결국 톡 쏘아주고야 말았다.

"그럼 네가 인류의 가장 큰 적이냐? 이 나태의 결정체 같은 녀석아."

"…어쨌든, 할 짓거리 없으면 나가서 일이라도 좀 하다 오던지, 운동장이라도 몇 바퀴 돌다 오던지. 집에서 그렇게 뒹굴거리는 모습을 보고 있자면 보는 내가 다 게을러지려고 하잖아."

"…내 생각이지만 넌 여기서 더 게을러지는 것은 무리라고 보는데."

"어쨌든! 좀 나가라, 나가. 응?"

으으으, 저 잔소리. 못 견디겠다. 얹혀사는 주제에 주인을 집 밖으로 몰아내려 하다니 무서운 놈. 네 계획은 어쨌든 성공이구나. 쳇, 난 벌떡 일어나서 내 점퍼를 챙겨 입었고 그런 나를 보며 녀석은 심드렁하게 말했다.

"그냥 해본 소린데 진짜 나가네. 뭐, 그래. 가는 김에 장도 좀 봐오고. 생선 두 마리밖에 안 남았어."

"캇! 네가 며칠 동안 해치워 버린 회가 몇 접시고 생선이 몇 마리인 줄 알아! 넌 생선이 물리지도 않냐! 난 이제 생선만 보면 아주 지긋지긋해!"

"뭐 별로 질리지는 않아."

"으으으, 젠장, 할 수 없지. 그 대신 비싼 건 못 사온다. 꽁치나 고등어를 사 오더라도 나를 욕하지는 마라."

"오냐. 아참!"

"뭐? 어디 가냐구?"

"아니, 네가 가봤자 만화방 아니면 게임방이지. 네 생활 패턴이야 뻔하지 뭐."

"…미안하지만 아까 네가 말한 대로 놀기도 뭐해서 아르바이트 구하러 가는 거라네. 그건 그렇고, 그럼 왜 불렀어? 잘 갔다 오라구?"

"아니, 뭐 잘 갔다 오든 오다 동네 날건달한테 붙들리든 그건 네가 알아서 할 일이구."

"…그럼, 뭐?"

난 끓어오르는 성질을 꾹꾹 누르며 물었고 그런 나를 장난스럽게 바라보던 요령이는 방긋방긋 웃으며 능글맞게 말했다(녀석은 그게 된다. 방긋방긋 웃으며 능글맞게 말한다든지, 누가 봐도 반할 만한 모습으로 미소 지으며 '이런 젠장'을 말한다거나 하는 식으로. 원판이 워낙 예쁘니까… 하고 넘어가 주고 싶어도 미소 뒤에 나오는 행동들이 하나하나가 사람의 속을 긁는 짓밖에 없어서 그냥 넘어가 주지를 못하겠다).

"귀찮아. 밥 좀 차려놓고 가줘."

"크아아악! 주인을 부려먹어도 유분수지! 넌 손이 없어 발이 없어! …라고 말해 봐야 소용없겠지. 젠장, 알았어."

"그래, 그렇지. 그래야 착한 주인이지. 그럼 나는 좀 더 잘 테니까 방구석에다가 좀 차려놔 줘. 잘 갔다 오고."

요령이는 다시 나를 쳐다보고 윙크를 찡긋하더니 방긋 웃어주었고 그런 녀석을 보면서 짜증에 휩싸여 버렸던 내 마음은 다시 풀어져 버렸다. 쳇, 왜 웃고 난리야. 웃지 마, 정들어. 하지만 녀석은 내가 마음속으로 궁시렁거리는 걸 아는지 모르는지 계속해서 방긋방긋 웃어주었고 난 그런 녀석을 잠시 쳐다보다가 뒤돌아서 밥상을 차리기 시작했다. 공처가도 아니고. 젠장. 앞으로는 애완 동물을 들일 때에 상당히 조심해야겠군.

"미안허이. 하지만 지금은 정말 자네들 말대로 '쌔끈한' 청년이 와도 아르바이트를 시켜줄까 말까 할 정도야. 자네같이 평범해서……."

"아니, 도대체 카페에서 서빙하는데 외모가 왜……."

"중요하냐고? 자네 같으면 우리 옆 가게에 꽃미녀가 있다면 어느 가게로 가겠나?"

"그래도 저 정도면 최소한 어디 가서 빠지는 얼굴은 아닌데……."

주인은 천천히 고개를 저었고 그런 그를 보며 난 발걸음을 돌릴 수밖에 없었다.

"…후우, 그렇군요. 안녕히 계세요"

벌써 10번째 퇴짜다. 난 시무룩해져서 집으로 돌아갔다. 신문 배달은 아침에 일찍 못 일어나서 못하고. 노가다는 내가 생활고에 시달려서 얼굴이 반쪽이 되지 않는 이상 할 생각이 없고. 주유소는 아무리 찾아봐도 없고. 삐끼? 내가 양아치냐? 뭐 이런 식으로 하나하나 지워 나가다 보면 남는 건 가게의 잡일밖에 없단 말이야. 하지만 갈비집에 불판이라도 나르려고 들어가면 힘 좋게 생긴 사람 아니면 안 뽑는다고 그러고. 레스토랑이나 호프집, 혹은 카페 같은 곳에서 일하려면 외모가 '출중'해야 한다고 하고. 젠장, 그럼 나는 집에서 놀란 말이냐? 이젠 노는 것도 지겹단 말이다!

콰아앙!

난 문을 세게 닫으며 풀이 팍! 죽은 얼굴로 집 안에 들어섰다. 내 시야에 가장 먼저 들어오는 건 밥상에서 밥과 반찬만 싸악 비운 채, 한마디로 빈 그릇만 남겨놓고는 쌔근쌔근 자고 있는 요령이었다. 으으으! 난 녀석의 뺨을 발로 톡톡 차면서 말했다. 으악! 침 묻었잖아!

"이봐, 이봐, 일어나 봐. 주인 돌아왔어, 주인!"

"냠… 하암. 아우 씨, 주인이고 나발이고 왜 깨우고 난리야아아아함."

녀석은 그렇게 말하며 돌아누웠고 나는 그런 녀석을 다시 톡톡 쳐서 깨웠다.

"이—봐, 이봐, 일어나 보란 말이야."

"왜애애애! 하아아암, 졸려어엄—"

녀석은 눈을 마구 비벼대더니 부스스 일어났다. 얼씨구, 볼에는 자다 질질 흘렸는지 침 자국까지 있었고 머리는 마구 헝클어져 있었고 눈은 얼마나 잤는지 퉁퉁 부어 있었다. 그래그래, 다 귀엽게 봐줄게. 귀엽게 봐준다고. 하지만……

"제발 손에 침 발라서 얼굴에 비비지 좀 말아줄래? 보는 사람 추잡해 미치겠어."

"…응? 아, 미안. 지금 내 모습이 고양이인 줄로 착각해서. 헤헤헤… 으으으으, 찌뿌둥해. 그런데 왜 깨웠어?"

"아니, 그냥 주인 왔으니까 좀 일어나 보라구. 그리고 지금 시간이 몇 시인데 아직까지 자고 있냐? 너 설마 나 나갈 때 눕더니 지금까지 잤냐?"

"아아아니."

도리질치는 요령이.

"음, 그래. 아무렴, 사람이 그렇게 잘 수는 없는 거지. 암, 없구 말구."

녀석은 내 말에 다시 고개를 가로젓더니 말했다. 고개를 가로저을 때마다 입 옆에 말라붙은 침이 눈에 언뜻언뜻 비쳐서 봐주기 상당히 거북했다.

"자다 깨서 30분 동안 밥 먹고 도로 잤어. 그리고 난 사람 아냐, 고양이지."

"…그렇군. 고양이, 고양이라. 그런데 고양이는 그렇게 세상 모르게 퍼 자냐?"

"미인은 잠꾸러지라지 아마?"

"요즘 미인은… 아냐, 아냐. 관둬. 관두고, 관두는데, 음… 내가 무슨 말을 하려고 했더라… 아, 그래. 넌 어떻게 먹고는 설거지도 안 하고 그대로 놔둘 수가 있냐? 넌 도대체 손이 없냐?"

"손이 아니라 앞……."

"손이 아니라 앞발이라 그러려고 했지. 아서라, 임마. 언제까지 그 술법에 당할 줄 아냐? 그리고 좀 치우면 어디가 덧나냐?"

"그냥 귀찮아서 자고 일어나서 치우려고 했지……."

"에휴, 네가 그렇고 그렇지 별수 있냐. 쩝, 그래. 으으으, 짜증나… 아니, 됐다. 텔레비전이나 보자. 야, 텔레비전 좀 틀어줘."

그런데 녀석은 내 말에 뒤돌아서 on 버튼을 누르는 대신 내 얼굴을 뚫어져라 쳐다보기 시작했다. 아니, 쑥스럽게 얘가 왜 이래?

"왜, 내 얼굴에 뭐 묻었냐?"

"야, 밖에서 무슨 일 있었냐?"

"일은 무슨 일……."

"그런데 왜 갑자기 짜증을 내고 그래? 무슨 일 있었지?"

"…아니, 별일은 아니고……."

"별일은 아니고 뭐?"

할 수 없군. 난 멋쩍다는 듯이 머리를 벅벅 긁고는 녀석에게 오늘 있었던 일들을 이야기해 주었다.

"…그렇게 된 거지… 쩝. 뭐, 하루 종일 헛고생만 하고 못 구해서… 짜증이 좀 나서……."

요령이는 내 말을 듣자 혀를 쯧쯧 하고 차더니 말했다.

"어휴, 명색이 주인이라는 사람이 기르는 동물한테 하소연이나 하고 있고……."

"야! 네가 물어봤잖아!"

난 성질을 버럭 냈고 요령은 내가 성질을 내든 말든 신경 안 쓴다는 얼굴로 건방지게 고개를 까닥거리더니 크게 인심 쓴다는 얼굴로 말했다.

"아, 아, 어쨌든. 할 수 없지. 내일은 나와 같이 나가자."

"됐어. 둘이 나간다고 뭐가 바뀌겠냐?"

"에이, 그래도 하나보다는 둘이 낫지. 안 그래?"

"…뭐, 네 말이 맞는 것 같기도 하고……."

"그렇지, 그렇지, 그렇지, 그렇지, 그렇지? 내일부터는 같이 나가자, 응? 하루 종일 집에만 처박혀 있으려니 지겨워 죽겠어, 아주. 어쨌든 내일은 같이 찾아보는 거다, 응?"

너, 말 진짜 빨리하는구나. 심심하기는 심심했나 보다, 야.

"그래그래. 그러니 나 밥 좀 차려줘. 참, 네 뒤에 TV 좀 켜고."

"…주인님?"

갑자기 녀석은 깍듯하게 말했고, 그래서 나는 '갑자기 녀석이 어떤 무언가를 느끼고 드디어 주인을 존경하기로 마음먹었나' 하는 일말의 기대를 가지고 녀석을 바라보았다.

"드디어 네가 님 자를 붙이는구나. 왜 부르는데?"

"주인님은 손이 없어 발이 없어? 차려 잡숴."

"…혹시나 하고 기대한 내가 머저리지."

"차리는 김에 내 것도."

"크아아아악! …오냐. 젠장, 어렸을 때 기르던 개는 알아서 찾아 먹더구만 너는 꼭 밥을 갖다 바쳐야 먹냐?"

"주인님?"

"…어색하니까 그냥 님 자 빼고 말해라."

"알았어. 그럼 야, 내가 개야? 나를 개 따위랑 비교하지 마."

"…알았으니까 그만 좀 해라, 응? 그리고 아무리 님 자 빼라 그랬다고 야는 또 뭐냐."

"너도 그렇게 부르잖아?"

"…할 말 없네. 쳇."

난 인상을 잔뜩 찌푸린 채로 상에 놓여 있던, 요령이 녀석이 먹고는 그대로 놓아둔 그릇을 치우고는 새 그릇에 대충 반찬을 탁탁 덜어놓았고, 그런 나를 지켜보던 녀석은 찬장으로 가서는 그대로 수저와 젓가락을 두 짝을 가지고 와서 탁, 탁! 하고 상에 놓더니 '이 정도면 많이 일했지?'라고 말하는 듯한 눈빛으로 나를 쳐다보기 시작했다. 어차피 시킬 생각도 없었다, 이 녀석아.

"당장 일해주게, 아가씨! 제발 부탁일세!"

콧수염과 턱수염, 그러니까 얼굴 전체를 뒤덮은 수염들이 아주 멋진 대머리의 사람 좋게 생긴 주인 아저씨는 간절한 눈빛으로 요령이를 쳐다보며 말했다.

"어머, 정말요? 호호호호!"

그리고 요령이는 저 좋다는 말에 온 얼굴로 웃어버렸다. 호호호호! 그리고 나는 같이 '하하하하!' 하고 웃어주는 대신 주인 아저씨를 애타게 바라보며 물었다.

"…아저씨, 저는요? 저도 아르바이트 자리 구하러 왔는데요."

"자네? 흐흐흠, 에이, 하나면 됐지 뭘 두 명씩이나. 요즘 같은 불경기에. 제2의 국가적 위기라지 않나. 미안하네, 자네에게는. 하지만 어쩌겠나. 저 아가씨와 동시에 들어온 타이밍을 원망해야지. 조금만 빨리 오지 그랬나. 쯧쯧……."

이런 젠장, 세상은 뭐 이리 불공평하냐? 나도 꾸미면 나름대로 멋져, 이 사람과 고양이야. 하긴, 요령이가 무슨 죄가 있냐. 죄라면 나를 따라온 죄밖에 없지. 그럼, 다시. 나도 꾸미면 나름대로 멋져, 이 사람아… 젠장, 이렇게 말해도 기분은 하나도 풀리지 않는다. 이게 어떻게 된 일이냐구?

오늘 요령이는 어제 나에게 말한 대로 대충 차려입고 나를 따라 나섰다. 그리고 나와 그 녀석은 무작정 시내를 거닐다 '아르바이트 구함'이라고 써 붙여놓은 카페에 그냥 무작정 들어갔고, 그런데 주인은 우리를 보자마자 내가 '저… 아르바이트 구하러 왔는데요'라는 말을 하기도 전에 그야말로 순간적으로 요령이에게로 달려가서 손을 덥석 잡으면서 '아가씨! 바로 당신이야! 우리 가게는 아가씨 같은 아르바이트생을 찾고 있었어! 아르바이트하러 온 거 맞지? 제발 맞다고 말해

줘, 응? 응?' 이라고 애걸복걸하다시피 부탁을 했고 요령이는 저 좋다는 말에 그저 좋아서 헤헤 웃으면서 '아르바이트 찾으러 온 건 맞거든요' 라고 대답해 버렸다. 그리고 그 뒤로는 아까 말한 대로다. 쳇.

"정말 저 안 쓰실 거예요? 진짜?"

"정말 안 쓸 거네. 진짜로."

그리고 나는 그의 말에 회심의 미소를 지으며 말했다.

"그래요? 그럼 할 수 없네요. 요령아, 가자!"

그리고 주인은 갑자기 얼굴색이 싸악 바뀌더니 나를 보며 천천히 입을 연다.

"자네, 이 아가씨와 아는 사이인가?"

"예, 아는 사이인데요."

"구체적으로 무슨 사이인데?"

"아르바이트를 같이 하지 않으면 안 되는 사이입니다만."

물론 요령이는 아니라고 하려고 했다.

"나 혼자 충분하니 넌 집에서 잠이나… 아아악! 왜 발은 밟고 난리야!"

"아하하하… 얘가 갑자기 왜 이러는지 모르겠네. 어쨌든 아저씨, 저도 시켜줄 거예요, 안 시켜줄 거예요? 안 시켜주면 그냥 도로 가구요. 옆 가게에도 아르바이트 구한다고 써 있던데 말이죠."

그 아저씨는 심히 불안한 표정으로 나를 바라보더니 말했다.

"옆 가게에는 자네만 가면… 안 되겠지?"

이 아저씨가! 그렇게 노골적으로 싫은 척하면 안 되지. 그럼 오기가 생겨서 더욱 달라붙고 싶어지잖아. 난 말없이 고개를 가로저었고, 그러자 아저씨는 그 사람 좋은 얼굴에 당황스러운 기색을 드리우며 허둥대었다.

"자, 잘할 수 있냐?"

"그럭저럭이요."

"그럼 안 돼."

어떻게든 트집을 잡으려고 무지 애쓰는군. 난 아저씨의 말에 정색을 했다. 에이, 아저씨도. 장난 한번 한 걸 가지고……

"갑자기 매우 잘할 수 있을 것 같은데요."

한숨을 푸욱— 쉬는 주인 아저씨. 고개를 한 번 젓더니 마지못해서 내 손을 쥐고 흔든다.

"그래, 그럼 같이 일해보세."

그때 요령이가 끼어든다.

"저는요오?"

그리고 그 아저씨는 내 손은 던져 버리고 요령이의 손을 잡고 열성적으로 흔들며 말했다.

"아가씨는 물론 일해야지요!"

"봉급은 언제 주는데요오?"

날카로운 그 질문에 축복있으라! 요령이는 정곡을 찌르는 질문을 했고 그 물음에 주인 아저씨는 잠깐 얼굴을 찌푸리더니 대답했다.

"으음, 돈이라… 계산이 정확한 아가씨로군. 돈이라, 봉급 말이지? 봉급이라면 한 달에 한 번. 월급처럼 주지. 멋있지 않은가? 자네들도 이제부터 월급을 받는 거야! 안정된 수입원이 생긴 셈이지!"

"우와! 월급쟁이다!"

그 녀석은 펄쩍 뛰며 좋아했다… 단순한 것 같으니라구.

"그냥 하루 치씩 챙겨주세요."

난 무덤덤하게 아무 음색을 섞지 않은 채로 말했지만 아저씨는 자신의 말에 찬성했다고 생각했는지 요령이와 함께 펄쩍펄쩍 뛰며 좋아하다가 내가 '뭘 그리 좋아해요? 아저씨 말이 싫다는데' 라고 다시 한 번 지적해 주자 그제야 당황한 표정이 되었다. 재미있는 아저씨군.

"왜… 왜? 그냥 한 달 치 몰아줄게. 뭘 찔끔찔끔 받으려고 하나, 성격은 호탕해 보이는 젊은이가."

주인 아저씨는 자기가 화끈하게 몰아주기를 좋아하고 내가 화끈하게 생겨서 몰아주기를 좋아할 것 같아 돈을 한 번에 모조리 몰아주겠다는 듯이 말하고 있지만, 보나마나 최소한 한 달만이라도 요령이를 확실하게 쓰고 싶으니까 저렇게 나오는 거겠지. 쳇, 아르바이트에 그런 게 어딨어. 언제 무슨 일이 생길지 모르는데. 난 고개를 저었다.

"아뇨, 그냥 하루 치씩 주세요."

만약 이게 나 혼자서 아르바이트를 구한 거라면 주인이 '너, 연봉제로 해줄게. 1년에 한 번 몽땅 몰아서 주는 거야! 화끈하지?' 라고 해도 '와, 화끈하네요' 따위로 대답했을 거다. 실실 웃어가며. 하지만 지금 이쪽에는 요령이라는 히든 카드가 있거든. 물론 본인은 절대로 자신이 카드라고 인정하지 않을 카드가. 아저씨는 잠시 고민하는 표정이 되더니 결국 고개를 끄덕이고는 대답했다.

"그럼 할 수 없지. 좋네, 매일 자네들의 일급을 지급하기로 하지. 수당은… 시간당 청년은 2,500원, 아가씨는 6,000원. 불만없지?"

와— 사람이 동물의 반값도 인정을 못 받아? 말도 안 돼!

"아저씨!"

"왜?"

"저도 한 4,000원 정도 주세요."

"절―대 안 돼!"

"그래요? 가자, 요령아."

아저씨는 내 말에 과장되게 헛기침까지 해가면서 우리를 붙잡았다. 참 여러 가지 하시네.

"으ㅎㅎㅎㅎ흠! 그냥 해본 소리라네. 하하하! 얼마? 4,000원? 에이, 3,000원만 받어. 응? 좋다고(내가 언제 좋다고 했어)? 그래, 그래. 그래야 착한 청소년이지. 아참, 자네들 나이가 몇 살인가?"

결국 오백 원을 올리는 선에서 협상은 대강 끝나 버린 것이군. 나도 참 쩨쩨하지, 오백 원 더 받으려고 딴지를 걸고. 하긴 시간당으로 바꾼다면 그 액수가 또 달라지니까. 어쨌든 주인 아저씨의 물음에 난 선선히 나이를 말해 주었다.

"스물인데요."

요령이도 대답했다.

"스무 살이요."

물론 사실은 350살이다······.

"오, 그래. 나이도 딱이군. 좋아, 이름은 뭐지?"

"박영준입니다."

"이요령이에요."

"연락처는?"

"아, 예··· 적어드릴게요. 메모장 없어요?"

"내가 적어줄게. 부르도록 해."

"예······."

주인 아저씨는 손에 들고 있던 메모장에 우리의 이름과 전화번호를 받아 적더니 사람 좋아 보이는 웃음을 지으며 말했다.

"음, 그래. 우리 가게에서 일하게 된 것을 환영하네. 해야 할 일을 설명해 주지."

"예, 알려주세요."

"일단, 저어기 휴게실에 가서 영… 뭐였지? 아, 영준이. 영준이는 남자 옷으로 갈아입고. 요령 양, 맞지? 말 놓아도 되지? 아, 그래. 요령 양은 여자 옷으로 갈아입고 나와요. 옷은 그 안의 큰 캐비닛 안에 보면 몇 벌 있을 테니 아무거나 골라 입고. 어차피 디자인은 똑같으니까 몸에 맞는 걸로 입는 게 좋겠지. 남자 휴게실은 왼쪽, 여자 휴게실은 오른쪽일세."

"오오! 옷까지 줘요?"

"비, 빌려주는 거네만… 일하는 동안은 준다고도 볼 수 있지……."

난 감탄해서 눈을 휘둥그레 뜨며 물었고 주인은 떨떠름하다는 듯이 고개를 끄덕였으며 요령이는 심히 창피하다는 듯이 내 옆구리를 계속 꼬집어댔다.

"빈티 좀 내지 마! 네가 거지야? 창피해 죽겠어!"

젠장, 알았으니 그만 꼬집으라고.

휴게실로 들어가서 캐비닛을 열자 그 안에 있는 흰색의 세로 줄무늬 와이셔츠와 검은색 바지가 눈에 들어왔다. 그리고 난 잠시 내가 입고 있는 헐렁헐렁한 티셔츠와 세미 힙합 바지, 그리고 캐비닛 안 옷걸이에 걸려 있는 마치 웨이터 복같이 생긴 정복을 번갈아 바라보며 우울한 표정을 지어야 했다. 난 답답한 옷들을 싫어하는 체질이기 때문이다. 이런 정장 같은 옷은 질색인데. 하지만 뭐 별수 있나, 참아야지. 나는 대충 그 옷으로 갈아입고는 습관적으로 새 바지의 주머니에 손을 넣었다. 어? 뭐가 걸리네? …젠장, 나비 넥타이군. 이것만은 매기 싫었던 나는 그걸 다시 주머니에 넣고는 밖으로 나와서 주인 아저씨를 불렀다.

"아저씨! 다 갈아입었어요!"

"오! 꾸며놓으니 나름대로 볼 만하군!"

"…아, 예. 그건 그렇고 제가 할 일은 뭐죠?"

"음, 그건 요령 양이 나온 다음에 이야기하기로 할까?"

"그러시죠."

내가 고개를 끄덕이며 선선히 아저씨의 제안에 승낙했을 때 여자 휴게실 쪽의 문이 삐이─걱 하고 열리며 요령이가 천천히 그곳에서 걸어 나왔다. 그리고 주인은 말문이 막힌다는 얼굴로 입을 따악 벌렸다. 나도 솔직히 조금 놀랐고, 주인은 천천히 떨리는 목소리로 말했다.

"정말 아름답네!"

"아, 예, 그러세요? 호호호! 제가 원래 좀……."

저 녀석은 저렇게 씨알도 안 먹히는 건방진 소리를 늘어놓기 시작했지만 이번에는 별로 꼬투리를 잡고 싶은 생각이 들지 않았다. 그 녀석은 내가 주었던, 마치 뒷골목의 힙합 숭배자들이 입는 것 같은 옷─원래 나한테는 그냥 약간 헐렁거리는 정도였지만 녀석은 나보다 키도 작고 날씬하기 때문에 녀석이 내 옷을 입으면 마치 엄청나게 큰 옷을 입어버린 것처럼 되어버린다─을 벗어 던지고 이곳의 정복으로 갈아입고 나왔는데, 그 옷이 뭐 그리 특별나다거나 한 것도 아니다. 그냥 내 것과 비슷한 디자인의 흰색의 검은 줄무늬 블라우스와 검은 스커트뿐이다. 그런데도, 단지 남자 옷에서 여자 옷으로 갈아입었다는 것만으로도 녀석의 외모는 화악 빛나고 있었다. 진짜로 약간은 눈부셨다니까. 아주 약간이지만 말야. 그 녀석은 나를 보며 방긋 웃더니 말했다.

"야, 나 어떠냐? 네 후줄근한 옷 입었을 때보다 좀 더 나아진 것 같지 않냐? 하긴, 편하기는 네 옷이 더 편하지만 말야. 이건 약간 쥔다, 야."

난 대답하지 않았다. 아니, 대답을 못했다는 게 더 정확한 말일 것이다. 왜냐하면 그때 나는 두 가지의 생각에 깊게 빠져 있어서 다른 사람의 말을 듣고 있지 않았으니까. 첫 번째는, 저렇게 예쁜 녀석이 내 옆에 있었는데도 지금껏 어떤 감정의 동요도 느끼지 않은 내 자신의 도덕성의 맑고 깨끗함과 감정의 자제력과 절제력, 인간에 대한 굳은 믿음과 신념과… 어휴, 하루 종일 간다. 어쨌든 대견한 나 자신에 대한 자랑스러움이었고, 두 번째는 저런 모습을 지금껏 상당히 묻어버렸던 것이 내 옷이었던 것을 떠올리며 '나도 참 패션 감각이 빵점이군' 하는 생각이었다.

"어떠냐니까?"

"어떠긴 뭘 어때! 널 보고 있자니 호박에 줄 긋는다고 수박 되지 않는다는 속담은 영원한 진리라는 생각밖에 떠오르지 않는다 뭐!"

주인은 나를 흡사 남자가 아닌 나무토막을 보는 듯한 얼굴로 쳐다보았고, 요령이는 약간 눈살을 찌푸리더니 말했다.

"뭐라고오?"

미안, 사실은 보석은 깎으면 더욱 아름답다는 생각밖에 안 떠올라. 하지만 여기서 내가 입을 헤벌리고 '우와, 훨씬 예쁘다'라고 하면 내 주인으로서의─솔직히 주인이 아니라 꼭 돌봐주는 하인 같은 입장이긴 하지만─위치나 지금껏 팽팽한 기 싸움을 하면서 간신히 네 녀석에게 휘둘리지 않고 지켜 나간 권위… 등등은 어떻게 되겠으며 넌 내가 무심결에 내뱉을 뻔한 '나름대로 예쁘긴 하네 뭐'라는 한마디를 가지고 얼마나 잘난 체를 하겠니. '그렇지? 원래 내가 좀… 너도 인정하는구나? 깔깔깔!' 이런 식으로 말야. 그래서 나는 녀석이 '눈이 삐었군' 등등의 소리를 해대며 인상을 찌푸려도 아무 말 못하고 억지로 '영 아닌데' 등의 표정을 짓거나 잘 모르겠다는 제스처, 즉 어깨를 으쓱거리거나 고개를 가로젓거나 하는 행동을 취할 뿐이었다. 으음, 그러고 보니 옷만 제대로 입어도 저렇게 미인인데 화장까지 시키면 어떻게 될까.

주인도 감탄한 듯이 입을 열었다.

"허어, 정말 이제 우리 가게의 매상이 몇 배로 뛸까… 응? 자네, 그런데 그 신발은 뭔가?"

난 주인의 약간은 당황한 듯한 얼굴에 그 녀석의 발을 쳐다보려고 시선을 돌리다 마주친 요령이의 다리를 몰래 쳐다보느라 잠시 눈을 아래쪽에서 내리지 못했다. 다리가 정말 희고 늘씬하군… 흠, 흠! 이런 젠장, 왜 이렇게 생각이 옆길로 샐까. 어쨌든 그 녀석의 발은 뭐, 별로 특별한 것은 없었다. 단지 특이한 게 있다면 옷과는 조금 어울리지 않는 신발이었는데, 그것은 내가 혹시라도 저 녀석이 훔쳐 신을까 봐 방안 구석 이불 쌓아놓은 곳 아래의 깊은 곳에 꼬옥 꼭 숨겨두었던 에어맥스… 이런 젠장!

"야! 그건 나도 한 번도 안 신은 건데 왜 그걸 신고 있어! 그게 얼마짜리인 줄 알아!"

정말 못 말리겠군. 나는 이마를 딱! 감싸 쥐면서 중얼거렸고, 그런 나를 바라보던 녀석은 헤헤거리더니 혀를 쏙 내밀고는 말했다.

"메롱."

"이런, 씨!"

그 녀석은 머리를 벅벅 긁더니 빙글빙글 웃으며 말했고, 녀석이 말을 이을수록 요령이의 모습에 놀라 상당히 올라갔던 음… 뭐냐, 두근 거림? 아니고, 동경? 아니고, 호감도? 아니고. 에이, 몰라. 뭐 어쨌든 좌악 올라갔던 아까 언급했던 것과 비슷한 것들에 대한 포인트는 주르 륵 떨어지는 반면 '기 싸움을 위한 기력 포인트', 혹은 '빈대를 확실히 휘어잡기 위한 파워 포인트' 등등이 좌르르륵 솟아오르는 것이 마구 느껴지고 있었다.

"야, 그럼 때에 찌들어서 구질구질하던데 어떻게 네 신발들을 계속 신고 다니냐? 그냥 나 혼자 있을 때 심심해서 이불을 껴안고 구르면서 놀다가 보니까 이게 있더라고. 뭐 어차피 넌 신지도 않길래 '아, 네가 이 운동화를 상당히 싫어하나 보다' 싶어서 내가 신었지. 그건 그렇고 이거 되게 편하더라. 살짝만 뛰어도 붕붕 뜨던걸?"

녀석은 그렇게 말하더니 긴 머리를 찰랑거리며 팡팡 뛰어 보이기까 지 했다. 아, 팡팡 뛰니까 마치 해맑은 어린아이를 보는 것 같은 게 정 말 귀엽다! …흠, 흠. 귀엽고 나발이고, 녀석이 편하고 나발이고 지금 그게 문제가 아니지!

"너는 혼자 있을 때 이불 같은 거 껴안고 구르면서 노냐?"

"털실이 있다면 털실을 껴안고 구르겠지만 너희 집에는 그런 게 없 더라고. 뭐, 내가 장난칠 정도의 크기에 맞는 게 이불이다 보니까."

녀석도 저번 퀴에르의 일도 있고 해서 조심하기 때문인지 '원래 고 양이가 그런 거 껴안고 잘 놀아' 따위의 말은 하지 않았고, 그래서 나 는 안도의 한숨을 쉬었다.

"어쩐지 요즘 나갔다 들어오기만 하면 방 안이 난장판이다 했지. 그 건 그렇고 말이야……."

"응, 왜?"

"…너는 싫어하는 거랑 너무 아끼는 거랑 구별도 못하냐, 임마!"

"어차피 안 신는 건 똑같잖아."

"아껴 신는 거지!"

"싫어서 멀리하나 아껴서 멀리하나, 그게 그거 아냐? 어차피 너한테는 안 신는다는 의미에서는 같은 거 아니냐고."

나는 고개를 설레설레 저었다. 못 당하겠네 정말. 그리고 주인은 다른 의미에서 고개를 설레설레 저었다.

"정복 차림에 운동화라니, 확 깨는걸. 자네, 그러고 보니 스타킹도 안 신었군 그래? 뭐, 그거야 상관없지만 웬만하면 신발은 구두 종류로 바꾸지. 하이힐 같은 거 없나?"

저 녀석에게 하이힐이 어디 있겠습니까, 주인 아저씨. 내가 사주질 않는데. 녀석도 그럴 돈 있으면 가서 생선이라도 사 오라는 스타일이고. 아무리 그래도 그렇지 집에 신발도 많은데 하필이면 저걸 신냐! 그냥 단화 같은 거 신으면 어디가 덧나냐!

"…그건 그렇고, 너, 그 신발 발에 맞기나 하냐?"

"물론 무지 커. 이것 봐, 손가락 들어가는 거."

녀석은 그렇게 말하며 신발 앞부분을 꾹꾹 눌러댔다. 구겨져, 임마!

"…그렇게 큰데 그냥 신는 거야?"

"뭐, 어때? 편하면 됐지."

이런 젠장, 역시 신발은 하나 사줘야 되겠군. 구두 하나에 돈이 얼마나 하는데… 휴우, 돈 깨지겠군.

주인 아저씨는 잠시 고민하는 얼굴이 되더니 말했다.

"일단 오늘은 그냥 일하게… 아니, 차라리 휴게실 구석에 슬리퍼가 있으니까 그거라도 신고 일하게. 운동화보다는 낫겠지."

"예, 알았어요. 그런데 일은 어떻게 해야 하나요?"

나도 그게 궁금해.

주인 아저씨는 잠시 생각하는 표정이 되더니 말했다.

"일단 둘은 서빙을 하는데 요령 양은 서빙만 하고, 영준 군은 서빙 도중에라도 내가 부르면 바로바로 달려와서 시키는 일 좀 해주게."

"왜 저만……."

"1군과 2군, 메이저리그와 마이너리그, 월드컵 축구와 국내 실업 축구가 같냐고 되묻는다면 자네는 어쩌겠나."

"…그러니까 쟤는 월드컵이고 저는 국내 실업 축구란 말이죠? 으음."

이런 멸시를 받고도 일해야 하나? 젠장. 그런데 요령이가 갑자기 눈을 크게 뜨더니 내 옆구리를 쿡쿡 찌르며 나에게 물었다.

"월드컵이 좋은 거야, 실업 축구가 좋은 거야?"

"…젠장, 앞에 거야."

"역시 그렇지?"

역시는 무슨 얼어죽을 역시냐! 그 녀석은 당연하다는 듯 말했고 나는 그런 요령이를 보면서 다시금 울화통이 치밀어 오르는 것을 느꼈다. 왜 내가 저 녀석보다 못한 취급을 받아야 하는데! 나는 씩씩댔고 그런 나를 보며 요령이는 조용히 그러나 나는 들을 수 있게, 한마디로 나만 들으라는 의도로 웃기 시작했다. 다시 말하자면 비웃음이지 뭐. 쳇.

주인 아저씨는 나와 녀석에게 메모판을 나누어 주며 말했다.

"이걸 들고 다니면서 손님들의 주문을 적어서 조리실 앞 바로 가져오도록 해요. 그럼 내가 주문에 맞게 차를 끓여서 내어올 테니. 메뉴판은 저쪽 벽에 걸려 있으니 손님이 원하거든 가져다 주고. 하긴 커피 한

잔 시켜 먹으면서 무슨 얼어죽을 메뉴판이겠냐마는 또 사람들의 심리
가 그렇지가 않지."

"예, 열심히 일하겠습니다."

"그래, 즐장."

"…즐 뭐요?"

"즐장, 즐거운 장사."

"…아, 예. 즐장."

상당히 당황스럽군… 즐장이라. 그럼 매출이 올라가면 즐매이고 아
르바이트를 잘하면 즐알이냐? '즐알!' 흐, 흠. 그거 상당히 발음이 듣
기 불순하군 그래·······.

"아가씨, 난 카푸치노."

"예, 손님. 또 필요하신 것은 없으신가요?"

"아가씨의 사랑이 필요해요."

"손님, 그런 건 메뉴판에 없는데요."

전혀 예상할 수 없을 법한 요령이의 대답에 상당히 당황해 버린 손
님. 잠시 황당하다는 듯한 표정을 지었지만 곧 가증스러운 미소를 얼
굴에 띠며 그 표정을 지워 버리고는 말했다.

"없으면 만들어 주오."

"죄송합니다. 그런 건 안 돼요."

요령이는 정말 죄송하다는 듯한 표정으로 고개를 꾸벅였고 그런 녀
석을 지켜보던 나는 메모장의 맨 뒷페이지에 빽빽이 써진 사람들의 유
형 분석표에 '커피와 함께 사랑을 달라는 놈―특징:내 기준으로 볼 때
나름대로 잘생겼음'이라고 추가하고 '합계:21명'이라고 쓰인 합계 표

시를 '22'로 올리며 분에 못 이겨 숨을 씩씩거렸다. 뭐야, 젠장! 왜 저 녀석에게는 온갖 남자들이 별별 말로 어떻게는 눈길이라도 끌어보려고 안간힘을 쓰는데 나한테는 어떤 여자도 주문 말고는 아무것도 안 하냔 말이다! 아니, 그것보다…….

왜 내가 구석에 쭈그려서 이런 거나 적고 있어야 하는 거냐고! 왜! 도대체 내가 왜 이걸 적고 있는 거야! 내가 설마 지금 저 녀석보다 인기가 없다고 저 녀석을 질투하는 거야? 그럼 저 녀석이 타고난 미녀인 걸 어떻게 하냐? 아니지, 내가 그런 걸 가지고 질투할 성격이 아니지. 그럼 다른 방향으로, 다른 것 때문에… 그러니까 저 녀석에게 자꾸 남자들이 관심을 보여서 내가 그걸 질투하는 거야? 아니야! 나는 저 녀석에게 아무 감정이 없다구! 없을 거야! 없겠… 지? 어쨌든 저 녀석에게 누가 관심을 가지든 내가 신경 쓸 필요는 전혀 없다구! 젠장! 그런데 왜!

"왜 내가 이런 것을 적고 있지? 응? 왜! 왜!"

나는 생각할수록 머리가 지끈거려서 머리를 따악! 하고 움켜잡았고 내가 그러든 말든 그녀의 연예 행각(?)은 계속되었다.

"그대의 눈은 마치 커피 향기처럼 그윽하구려."

"어머, 과찬이세요, 저, 주문은 뭘로?"

내가 머리를 감싸 쥐고서 혼자서 외치는 도중에도 요령이에게 말을 걸어오는 남자가 추가되는군. 나는 다시 눈빛이 커피 향기처럼 그윽하다는 놈—특징:왠지 지적임'을 메모장에 덧붙이고 '22명'을 '23명'으로 바꾼 뒤 메모장을 덮고는 중얼거렸다.

"왜 난 아무도 없는 거야… 왜… 왜! 아무리 외모가 차이가 난다고 해도 그렇지… 그리고 요령이 저 녀석은 뭐가 좋아서 저렇게 실실 웃

는 거야! 쳇! 아아악! 신경 쓰여! 아냐! 신경 쓰지 마! 신경 쓸 이유 따
윈 없단 말이다!"

나의 고뇌는 계속되었으며 그래서 중얼거림은 결국 고성방가로 이
어졌으며 그렇게 끝없이 이어지는 나의 쇼를 지켜보던 주인은 결국 더
이상 참을 수 없다는 듯이 내 어깨를 툭툭 치더니 말했다.

"잘 논다. 일 안 해?"

"예? 아, 예."

"깨끗이 닦어."

"예……."

난 건성으로 대답하며 마포 걸레로 바닥을 계속해서 밀면서 다시 그
녀석을 힐끔힐끔 쳐다보기 시작했다. 젠장, 이것도 차별이다. 저 자식
은 서빙만 하는데 나는 서빙을 하다가도 주인이 부를 때마다 설거지하
고, 테이블 닦고, 커피 갈고, 물 끓이고, 설탕 사 오고, 청소하고, 걸레
빨고… 젠장, 심지어 가끔씩 커피를 만드는 마스터가 자리를 비울 때
에는 단순한 종류의 커피까지 타는 경우도 있었다. 뭐야! 나도 본업인
서빙만 시켜달란 말이야! 서빙만! 왜 내가 돈은 적게 받으면서 일은 더
많이 해야 하는 거야!

"아가씨, 난 오렌지 주스."

"아, 예."

"그대는 황금빛 오렌지보다 더 빛나는군요."

"어머, 고마워요. 호호호!"

이런 젠장. 나는 다시 메모장 뒷 페이지를 펴고는 '요령이가 오렌지
보다 더 빛난다고 한 놈—오렌지 족처럼 생겼음'이라고 쓴 뒤 '23명'
을 '24명'으로 고쳤다. 제길, 이런 거나 쓰고 있고. 나도 참 한심해. 그

런데 정말 아까부터 내가 왜 이런 거나 쓰고 있지?

"이봐요! 여기 주문 좀 받아요!"

"아, 예⋯⋯."

바쁘다 바빠! 나는 마포 걸레의 자루를 바닥의 잘 안 보이는 구석에 집어 던지고는 재빠르게 뛰어가서 주문을 받았다. 그곳에는 웬 느끼하게 보이는 커플들이 뭐가 좋은지 계속 까르르거리고 웃으면서 이야기를 나누고 있었다. 젠장, 왜 난 이런 손님들만⋯⋯.

"힘, 힘."

"어머, 웨이터 왔네?"

여자 쪽이 눈을 깜박거리면서─귀여움을 유도했겠지만 짜증만 솟았다─말하자 남자 쪽에서는 여자에게 괜히 윙크를 찡긋하고 그런 서로를 잠시 지그시 응시하다가 결국은 그 둘은 동시에 까르르 하며 같이 웃는다. 뭘 어쩌라고! 젠장!

"뭐 드시겠어요?"

"난 그냥 블랙 커피."

"어머, 누가 카페에서 블랙 커피를 마시니? 여기가 자판기나 다방인 줄 아니? 전 파르페 주세요."

"쳇, 자기는? 한겨울에 파르페는⋯⋯."

"까르르르!"

"아하하하!"

웃기냐? 살결에서 두드러기가 미친 듯이 돋아나는군. 하지만 손님은 왕이다. 나는 억지로 같이 웃어준 뒤 커피와 파르페를 가지러 카페 바로 달려갔다. 그런데 마침 그때 요령이도 주문과 사랑을 잔뜩 받고 카페 바로 다가오고 있었다. 흠, 지나가는 듯이 한마디 해볼까? 지나가는 듯이 해야 돼. 의식한다는 듯한 느낌을 받게 해선 안 돼! 나는 짐짓 태연한 듯이 말했다.

"좋겠네? 너 좋다는 사람 많아서."

"그럼, 싫니? 호호호. 이 아르바이트 너무 좋다~!"

으으으! 쳇, 아르바이트가 좋아서 기분이 참 좋기도 하겠다.

"그라냐? 그럼 다행이구. 젠장, 그건 그렇고 주인 아저씨 왜 이렇게 사람 차별하냐?"

"왜? 뭘 차별해?"

"왜 너는 서빙만 시키고 난 별 빌어먹을 잡일을 다 시키는지… 젠장."

"그거야 네가 머슴 스타일에 군소리를 안 해서 부려먹기도 편하니까 그렇지."

나는 풀이 팍 죽은 얼굴로 대답했다.

"그러… 냐? 역시 내가 너무 순한 것인가?"

"그래. 어머? 그건 그렇고 저기 저 녀석이 날 부르네. 나 간다. 오호호호! 아참, 마스터! 여기 주문들이요. 빨리 제 얼굴 다시 보고 싶다고 다들 빨리 좀 해달래요."

하면서 녀석은 메모장을 한 장 부욱 찢어서 마스터에게 넘겨주고는 마치 공이 통통 튀어가듯이 발랄하게 팔짝거리며 주문이 나온 쪽으로 가버렸다. 쳇, 나는 왜 아무도 안 불러주는 거야! 왜! 왜!

"저, 저기요!"

"아, 예!"

드디어 나를 부르는구나! 나는 입가에 가득 미소를 띠고는 통겨 나가듯이 날 부른 아가씨에게로 달려갔다. 귀엽게 생긴 아가씨네? 그 아가씨는 얼굴이 빨개진 채로 잠시 고민하는 듯한 표정을 얼굴 가득 지었고 그래서 나는 만면에 미소를 지으며, 즉 내가 낼 수 있는 가장 선량하고 온화한 표정을 지으며 아가씨의 말을 기다렸다. 그리고 마침내 그 아가씨는 입을 열었다.

"저, 저기… 죄송하지만……."

"예, 말씀하세요."

"테이블이 너무 더럽거든요. 죄, 죄송하지만 좀 닦아주실래요?"

쳇, 무슨 고백 따위를 하려고 해서 부끄러워서 얼굴이 붉어진 게 아니라 처음 보는 사람에게 심부름시키기가 미안해서 말을 더듬었던 거였군. 나는 앞주머니에서 걸레를 꺼내어 거칠게 테이블을 닦고는 얼굴을 잔뜩 찌푸리며 돌아섰다. 그리고 그때 주인이 내 얼굴을 딱! 보았다.

"영준 군? 내가 뭐라고 했나?"

그리고 나는 내가 억지로 지을 수 있는 최대한의 미소를 지으며 대답했다.

"스마일, 언제나 스마—일."

"그래. 그리고 덧붙이자면 그렇게 억지로 짓는 미소는 안 돼."

"아, 예……."

난 머리를 벅벅 긁으며 무안한 듯한 표정을 짓고 자연스레 웃으며 뒤돌아서서 지옥에서 막 기어나온 악마를 본 듯한 표정을 지어주었다. 요령이한테도 좀 뭐라고 해봐라. 쳇, 나만 가지고 그래.

"첫날치고는 나름대로 괜찮았네. 자, 일급일세. 낮 1시부터 12시까지 일했으니, 다 합쳐서… 음, 십일 곱하기 삼천이 얼마지?"

"…삼만삼천 원인데요."

"그래? 여기 있네."

이 아저씨 이런 계산 감각으로 어떻게 가게를 운영하나? 정말 괜히 나까지 걱정되는군. 그건 그렇고 오늘 너무 힘들었어. 젠장, 웬만하면 아르바이트생 좀 많이 쓰지. 다른 사람 두세 명이 해야 할 일을 나 혼자 다 해버렸잖아? 게다가 주인도 너무 구박을 많이 해대고. 그냥 오늘 그만둬 버릴까… 에이, 하지만 뭐 어때. 집에서 노는 것보다야 비록 좀 힘들어도 뭔가 보람있는 일을 하는 게 낫지. 게다가 카페 아르바이트라는 게 나름대로 재미도 있고 말야. 나는 좋은 쪽으로만 생각하기로 하고는 엷은 미소를 입가에 띠고 고개를 꾸벅 숙이며 주인에게 양손을 내밀었다.

"감사합니다."

나에게 돈을 건네준 주인은 내 감사하다는 인사 따위는 관심도 없다는 듯이 대충 손을 까닥여서 내 인사를 받고는 요령이에게로 고개를 돌린 뒤 감격한 듯이 말했다.

"요령 양! 난 정말 오늘 감동해 버렸다네!"

"호호, 뭘 감동까지."

"아니야, 아니야! 난 정말 감동했어! 자네를 선보인 지 반나절 만에 이렇게 많은 손님이 모여들 줄은 몰랐어! 덕분에 오늘의 매상이 얼마나 올랐는지 아는가? 자네, 얼마나 줘야 하지?"

녀석은 말없이 주인에게 싱긋 웃어주더니 순간적으로 내 옆구리를 마구 쿡쿡 찔러대며 나에게 속삭였다.

"얼마지?"

"야, 육만육천 원이잖아! 너 초등학교도 안 나왔냐?"

"응."

"…아참, 그렇지. 넌 고양이니 공부 같은 건 안 했겠군. 그래도 삶이 불편하거나 하지 않더냐?"

"전혀. 그리고 공부를 안 했다지만 이 나라의 글은 읽을 줄 알아."

"그래? 의외인걸. 어쨌든 속 편해 좋겠다……."

"부러우면 너도 고양이 해. 어쨌든 육만육천 원이요."

고양이는 주인을 향해 빙긋 웃어주며 내가 알려준 대로 대답했고 주인은 요령이에게 '자네에게 주는 돈은 하나도 안 아깝다네!' 라고 말해서 나의 속을 다시 한 번 뒤집어놓았다. 결국 나에게 주는 돈은 아깝다는 소리 아닌가. 젠장.

제8장

언제까지나 충실할 나의 친구

"이야, 또 눈 내리네!"

이건 내 말이다.

"그렇네. 지겹다, 지겨워."

이건 요령이의 말이구. 그 녀석은 잠시 한숨을 쉬더니 말을 잇는다.

"어떻게 된 눈이 하늘에 구멍이 뚫렸나 하루도 안 빠지고 줄창 쏟아져 내려?"

"왜, 눈 내리면 좋잖아?"

나는 그 녀석에게 참 별종 다 보겠다는 듯한 눈빛을 보냈고 녀석은 그런 나를 똑같은 눈빛으로 마주 쳐다보았다. 쳇, 한 번을 안 져요, 한 번을.

"눈 내리면 개들도 좋아서 펄쩍펄쩍 뛰어다니더구만, 너는 왜 싫어하냐? 어, 하긴 너는 개랑 반대로 노니까."

"개랑 나랑 비교하지 좀 말아라. 난 개만 보면 치가 떨려. 그리고 네가 뭘 착각하나 본데, 개가 눈이 오면 뛰어다니는 게 좋아서 그러는 건 줄 아냐?"

"…그럼?"

"걔네들, 눈 내리면 발이 시려워서 팔짝팔짝 뛰어다니는 거야. 호호호! 아이, 우스워. 몰랐지? 하긴, 너는 눈이 내리면 너도 좋으니까 개들도 너처럼 눈이 내리는 걸 좋아하는 줄 알았겠지? 하여튼 인간들이란. 몽땅 자기중심적으로 생각한다니까."

"…진짜야? 진짜로 발이 시려서 뛰어다니는 거였어? 하지만 그렇게 치면 고양이들도 뛰어다녀야 하는 거 아냐?"

녀석은 건방지게 씨익 웃더니 말했다.

"우리 기품있는 고양이들은 꾸욱 참지."

"…어, 그러냐……."

기품있어 좋겠다. 하긴 TV를 보나 영화를 보나, 혹은 지나가는 도둑 고양이들을 보나 고양이란 것들은 죄다 꼬리를 하늘로 치켜들고 건방지게 걸어다니곤 하지. 그래서 너도 그렇게 건방진 거겠고.

눈과 개와 고양이에 대한 이야기를 끝으로 우린 한동안 침묵했다. 12시가 넘어서 그런지 거리에는 오가는 사람이 별로 없었고 눈은 그래서 더욱 조용히 내려왔다. 에구, 매일같이 나불대던 녀석이 갑자기 조용하니까 왠지 뭔가 이상하다. 나도 그렇지만. 하지만 할 말이 없는 걸.

사르륵, 사르륵. 눈 쌓이는 소리.

"…가 들릴 리가 없겠지, 하하!"

"너, 혼자서 뭐 하냐?"

난 멋쩍게 눈에 대한 시적인 상상을 혼잣말로 지워 버렸고—시적이라기보다는 동시적이었다—그런 나를 녀석은 웬 미친놈 보듯 쳐다보고 있었다. 그리고 다시 침묵.

…흐음, 왠지 어색해. 역시 이 녀석과는 끊임없이 이야기를 나누어야 재미가 있단 말야. 뭔가 화제를 꺼내야겠는걸. 무슨 이야기가 좋을까. 최근의 가장 할 만한 이야깃거리라면…….

맞아, 퀴에르!

"야, 퀴에르 있잖아……."

"응?"

그 녀석도 상당히 이야기를 하고 싶었나 보다. 내가 말을 걸자마자 바로 대답해 오는 걸로 봐선. 그러면 이야기를 걸던지 하지 아닌 척은. 귀여운 것.

…누가? 쟤가? 내가 잠시나마 무슨 생각을 한 거지?

"어쨌든, 퀴에르 말야."

"응, 그래."

"어떻게 그 여자는 삼백 년을 넘게 살 수 있었지? 그 여자도 너처럼 영기를 많이 모아서 그렇게 살 수 있는 거야?"

"어, 그게 아냐. 인간은 정해진 수명을 넘기가 동물보다도 훨씬 어려워. 그래서 옛날 이집트의 미라 같은 걸 봐도 일단 죽은 다음 부활하겠다고 생각을 하지, 영생을 하겠다고 생각하지는 않잖아."

"그래? 왜?"

"몰라. 모르지만, 인간은 일단 생명이 길어지면 길어질수록 너무 강해져 버리고, 또 이미 인간이라는 것만으로도 동물보다 너무 많은 혜택을 받은 것이기 때문에 수명의 혜택은 주어지지 않는 것 같아. 확실한 건 아냐."

"어쨌든, 자기 힘만으로는 그렇게 오래 살기가 어렵다는 것 아냐?"

"그렇지."

요령이는 고개를 끄덕였고, 그래서 나는 평소에 궁금하던 걸 물어볼 수 있었다.

"그런데 그 여자는 어떻게 그렇게 오래 살 수 있는 거야?"

"퀴에르 말야?"

"응."

그 녀석은 내 말에 입을 다물었다. 왜 대답이 없지? 나는 조바심이 생겨서 대답을 재촉하려 했고, 그때 녀석이 대답했다.

"혼을 팔았어."

"…응?"

갑작스러운 대답이라 내 머리 속에 그 대답은 잘 들어오지 않았다. 그래서 나는 되물어야 했다.

"뭐… 라구? 뭘 팔았다구?"

"너, 종교가 뭐야? 카톨릭? 불교? 이슬람? 설마 조로아스터?"

나? 난… 뭐, 교회를 가끔씩 나가니까 기독교도겠지. 이슬람은 무슨… 조로아스터는 또 뭐야…….

"으음… 그냥, 뭐 독실한 신자나 그런 건 아니지만 가끔씩 교회에 나가니까 기독교도라고도 할 수 있지."

"그래? 기독교라면 개신교를 말하는 것이겠고, 개신교라면 마틴 루터의 그……."

"맞아. 그런데 갑자기 뜬금없이 그건 왜 물어?"

"…야훼를 믿는 자들에게는 상당히 불경스러운 이야기가 될 테니까.

그래도 듣고 싶어?"

"뭐, 너 자체가 이미 하나의 불경이자 신성 모독이니까 상관없어."

"캬앗!"

녀석은 짜증을 벌컥 냈고 그런 녀석을 보며 난 낄낄 웃었다.

"그래서 뭔데?"

"퀴에르는 자신의 혼을 악마에게 팔았어."

"…뭐?"

"몇 번 묻냐? 혼을 팔았다니까, 악마에게."

"다시 한 번만 묻자. 누구에게 혼을 팔아?"

"악마. 어떤 참람된 이름과 별명을 가지고 있는 악마인지는 몰라. 하여튼 그녀는 악마에게 자신의 혼을 팔고 자신이 원하는 날 늙고 자신이 원하는 시간에 죽을 수 있는 권한을 얻게 되었지. 나도 소문으로만 들은 이야기지만. 옛날이야기에 보면 많이 나오잖아?"

뭐? 그게 말이 되냐? 그런 옛날이야기에나 나올 법한 이야기가… 그럼, 그럼… 아, 잠깐. 생각이 정리가 되질 않는다. 나는 일단 하던 생각을 멈추고 심호흡을 크게 했다. 차가운 공기에 섞여서 몇 개의 눈이 내 입속으로 들어왔고, 그것들이 입속에서 스르르 녹으며 잠시 동안 시원한 기분을 느끼게 하면서 내 생각도 맑은 정신 속에서 정리가 되게 해주었다. 그건 말도 안 돼!

"야, 그게 가능하면!"

"모든 마녀들이 영생을 얻을 수 있지 않냐고?"

"…그렇… 지. 눈치는 빨라가지구."

"눈치가 빠른 게 아니고 머리가 좋은 거지. 어쨌든, 아까도 말했듯이 나도 듣기만 한 이야기라 잘 모르지만 퀴에르가 그만큼 거물급의 악마랑 계약을 했기 때문이라지 아마."

"그런 거냐? 쩝, 하아……."

"왜 네가 아쉬워하는데?"

"아쉬운 게 아니라… 그냥 좀 놀랍고 신비해서. 널 못 봤다면 세상의 뒤쪽에 이런 어두운 세계가 있다는 것도 몰랐겠지?"

"그러니까 내가 어둠의 메신저라 이 말이냐?"

"아마도."

난 고개를 끄덕여 긍정의 뜻을 표했고, 그래서 그 녀석은 다시 성질을 내기 시작했다.

"캬아앗!"

"하하하!"

즐거운 세상이다. 뭐, 내가 모르는 곳에서 악마가 나오든 마녀가 나오든 어쨌든 나와는 관련이 없고, 그러기에 그 모습들을 모르고 사는 나로서는 그런 세상이 있다는 것을 안 것만으로도 유쾌하지 않을 수 없지 않은가! 내가 지금 뭐라고 지껄이는지는 모르겠지만 여하튼 유쾌한 세상이다! 나를 아는 모든 자들 중에 세상에 아직도 마녀와 악마 같은 중세의 환상이 살아 있다는 이 사실을 아는 사람이 누가 있을까! 역사학자이신 우리 아버지조차 이런 숨겨진 역사는 절대로 모르실 것이다! 그리고 나로 하여금 유쾌할 수 있는 실마리를 제공해 준 녀석이자 마법의 시대의 증거물인 녀석은 내가 빙글빙글 웃어대자 괜히 좋은지 따라 웃었다. 빙긋, 그 모습은… 역시 참 예뻐. 쳇, 약간 두근거릴 정도로.

…두근거려? 설마. 난 그냥 태연하게 물었다.

"왜 웃어?"

"그냥. 웃음은 전염이라나? 내가 아는 가장 멍청한 사람인 누가 웃으니까 괜히 나도 웃음이 나서."

"누가 가장 멍청하지? 설마 내가? 난 아닐걸."

나는 웃으며 고개를 가로저었고 그 녀석은 나의 말에 긍정도 부정도 하지 않고 단지 빙긋하고 다시 웃었다. 어느새 그 녀석과 내 머리와 어깨 위에는 눈이 소담스럽게 쌓여서 움직일 때마다 눈발이 흩날리고 있었다. 왠지 모르게 보기 좋은 광경이었다. 어쨌든, 저 녀석이야 눈을 보면서 어떤 생각이 들던 나는 눈이 좋으니까. 하지만 그 녀석은 아까도 말했듯이 눈이 별로 안 좋은가 보다. 잠시 부드럽게 미소를 짓던 그 녀석은 하늘을 바라보더니 다시 눈을 찌푸렸다.

"하, 그 눈 참 지겹게도 오네. 이제 그칠 때도 안 되었나? 도대체 언제부터 온 거야."

"끄으응……."

"너, 대답을 참 이상하게 한다?"

그 녀석은 눈발을 흩날리며 뒤로 빙글 돌아서 나를 의문스럽다는 눈빛으로 쳐다보았고, 그래서 나는 고개를 휘저었다. '내가 아냐'. 그러자 녀석은 고개를 갸우뚱하더니 말했다. 그런데 이게 정말 무슨 소리지?

"그래? 그럼 누구지? 으음… 이건 마치 개가… 응? 저게 뭐야?"

"끄으으응……."

다시금 들려온 고통에 찬 신음 소리. 나와 녀석은 동시에 소리가 난 쪽을 둘러보았다.

하지만 그곳에는 눈밖에 없었다.

"끄으응… 끄응……."

난 귀를 쫑긋 세웠고 그렇게 계속 집중해서 들어보자 눈이 쌓인 곳 중에서 약간 툭 불거져 나와 있는 곳에서 신음 소리가 계속해서 흘러 나온다는 것을 알 수 있었다. 도대체 뭐지? 눈을 찌푸리며 그곳을 바라 보자 무엇인가가 보이긴 보였다. 눈이 쌓여 있는 곳… 그중에서도 이상하게 눈이 많이 쌓여 있는, 아니, 아래에 무엇이 있어서 눈이 많이 쌓인 것처럼 보이는 곳. 좀 더 집중해서 보자. 흩날리는 눈발이 시야를 방해해서 잘 보이지는 않지만… 사실 그곳에 있는 것은 눈이 아니라… 사락사락 내리는 흰 눈에 점차 묻혀서 몸의 일부만 드러나 버린……

"개?"

나와 그 녀석은 동시에 말했다. 음, 이 녀석을 본 뒤로는 쭈욱 하는 생각인데, 서로 죽이 참 잘 맞는군.

"저쪽에서 나는 소리였어! 어서 가보자!"

난 총알같이 그곳으로 뛰어갔고 그런 나를 어쩔 수 없다는 듯이 바라보던 녀석도 투덜거리며 내 뒤를 따라왔다. 가까이 가자 그것의 형체는 더욱 뚜렷이 드러났다. 그것은 역시 개 같았다. 아직은 눈 때문에 거죽의 일부만 보였지만. 나는 마치 가죽 주머니처럼 보이는 개인지 뭔지 아직 형체를 알 수 없는 그것의 위로 쌓여 있는 눈을 맨손으로 헤쳐 내기 시작했다. 젠장, 정말 손 시리군. 그런데 저 녀석은 왜 계속 멀뚱히 쳐다만 보고 있는 거야?

"으, 손 시려… 야, 좀 도와줘!"

"내가? 개를? 도우라고? 차라리 쥐를 돕겠다."

"지금 그런 말 할 시간 없어! 급하다고!"

"야! 하지만……"

"잔소리 말고 얼른!"

그 녀석은 할 수 없다는 듯이 계속 한숨을 푹푹 내쉬며 나와 같이 눈을 파헤치기 시작했고, 그렇게 손으로 눈을 몇 번 더 헤쳐 내자 마침내 피골이 상접한, 너무 말라서 무슨 종자인지 알아보지도 못하게 되어버린 지저분한 개 한 마리가 숨을 가쁘게 내쉬며 우리를 애처로운 눈빛으로 바라보고 있었다. 우, 불쌍해! 도대체 며칠 동안 눈 속에 처박혀 있었던 거야? 물론 오늘 눈이 오기 시작한 시간은 지금으로부터 얼마 안 되었지만 요 며칠 간은 계속 눈이 왔고 쌓였으니 이 녀석의 몸을 덮고 있던 눈이 며칠이 지난 눈인지, 이 녀석이 눈에 묻혀 있었던 기간은 얼마인지 도저히 추측할 수조차 없다. 도대체 어쩌다 여기에 이렇게 쓰러지게 된 거지? 난 고개를 설레설레 저으며 그 녀석의 피부에 손을 가져다 대어보았다. 와! 몸이 얼음장이잖아!

"허, 정말 개잖아?"

"쳇, 정말 개잖아."

내뱉은 말은 같았지만 그 뉘앙스는 완전히 달랐다. 난 불쌍해서 못 견딜 듯한 말투로, 녀석은 역시 쓸모없는 짓이었다는 듯 짜증을 뒤섞어서 말한 것이다.

"야, 개가 그렇게도 싫으냐?"

"내 350년 인생 동안 개를 차마 해코지하지 못하고 쫓겨 다녔던 경험, 혹은 유사 이래로 계속해서 싸우기만 하면 져버렸던 피를 타고 물려 내려오는 고양이의 개에 대한 본능적인 원한과 공포를 꼭 다시 말로 해야겠냐."

"그래도 그렇지, 이렇게 죽어가잖아!"

"누가 뭐래?"

…하긴, 녀석은 지금 이 상황에 대해 가타부타 반응을 보인 적이 없

었지. 비록 짜증을 조금 내긴 했지만 말야. 나는 고개를 녀석의 타박에 이해했다는 뜻으로 끄덕이고는 녀석을 들쳐 멨다. 개의 크기가 꽤 크고 개의 몸에 뼈와 가죽뿐만 아니라 근육도 상당히 붙어 있던지라 볼썽사납게 말랐는데도 상당히 무거웠다.

"끄응, 꽤 무거운데?"

난 개를 들쳐 메고는 집으로 향하려 했고 녀석의 입에서는 비록 약간이긴 하지만 떨리는 목소리가 터져 나왔다.

"어? 너, 너, 뭐 하는 거야?"

"뭐 하긴? 집으로 옮겨서 뭐라도 먹여야지. 보아하니 몸 주위에 긁힌 듯한 상처가 군데군데 있긴 하지만 이 정도는 떠돌이 개에게 흔한 것일 테고. 이 녀석이 지금 이렇게 다 죽어가는 듯한 꼴을 한 것은 내가 보기엔 며칠 굶었기 때문인 것 같아. 집에 네가 먹다 남은 우유라도 남아 있을 테니 그거라도 먹여봐야지."

"…뭐? 너 설마 지금 이 개를 집으로 옮기려고?"

"물론 그래. 왜? 문제있어?"

"하, 하지만! 이건 개고!"

"다 죽어가는 개지."

그 녀석은 내 대답에 질렸다는 듯한 표정으로 대답했다.

"이런 떠돌이 개는 아무 데나 버려놔도 살 수 있어! 개들은 다 생명력이 지독히도 끈질기다구! 제발, 그냥 두고 가자. 응? 며칠이라도 개와 같이 살아야 한다니 끔찍하단 말야! 내, 내가 이게 다른 고양이나 쥐, 심지어 여기 쓰러져 있는 게 호랑이라도 난 네 녀석이 뭘 하든 신경 쓰지 않겠어! 하지만 이건 개……."

이 녀석이 이렇게 나쁜 녀석이었나? 쳇! 내가 며칠 동안 봤던 바로는 이렇게까지 쌀쌀맞은 녀석은 아닌데? 이 녀석이 지금 내뱉는 말이 진심에서 우러나오는 말인지, 아니면 그냥 내 말에 수긍하고 말없이 개를 구해주기에는 왠지 모를 자존심이 허락하지 않아서 녀석의 입에서 나오는 대로 아무 말이나 주워 담아 지껄이는 건지, 한마디로 정말인지 아닌지 떠봐야겠다. 나는 성큼성큼 집으로 향하던 발걸음을 멈칫하고 멈추고는 그 녀석을 쳐다보며 물었다.

"정말 버려두고 갈까?"

"…그, 그건……."

역시, 네 녀석은 그렇게 나쁜 녀석이 아니라니깐. 하핫. 나는 성격이 차가운 사람들이 제일 싫더라. 어쨌든 네 녀석이 그런 녀석이 아니니까 나도 이제 안심하고 네 녀석을 보면서 다시금 두근두근… 으아악! 내가 지금 무슨 생각을! 어쨌든 나는 속으로는 웃어대면서도 겉으로는 계속 녀석을 약간 노려보듯 쳐다보며 말했다.

"정말 버려두고 가도 돼?"

"…하, 하지만… 쟤는 개고……."

역시 고양이라서 그런지 개를 마치 사람을 부르는 듯한 표현으로 부른다. '쟤'라.

"버려두고 간다?"

"몰라! 이 멍청아. 마음대로 해!"

역시 내 생각대로 녀석의 마음씨가 나쁘다거나 한 게 아니었어! 녀석은 갑자기 눈을 한 움큼 쥐어서 나에게 확 뿌리고는 뒤로 핵! 몸을 돌리더니 일부러 그러는 듯이 발을 탕탕! 굴려가며 날카롭게 빼액 하고 외쳤다. 우헤헤! 녀석은 아마도 자신이 지금 무척 화가 났다는 것을 내게 어필하려고 했던 의도로 한 짓이었을 것이다. 하지만 내가 볼 때는…….

무지무지 귀엽다! 하하!

…아우, 나 요즘 자꾸 왜 이럴까. 역시 예쁜 여자가 눈앞에 계속 아른거리다 보니… 흠, 마음을 좀 가다듬어야겠군. 나는 다시 개를 어깨에 들쳐 멘 채 힘들게 그 녀석을 따라가기 시작했다. 그 녀석은 계속 발을 쿵쿵 굴러가면서 훨씬 앞서 가고 있었고, 발을 구를 때마다 마치 깃털처럼 하얀 눈가루가 하늘을 수놓으며 잠시 흩날리다 떨어지곤 했다. 저 녀석, 진짜 토라졌나?

"야아아― 삐쳤냐!"

"몰라, 임마! 얼른 그 개인지 뭔지 메고 오기나 해!"

와, 날카로워. 진짜 화났나 본데.

"야, 주인에게 말버릇이 그게―"

"주인이고 뭐고 간에!"

흐음, 정말 화났군. 하지만 나는 이 녀석뿐만이 아니라 너도 구해주었는걸. 너도 당했던 고통을 이 개에게도 줘야겠는데. 나라는 녀석에게 구해지는 고통 말이야. 하하, 나는 일부러 녀석 들으라고 노래하듯 외쳤다. 이렇게 하면 은근슬쩍 넘어갈 수 있으려나?

"앞에 가는 아가씨―! 앞에 가는 아가씨―! 얼마 전 눈 오던 날, 그 날 밤의 제길을 운율 삼아, 젠장을 리듬으로 노래하던 한 청년을 기억하시나요? 하하하, 그 청년은 참으로 어울리지 않게도 꽃밭 대신 쓰레기 더미에서 노래하던 한 앙칼지고 자존심 강해 매력있는 고양이를 구해주었죠―!"

내 장난스러운 노래에 요령이는 쾅쾅거리던 걸음을 멈추고는 '드디어 저 녀석이 돌아버렸나?' 하는 듯한 눈빛으로 쳐다보았다. 하하, 뭘 그리 쳐다보시나. 나는 목소리를 가다듬고는 노래를 이었다. 내 어깨에 들쳐 멘 개의 무게를 잊기 위해, 그리고 눈이 내리는 이날 왠지 모를 유쾌함에 터져 버릴 듯한 가슴을 시원하게 뚫기 위해. 그리고 토라진 것 같은 저 녀석의 마음을 어색한 사과 없이—솔직히 내가 뭘 잘못했어!—풀어주기 위해.

"그리고 또다시 반복되는 눈 오는 날, 그 청년은 이번엔 눈을 집 삼아 잠자고 공기를 밥 삼아 먹던, 불쌍한 눈을 하고 사람을 올려다볼 줄은 알았으나 눈을 뜰 힘조차 없어서 결국 그러지 못한 개 한 마리를 구해주었죠. 이미 자신을 구해준 청년을 자기 멋대로 주인으로 삼은, 그 앙칼지고 자존심 강한 고양이는 주인의 개를 구해준 그 행동에 어떻게 했을까요?"

"그 마음 착한 고양이는 어떻게 했나요? 물론 구해주지 않고 그냥 지나치려는, 영원히 제기랄을 반복해야 하는 저주를 받아버린 불쌍한 주인을 발톱으로 잡고 꼬리로 당긴 채 빛나는 미소를 선물하며 불쌍한 개를 구해주라고 부탁했겠지요. 그 고양이는 착하니까—"

얼씨구, 영원히 제기랄을 반복해야 하는 주인은 나고, 그냥 가려는 나를 빛나는 미소를 선물하며 붙잡고 개를 구해주도록 만든 건 자신이라 이건가? 흠, 네가 언제? 여하튼 그 녀석이 처음에는 짜증나는 듯한 표정을 지으면서도 대꾸를 안 했다간 천하에 빌어먹을 마음 나쁜 앙칼진 고양이가 되어버릴까 봐 두려웠는지 눈살을 찌푸리며 시큰둥하게 대답하기 시작했다. 하지만 녀석도 그냥 말하기 어색했는지 조금씩 노래하듯 대답하기 시작했고 그렇게 대답하다가 조금씩 흥이 나기 시작하는지 가끔씩 목소리를 가다듬기도 하고 빙긋 웃기도 하며 점점 빠른 리듬으로 '노래'를 불러 나가기 시작했다. 그럼, 그래야지. 그래야 음정, 박자 영망인 나의 노래도 어색하지 않고 부드럽게 이어질 수 있겠고.

"아니오, 아가씨. 고양이는—"

"조용히 좀 해앳!"

드르륵!

어느 집인지 모르겠다. 창문이 벌컥 열리며 웬 아저씨가 상체를 쑥 내밀고는 고래고래 소리를 질러댔다.

"에라이, 이것들아! 아주 뮤지컬을 찍어라 뮤지컬을 찍어! 시끄러워 죽겠어, 아주! 거리를 너희들이 세냈냐! 아니면 여기가 무슨 브로드웨이인 줄 아냐! 잠 좀 자자, 이것들아! 12시가 훨씬 넘었어, 12시가!"

젠장! 한창 저 녀석의 기분도 풀리고 나도 신나려던 참이었는데! 아주 산통을 깨라, 산통을 깨! 쳇! 나는 그 창문을 향해 잠시 세상에서 가장 무시무시한, 그래서 가장 우스꽝스러운 표정인 '메롱'을 지어주었고—물론 손으로 어떤 제스처를 취하는 것도 잊지 않았다—기분이 조금 풀린 것 같았던 요령이는 잠시 '내가 뭘 하고 있었지'를 중얼거린 뒤—눈이 와서 사방은 조용했고, 그래서 녀석은 나보다 몇 걸음 앞에서 혼잣말을 했지만 그 목소리는 나에게까지 똑똑히 들렸다—다시금 얼굴을 딱딱하게 굳히고는 앞으로 쿵쿵거리며 매우 화났다는 듯이 걸어나가기 시작했다. 쳇, 거의 화가 풀렸었는데. 할 수 없지. 나는 한숨을 쉬고 눈 때문에 미끄러워 점점 아래로 떨어지려는 개를 다시 들쳐 멘 채 약간은 될 대로 되라는 심정으로 물었다.

"야, 아직도 화났냐?"

"집에나 가자고 했지!"

앙칼진 목소리. 에구, 망했다. 평소에도 날카로운데 저렇게 화가 났으니 얼마나 히스테리를 부려댈까. 뭐, 녀석이 무슨 소리를 해도 대충 넘어갈 수 있는 게 내 유일한 장점이긴 하겠지만.

"허억, 허억, 힘들어 죽겠다! 이 녀석, 뭐 이리 무겁냐!"

분명히 날씨는 추운 겨울이지만 내 몸은 엄청나게 따뜻하다. 아니,
뜨겁다. 뜨겁다 못해 온몸에서 김까지 확확 올라온다.

"와~ 김 나는 거 봐라. 멍청이."

"'주인 어르신'이라는 호칭은 기대하지도 않을 테니, '야'라는 호
칭 이하로는 부르지 말아줄래?"

나는 짜증을 팍팍 내며 말했고, 녀석은 감당하지도 못할 짐을 지고
는 끙끙대며 계단을 오르는 나를 보고는 이를 드러내며 웃더니 이죽거
리며 아까 내가 했던 그 박자와 그 음정 그대로 비꼬듯이 읊조렸다.

"흐흥. 뒤에 오는 멍청이, 뒤에 오는 멍청이─! 얼마 전 그는 자신의
고양이를 화나게 하는 정말 멍청한 짓을 저질러 버렸지. 흐흥, 그대 어
깨의 무거운 짐은 그대의 무지의 족쇄인가? 흐흥, 웃겨, 정말."

"그만, 헉! 그만 해! 힘들어 죽겠으니! 도와주지는 못할망정……."

아, 젠장. 도와주지는 못할망정 얼굴 달아오르게 아까 그 이야기나
계속하고 말야. 나도 창피한 거 아니깐 그만 하라구. 나는 계속 헥헥대
며 1분에 한두 계단씩 천천히 계단을 올라갔고, 그 녀석은 이런 나를
잠시 볼썽사납다는 듯이 쳐다보더니 손가락을 따악 퉁겼다. 그때 녀석
의 손가락이 잠시 빛나는 것 같았는데 착각이었나?

"바람의 하인, 나의 충실하고도 조용한 하인 에어리얼 서번트. 나와
라. 너의 주인의 주인이 무척 힘드시다는구나. 어이구, 저 멍청이. 그
렇게 힘이 없어가지고 어디다 써먹냐? 동네 건달들에게라도 걸리면 박
살나겠구만."

주의를 기울이지 않았기에 뭐라고 하는지는 몰랐지만 나는 녀석의

'하인' 어쩌구 하는 말에 참지 못하고는 화를 버럭 내어버렸다.

"조, 헉! 조용히 해! 말로만 나불거리지 말고 좀… 어?"

휘루루루루…….

우앗! 계단에서 떨어질 뻔했다! 나는 순간적으로 방향을 잃은 힘 때문에 균형을 잃고 주춤해야 했다. 갑자기 시원한 바람이 내 품을 스치고 지나가더니 지금껏 계속 들쳐 맸다 무거워서 고쳐 안는 짓을 반복하며 간신히 집 앞 계단까지 데리고 왔던 개의 무게가 완전히 사라져버린 것이었다. 난 놀라서 내 품 안을 쳐다보았으나 개는 사라지고 없었다. 어떻게 된 거야, 도대체? 나는 정면을 바라보았고, 그러자 내가 지금껏 들고 왔던 개가 둥실둥실 허공에 떠 있는 것이 보였다. 뭐야, 이건?

"어, 어떻게 된 거야?"

"헥헥대는 꼴이 하도 볼썽사나워서 내가 들어준다. 어휴, 나도 참. 이런 약골을 주인이라고……."

"에? 아니, 그게 아니고. 이게 어떻게 된 거냐고."

그러자 그 녀석은 고개까지 가로젓더니 한숨을 푹 쉬고는 말했다.

"어떻게 대학 갔냐? 영어 몰라? 주문 외울 때 한글로도 말했잖아?"

"뭐라구? 네가 뭐라고… 아! 에어리얼 서번트! 바람의 하인!"

나는 이마를 따악 소리나게 쳤다. 아, 맞다. 저 녀석은 이상한 걸 많이 하지! 지금도 바람의 하인이라는 것을 불러서 나를 도와주는 건가 보다! 나는 허공을 유심히 쳐다보았고, 그러자 개의 몸통 아래쪽으로 흰 소용돌이가 언뜻언뜻 보였다. 뭐, 별로 신기하지도 않네. 처음 봤다면 진짜, 미친 듯이 비명을 지르고 팔딱팔딱 뛰었겠지만 이젠 '그런가 보다' 하는 수준이 되어버렸다. 에휴, 나도 참. 이런 걸 보면서 담담

할 수 있다니. 이 상황이 얼마나 그동안 고생을 많이 했는지에 대한 증거가 되어주는군. 그건 그렇고 이런 게 있으면 처음부터 도와주지, 좀!

"야, 그럼 처음부터 들고 왔으면 편하잖아! 한참 동안 생고생을 할 때는 가만히 지켜만 보다가 이제야 도와주는 저의가 뭐야! 저의가!"

그런데 녀석의 내 말에 갑자기 나를 날카롭게 쏘아본다. 별로 말하고 싶지 않은 걸 왜 물어보냐는 듯이. 흐음, 왜 저러지? 생각해 보자. 생각, 생각… 생각하자… 생각이 점점 정리된다. 일단 처음에 저 녀석이 나를 도와주지 않은 이유는? 머리끝까지 화가 나서였지. 그러면 지금 저 녀석이 나를 도와주는 이유는… 뭐, 화가 풀려서쯤이겠지? 결과가 반대니까 원인이 반대인 것이겠지. 화가 나서 내가 뭘 하든 모른 척 했으니까 당연히 화가 풀려서 나를 도와준 것이겠지. 그게 뭐? 응? 화가 풀렸어?

화가 풀렸구나! 우헤헤헤!

나는 '이제야 녀석의 괜한 짜증에서 벗어나겠구나. 휴우, 다행이다. 좋아 죽어, 좋아 죽어!' 라고 속으로만 외치면서도 겉으로는 무덤덤하게 시치미를 뚝 떼고 계속 물어보았다.

"왜 처음부터 안 도와줬냐고, 왜. 이유나 좀 알자?"

나는 계속해서 녀석을 추궁했고, 그러자 그 녀석의 얼굴이 점점 빨개지기 시작했다. 우헤헤! 부끄럽냐? 그러나 난 그 녀석의 표정을 봤고, 그 녀석이 절대로 부끄러워서 얼굴이 붉어지는 일은 없을 거라는 생각을 갖게 되었다. 아주 눈에서 불을 뿜어라, 불을 뿜어. 네 눈빛 때문에 내 얼굴 뚫어지겠다 야. 젠장, 적당한 선에서 멈췄어야 했는데. 그 녀석은 나를 확! 째려보더니 오른손을 옆으로 쫘악! 뻗으며 유리가 깨지는 듯한 목소리로 날카롭게 말했다.

"서번트, 아직도 있니? 주인 마음을 그렇게 못 읽어? 왜 이리 눈치가 없니! 사라져!"

휘루루루…….

순식간에 바람은 사라졌다. 그럼, 방금 전까지 에어리얼 서번트가 들어 올리고 있던 개는?

"이런 젠장!"

나는 팔을 앞으로 쭈욱 뻗어서 간신히 개를 잡아내는 데 성공했다.

털썩!

나이스 캐치! 녀석은 개 잡으랴, 고양이 눈치 보랴 허둥대는 나를 노려보며 뭐라고 중얼거리더니 다시 성큼성큼 계단을 올라가서 하숙방으로 들어가더니 문을 쾅! 닫아버렸다. 그 녀석이 중얼거린 말은 이것이었다.

"좋게 좋게 봐주려고 해도 봐줄 수가 있어야지!"

쳇, 나는 다시금 개를 짊어지고는 터덜터덜 계단을 올라가기 시작했다. 아, 물론 만화나 드라마처럼 요령이에게 '왜 그러는데?' 라고 물어보면 요령이가 '아이참, 몰라!' 이러면서 얼굴이 빨개져 가지고는—물론 이 경우에는 부끄러워서이다. 방금 전처럼 화가 나서가 아닌—마구 뛰어가다 털썩 넘어지는 애교가 철철 넘치는 녀석이 되어주기를 바란 건 아냐. 하지만 '쳇, 내가 참아야지 할 수 있냐. 봐줬다' 이런 대답쯤은 해줘도 되는 거 아니냐고.

"쳇, 내가 참아야지 할 수 있냐. 봐줬다."

나는 녀석의 말에 수건으로 녹은 눈에 흠뻑 젖은 개의 몸을 연신 닦아주면서 말했다.

"또 뭐라고, 히스테리… 응? 뭐라고?"

"두 번 말하게 할래? 그리고 히스테리?"

"응? 봐준다고? 그럼 화가 풀린 거야?"

나는 녀석의 꼬투리 잡기를 반문으로 은근슬쩍 넘어갔다. 에구, 말 조심해야겠군.

"아이 씨, 몰라. 넘어가. 그나저나 이 개는 어쩔 거야?"

'봐줬다'. 내가 개를 데리고 방에 들어오자마자 나를 한참 쳐다보던 녀석이 고개를 설레설레 젓고는 '마음씨 착하고 예쁜 내가 참아야지' 라는 말을 중얼거리고는 한 말이었다. 아까 내가 네가 그랬으면 좋겠다고 생각했던 대로 똑같이 하는군. 정말로 마음이 잘 통하네? 하하.

"어떻게 하긴 어떻게 해. 일단 따뜻하게 해주고 뭐 좀 먹어야지. 일단, 거기 네 이불 좀 줘볼래?"

"…왜 하필이면 내 거냐. 네 거 쓰지. 떠돌이 개에게 얼마나 많은 벼룩과 이와 진드기가 있는지……."

난 고개를 끄덕였다.

"알아. 그러니까 네 걸 쓰자고 하는 거지."

"캬아아!"

그 녀석은 쉭쉭거렸고, 나는 할 수 없이 말했다.

"농담이고, 네 것이 더 두껍잖아. 얼어 죽으려는 녀석에게 그럼 여름 담요를 덮어주리?"

그렇다. 녀석의 이불은 두꺼운 겨울 이불이고 내 것은 얇은데다가 내 몸조차 다 덮지 못해서 덮으면 발이 드러나 버리는 손바닥만한 이불이다. 뭐, 원래는 지금 내가 덮는 건 여름용으로 가져온 것이고, 지금 요령이 녀석이 덮는 것은 겨울용으로 가져온 것이었다. 그러다 저 녀석이 들어오면서 나는 내 여름 이불을 덮고 자라고 주었는데, 그 녀석은 며칠 간은 참고 자는 듯하다가 점점 내가 내어준 여름 담요는 추워서 못 덮겠다면서 던져 버리고는 내가 세상 모르고 자는 동안 가끔씩 내가 덮는 이불 속으로 굴러 들어와서 자더니 결국 어느 날 밤에 내가 자는데 이불을 확 빼앗으면서 '도저히 좁고 답답해서 못 자겠다. 너, 그냥 내 거 덮어라. 뭐? 추워? 참어! 사내자식이' 하면서 가져가 버렸다. 물론, 그때도 나는 누누이 '그러니까 평소에도 고양이로 있으라고 좀! 그럼 내 발 밑에서 자도 되고 저 여름 담요를 덮어도 안 추울 것이 아니냐!' 를 강조했지만 물론 녀석은 '참어' 라는 말 한마디로 내 의견들을 무시해 버렸고.

어쨌든 내 말에 녀석은 울상을 짓더니 결국 자기 것을 가져와서 던져 주면서 중얼거렸다.

"이제 네 거랑 내 거 이불 바꾼다."

쳇. 그래, 맘대로 해라. 난 빨아서 쓰면 되니 상관없지롱— 우헤헤, 어쨌든 이로써 겨울 이불은 다시 내 차지다. 나는 두꺼운 이불을 손으로 추슬러 개의 몸을 둘둘 감아주면서 다시 말했다.

"야, 네 우유 좀 쓰자."

"왜?"

"얘한테 좀 먹이게."

그리고 나는 귀를 막아버리고는 녀석의 그릇에 우유를 담아왔다. 왜 귀를 막았냐고? 녀석이 계속해서 '주인이 되어가지고는 뭘 줘도 모자를 판국에 줬던 것까지 빼앗아가니?', '나도 아껴 먹는 걸 누굴 주니?' 하면서 궁시렁거렸기 때문이다. 쳇, 이제 녀석의 잔소리가 완전히 일상사처럼 되어버린 느낌이다. 아, 갑자기 어린 시절의 다짐이 마구 떠오르는구나.

"아빠, 아빠, 색시한테는 어떻게 해야 해?"

"으음, 모름지기 여자란 휘어잡아야 해."

"그런데 왜 맨날 아빠는 엄마에게 지고 살아?"

"그래서 내가 이렇게 매일같이 고생하잖니. 너는 꼭 네 마누라 될 사람을 바짝 쪼아서 휘어잡아라. 절대 잔소리 같은 거 듣고 살면 안 돼! 남자는 그 누구에게도 들볶이면 안 되는 거야. 알았지?"

"응응, 알았어. 여자는 휘어잡으라고?"

"오호, 그래. 역시 내 아들은 날 닮아서 똑똑해. 한 번 말하면 척척 알아듣는구나."

"여보! 애한테 뭘 가르치는 거예요!"

"아, 아냐, 아무것도……."

난 순간 어린 시절의 추억이 떠올라서 씨익 웃고 말았다. 아빠는 남자는 누구에게도 들볶이면 안 된다고 했고, 그래서 난 내 아내조차도 내게 잔소리하지 못하게 하겠다고 다짐했었지. 그러나 오, 젠장. 현실은.

아내는커녕 기르는 동물조차도 나를 들볶는구나! 제기랄!

끼이익.

삐걱거리는 문 열리는 소리와 함께 후텁지근한 하숙집 안 공기가 나를 반긴다.

"휴우, 오늘도 끝났구나. 요령아. 어? 너, 왜 이리 늦냐?"

"이거, 계단이 뭐 이리 미끄럽냐? 에코, 휴우— 넘어질 뻔했다."

"조심조심 올라와, 조심조심. 또 넘어져서 나한테 짜증 부리지 말고."

"내가 넘어졌는데 왜 너에게 성질을 부리겠니. 내 성격이 그렇게 나빠 보이니?"

"물론이지."

"캬아앗!"

오늘, 아르바이트 이틀째! 나름대로 잘해낸 나와 요령이는 어제처럼 일급을 받고 집으로 돌아왔다. 주인 아저씨는 어제처럼 요령이에게 칭찬을 아끼지 않았다. 흠, 하긴, 내가 주인이라도 그러겠다. 내가 보기에도 단 하루 만에 손님들이 눈에 띄게 늘어난 것이다. 게다가 그 늘어난 손님들이 다들 눈이 확확 튀어나올 정도로 비싸디비싼 것들만 시켜서 한 입 마시고 요령이 쳐다보고 다시 한 입 마시고 요령이 쳐다보고 하다가 나가 버리니, 매상이 엄청나게 솟구친 주인으로서는 기뻐 죽을 지경일 게다. 흠, 하지만 나도 맡은 일은 열심히 한다고. 나도 칭찬 좀 해줘. 나는 바짝 세운 옷깃을 내리며 삐걱대는 문을 열고는 방 안으로 들어왔고, 내 뒤를 따라 녀석도 손을 호호 불어가며 방 안으로 들어왔다. 밖에는 오늘도 어김없이 눈발이 흩날리고 있었다. 으으, 추워. 게다가 무슨 눈이 이렇게 매일같이 내리냐.

"으으, 추워. 무슨 날씨가 이렇게 춥냐. 주인 아저씨도 참. 이제 완전히 머슴 부리듯이 한다니까. 이 추운 날에 손걸레 빠느라 동상 걸리는 줄 알았어. 내가 돌쇠도 아니고 참."

"그거야 네가 사서 하는 고생이고."

"야!"

녀석은 내가 소리를 빽 지르자 깜짝 놀랐는지 움찔하더니 가슴을 쓸어 내리며 눈을 동그랗게 뜨고는 말했다. 헤, 깜짝 놀란 얼굴은 못 봤던 것 같은데. 눈을 동그랗게 뜨니까 그것도 또 무지 귀엽네.

"와! 깜짝 놀랐네! 임마! 깜짝 놀랐잖아? 그리고 뭘 그렇게 과민 반응하니? 그리고 솔직히 말해서 내 말이 뭐가 틀렸니? 일을 주고 돈을 샀잖아."

…말버릇도 귀여웠으면 얼마나 좋았을까. 꼭 저렇게 하나하나 꼬박꼬박 말대답하지 않으면 뭐 속이 뒤틀리기라도 하나? 어쨌든 난 녀석의 말에 대답해 주었다.

"넌 처음엔 돈을 사려고 일을 하는 게 아니라 일을 사서하는 거라고 말했잖아? 왜 말이 바뀌니?"

"흐, 흠. 뭘 따져, 씨. 어쨌든 넘어가고, 그건 그렇고 네가 주워왔던 그 짐짝은 어떻게 됐어?"

"무슨… 짐짝?"

"개 말이야, 개."

"아, 멍멍이?"

그렇다. 나는 그 개를 마음 편하게 '멍멍이'라 부르기로 마음먹었다.

"멍… 멍이? 그 최악의 작명 센스는 뭐냐 도대체?"

"요령이라는 이름보다는 낫지 않나?"

"자꾸 시비 걸래!"

그 녀석은 성질을 버럭 냈고 나는 그 모습에 미소를 짓다가 다시 멍멍이가 걱정되어 눈살을 찌푸리며 말했다.

"흐음, 멍멍이라. 어떻게 되었을까… 에이, 몰라. 이제 봐야지."

후우, 개 하니까 갑자기 또 걱정이 되어버리네.

나는 어제 밤새도록 새벽까지 끙끙대며 앓는 개를 돌보았다. 제길, 밤을 꼬박 새웠더니 하루 종일 졸려 죽겠군. 그 개 녀석은 내가 수저로

떠서 넘겨주는 우유조차 제대로 받아 마시지 못하고 헉헉대었으며, 요령이는 그런 나를 말없이 잠시 바라보다가 '어휴, 바보 짓 좀 그만 하고 자! 불을 켜놓으니까 잠이 안 오잖아' 라고 궁시렁거리면서 방구석에서 웅크리고 앉아 나를 지켜보는 것 같더니, 내가 봤을 때는 어느샌가 잠이 들어버렸었다. 헤, 그래도 같이 밤을 새워주려 그랬었나 보네? 에이, 설마. 그 녀석이 그럴 리가.

　…하긴, 그때 녀석이 궁시렁거리는 소리에는 평소같이 콕콕 찌르는 '말속의 가시' 가 없었으니까. 또 혹시 모르지, 진짜 밤을 새려 했던 건지도. 나중에 한번 물어봐야지. 어쨌든 그렇게 녀석을 밤새 돌보다가 나도 어느샌가 잠이 들어버렸고, 아침에 잠에서 깨어났을 때는 그 개도 잠이 들었는지 눈을 감고 있었다. 그리고 덕분에 나는 내 평생 가장 깜짝 놀라 버린 아침을 경험해 버렸다.

　"우아악! 주, 죽었나?"

　에휴, 비실비실 앓던 녀석이 아침에 일어나 보니 눈을 감았더라… 생각나는 건 '죽었다' 밖에 없잖아. 어쨌든 그 때문에 처음엔 죽은 줄 알고 무지무지 당황해서 구석에 쪼그려 앉아 잠든 요령이를 깨우고, 개를 마구 흔들고, 하여튼 난리도 아니었다. 그래서 자는 걸 어떻게 알았느냐고? 결국 보다 못한 요령이가 한마디 했기 때문에 간신히 눈치 챌 수 있었지. 음음.

　"뭐야, 요즘은 죽은 개도 숨을 쉬냐?"

　…그 말에 난 결국 내가 호흡부터 확인하지 않고 성급하게 날뛴 것을 인정해야 했고, 결국 하루 종일 녀석이 '개야, 일어나 봐! 일어나 봐!' 하면서 내 모습을 좀 더 어수룩하게 포장해서 흉내 내는 것을 말리거나 외면하느라 엄청나게 고생해야 했다. 우우, 지금도 그때를 생

각하면 얼굴이 붉어진다. 어쨌든, 나는 오전까지 깊이 잠들어 있는 개를 계속 지켜보면서 병원으로 갈까 아르바이트를 나갈까, 아니면 그냥 집에서 이 녀석을 돌봐주고 있을까를 놓고 한참 동안 고민했고, 결국 다시 요령이가 '으음, 잠을 잔다는 것 자체가 지금 계속해서 기력을 회복하고 있다는 증거야. 그리고 취직(?)한 지 이틀 만에 회사(?)를 빠지기도 좀 그렇고. 그냥 아르바이트나 하러 가자' 라고 말해서 그 녀석의 말에 따라 그냥 카페로 아르바이트를 나가게 되었다. 물론 거기가 회사는 아니고 아르바이트 구한 게 취직은 아니다. 어쨌든 요령이는 거기서 여전히 인기가 많았고, 나는 그냥 어제 하던 대로 열심히 일을 했다. 그리고 지금 돌아온 것이다. 흐음, 그런데 멍멍이는 어떻게 된 거지? 역시 몸이 성치 않은 녀석을 혼자 놔두고 나갔다 오니 걱정이 되네.

"하, 멍멍아, 멍멍아, 어떻게 되었니? 멀쩡하면 한번 짖어봐……."

나는 점퍼를 벗자마자 주위를 둘러보며 개를 불렀고, 그렇게 주위를 둘러보던 나에게 갑자기 커다란 것이 불쑥 뛰어들더니 내 얼굴을 마구 핥아댔다. 우와악! 이게 뭐야!

"우아아악! 깜짝이야!"

나는 그대로 뒤로 넘어져 버렸다.

쾅당!

"컹컹! 헥헥헥헥……."

뭐야? 멍멍이잖아? 녀석은 넘어진 내 위로 올라타더니 계속해서 내 얼굴을 핥아댔고, 나는 개가 깨어났다는 기쁨과 떠돌이 개가 내 얼굴을 핥고 있다는 찜찜함을 동시에 느끼며 말했다.

"어이쿠, 이 녀석아. 지저분하다. 그만 핥아. 어쨌든 어떻게 한나절 만에 이렇게 기력을 회복하니? 하하하!"

"웡웡웡!"

녀석은 계속해서 꼬리를 흔들며 내 얼굴을 핥아댔다. 그리고 갑작스럽게 개가 덮쳐 온다는—물론 나에게로 덮쳐 온 것이지만 녀석은 내 뒤에 있었기 때문에 결과적으로 개가 덮쳐 온 방향은 요령이 쪽도 된다는 말이다—돌발 상황에 놀라 버린 요령이는 짧게 비명을 지르며 뒤로 주춤주춤 물러났다. 물론 멍멍이가 나를 덮칠 때부터 요령이가 짧은 비명과 함께 뒤로 주춤주춤 물러나 버릴 때까지의 시간은 지극히 짧은 시간이었다.

"아, 으으?"

이상한 비명 소리군. 어쨌든 자식, 겁먹기는. 개가 뭐가 무섭냐, 응? 그 개는 내가 그 녀석을 살짝 밀쳐 내고 일어서자 내 주위를 빙글빙글 돌면서 짖어댔다.

"월! 월! 월월월!"

"하하하! 너, 진짜 내가 좋은가 보구나? 야! 요령아! 멍멍이 좀 봐! 이 녀석이 진짜 나를 좋아하나 봐! 계속 내 주위를 빙글빙글 돌면서 좋다고 꼬리까지 흔들면서 짖어대잖아! 우하하!"

나는 그 녀석의 얼굴 위로 손을 들었다 났다를 반복했고, 그러자 그 녀석은 내 손이 위아래로 올라감에 따라 펄쩍펄쩍 뛰면서 헥헥거리더니 내 다리 사이를 빙글빙글 돌면서 내게 매달렸다.

"하하, 정말 좋아하는데? 너, 내가 좋니? 네가 좋다니까 나도 기분이 좋다! 하하하!"

그리고 그런 우리를 바라보던 요령이가 가시 돋친 한마디를 던졌다.

"흥, 충견 났네, 충견 났어. 너 같은 녀석과 개라… 너도 바보고 개도 바보고. 어울린다, 야."

이 말에 개는 요령이를 바라보며 으르렁거렸다. 으르르르… 뭐야, 말을 알아듣는 거야? 어쨌든 잘한다! 그리고 나도 개의 편을 들어서 요령이에게 궁시렁대기 시작했다.

"너, 자꾸 말 그렇게 할래? 야, 너도 이 개 좀 본받아라, 임마. 이 개는 자기를 살려주니까 이렇게 나를 따르잖아. 너는 뭐야? 매일같이 부려먹기만 하고. 야야거리기만 하고, 매일 투정이나 부리고. 너도 이 녀석 절반만 닮아봐!"

그러자 그 녀석은 정말 어이가 없다는 듯이 양손을 살짝 들어 올리고 고개를 설레설레 가로저으며 한숨을 쉰다.

"하아, 정말 어쩔 수 없는 녀석이네. 나보고 개를 닮으라고? 미쳤어, 정말. 개란 것들은 죄다 멍청하다니까. 여하튼 너 같은 녀석이 뭐가 그리 좋다고 따르는지. 하긴, 저 녀석도 너란 인간을 깨닫게 되면 아마 질색을 하고 물려고 덤벼들 거다, 아마."

"야."

"응?"

"쟤가 너냐?"

"……."

와! 이 재치 넘치는 나의 날카로운 한마디! 내 한마디에 녀석은 할 말 없다는 표정이 되어버려서는 가르릉대었다.

"가르르… 쳇, 알았어. 알았으니까 자꾸 저 녀석이랑 나를 비교하지 마."

"헥헥헥— 컹컹컹컹컹!"

개는 계속해서 나를 바라보며 짖어대었고, 나는 그런 녀석을 즐겁게 바라보면서 빙긋거리고 웃을 수밖에 없었다. 정말 나를 잘 따르나 보네.

"어? 이 녀석, 우유도 다 먹었네?"

정신을 차리고 나서는 배가 고팠겠지. 아르바이트를 나가기 전에 혹시나 녀석이 깨어나면 먹으라고 그릇에 따라놓았던 우유는 한 방울도 남김없이 사라져 있었다.

"호, 우유 그릇을 깨끗이 다 비우다니 먹성도 좋네. 녀석, 하하하!"

"뭐?"

"컹컹!"

첫 번째 말은 내 말, 두 번째 말은 요령이의 말, 세 번째의 말은 개의 말이다. 잠시 놀란 표정을 지었던 요령이는 결국 고개를 가로저으며 '처음부터 개 줬던 우유 따위 먹을 생각 없었어! 어휴!' 라고 중얼거리면서 신경질적으로 자신의 코트—사실 이것도 내 것이다. 쳇—를 벗어서 던져 버렸고, 개는 누가 뭐라고 하던지 신경 쓰지 않고 꿋꿋이 나를 바라보며 컹컹대며 짖어댔다.

"컹! 컹컹컹! 컹컹컹컹컹! 힉—힉! 헥헥헥⋯⋯."

얼마나 짖어댔으면 목소리가 갈라지냐 참. 너도 우습다, 야. 나는 고개를 가로저으며 말했다.

"물 줄까?"

"월월월!"

어쭈? 대답도 하네? 나는 요령이를 바라보며 말했다.

"말도 알아듣나 본데? 너처럼 말야."

녀석은 나의 말을 듣고는 잠시 개를 바라보더니 고개를 가로젓고는 뭔가 이상하다는 듯 갑자기 묘한 표정이 되었다. 뭘 그런 표정을 지으시나. 말을 알아듣는 것 정도로 말야. 어쨌든 나는 목이 말라붙어 갈라진 소리로 짖어대는 멍멍이의 짖는 소리를 들으며 재빨리 물그릇을 채워서 가져왔다.

"물 마셔라."

"월! 월!"

그 녀석은 빠르게 나에게로 다가오더니 꼬리를 흔들며 다시 내 주위를 빙글빙글 돌면서 짖어대었다. 에구, 정신없어. 물 쏟겠다. 나는 나도 모르게 중얼거렸다.

"녀석아, 정신없어. 좀 앉아라."

그런데 녀석은 그 말에 갑자기 턱! 하고 앉는다. 허어? 이것 참 신기하네?

"일어서."

벌떡!

다시 일어서는 녀석.

"앉아."

털썩!

"일어서."

벌떡!

"우와—! 진짜 말을 알아듣나 봐! 이 개 무지하게 신기하다!"

나는 다시 소리를 질렀고 그 녀석도 좋은지 월월거렸다. 그런데 요령이의 개를 보는 눈빛이 아까보다 조금 더 묘해졌다. 왜 그러지? 뭐 상관없지. 나는 나를 쳐다보며 헥헥거리는 녀석에게 물그릇을 놓아주었고, 녀석은 찹찹거리며 정신없이 물을 들이키기 시작했다.

"찹찹찹찹찹… 헥헥헥!"

"그 녀석 참, 기세 좋게도 들이킨다."

나는 주저앉아서 물을 마음껏 마시고 있는 녀석을 들여다보며 미소를 지었다. 그런데 그때 요령이가 끼어든다.

"잠깐, 잠깐만. 야, 개! 으음… 앉아."

"찹찹찹찹찹……."

녀석은 신경도 쓰지 않고 물을 들이킨다. 우하하하! 너, 이 녀석. 요령이를 그―냥 한 방 먹이는구나! 너, 마음에 들었어!

"네가 다시 해봐."

"앉아!"

요령이의 부탁에 나는 자신만만하게 멍멍이에게 명령했고 멍멍이는 물을 마시다 말고 물그릇을 뒤엎을 기세로 주저앉았다.

"일어서."

벌떡!

다시 일어서서는 내 다음 명령을 기다리는 멍멍이. 그 모습을 묘한 눈빛으로 바라보던 요령이는 다시 멍멍이를 보며 말한다.

"앉아."

"웡! 웡! 그르르… 찹찹찹―"

"앉아, 앉으라고."

"웡웡! 찹찹찹……."

그 녀석은 요령이의 일련의 명령들을 완전히 무시해 버리고는 물만을 들이키고 있었고, 그래서인지 요령이의 눈에는 점점 더 이상한… 의혹? 의심? 뭐 그런 눈빛이 짙어지고 있었다. 참, 뭘 그런 걸 가지고 의심을. 그리고 멍멍이, 이 녀석아. 너도 저 녀석이 그렇게 말하는데 한 번 정도는 들어줘라.

"찹찹찹찹… 웡?"

그런데 갑자기 그 개가 물을 마시는 걸 멈추고는 나를 뚫어져라 쳐다본다. 그것도 뭔가 이상하다는 듯이 고개까지 갸우뚱거리며. 왜 그러는 거야? 무언가 있는 거야? 으음? 갑자기 왜 나를 쳐다보지?

"멍멍아, 왜 그래? 어서 물 마셔."

내 말에 멍멍이는 다시 물그릇으로 입을 가져간다. 그러나 입은 물그릇에 있지만 눈은 계속해서 나를 쳐다본다. 저 녀석이 왜 저래? 응? 어?

갑자기 기분이 이상하다. 뭔가 으슬으슬해지는 듯하고… 왠지 갑자기 등이 오싹해지면서 식은땀이 주르륵 흐르고, 갑자기 온몸을 소름이 쫘악 훑고 지나가기도 하고. 손가락 끝부터 발가락 끝까지 전율이 온몸을 지리릿! 하고 통과하기도 한다. 왜, 왜 이러지? 그냥 기분 탓인가?

"요, 요령아, 갑자기 기분이 이상하다. 왠지 오싹하고 무서운 게… 왜 이러지? …어?"

나는 약간씩 떠는 목소리로 요령이를 바라보았고, 순간 흠칫 놀랄 수밖에 없었다. 녀석이 나를 마치 죽여 버리겠다는 듯한 시선으로 날카롭게 노려보고 있었기 때문이다. 왜, 왜 이래?

"응? 어, 어어? 너… 너 왜 나를 그렇게 노려보고 있어?"

나는 영문을 몰라 주위를 두리번거렸다. 그리고는 다시금 깜짝 놀랐다. 이번에는 조용히 물을 마시던 개가 벌떡 일어나서 요령이를 쏘아보고 있었기 때문이다. 도, 도대체 지금 상황이 뭐가 어떻게 돌아가고 있는 거야?

요령이는 나를 정말로 죽일 듯이 쏘아보고 있었고 그 눈빛을 본 나는 점점 무서워지고, 또 슬퍼졌다. 뭐… 야? 내가 뭘 잘못했길래 그렇게 쳐다보는 거야? 갑자기 나를 그런 식으로 쳐다보는 이유가 뭐야? 날 그렇게 보지 마. 나는 너에게 그렇게 죽이고 싶어할 만큼 미움받을 일을 하지 않았단 말이야. 내가 뭘 잘못했어? 말해 봐. 사과할게. 너에게 미움받고 싶지 않아.

내 마음을 아는지 모르는지 녀석은 계속해서 나를 노려보고, 그 이상한 기분도 점점 더 심해져 갔다.

도대체 왜 그러는 거야? 왜 나를 그렇게 쳐다봐?

나는 무언의 눈빛으로 녀석에게 물어봤지만 녀석은 그냥 계속 나를 죽일 듯이 노려볼 뿐이었다. 그리고 점점 더 그 소름 끼치는 기분은 강해져서 이제 마치 무언가 거대한, 차가운 돌덩이 같은 것이 나를 짓누르는 듯한 기분이 들었다. 괴롭다. 괴롭고 무서워서 참을 수가 없다! 이, 이 기분은… 이 기분은… 난… 가만히 있다간 죽어버릴 것만 같다! 누군가, 누군가 나를 죽일 것만 같아서 불안해 견딜 수가 없다! 왜, 왜 이러지?

나는 요령이를 계속해서 슬프게 바라보며 말했다.

"야, 나 저… 정말 이상해… 몸이… 갑자기… 머리도, 막 아프고… 무언가가 나를 누르는 것 같고… 왠지… 죽을 것 같다는 기분이 막 들고… 으윽… 이상해……."

그런데 나를 말없이 계속해서 노려보던 요령이가 입을 열었다. 말은 나오지 않았다. 그냥 입만 벙긋거린 것이다.

'이.아.애.'

이… 아애? 이아애?

미안… 해?

그리고 녀석의 말이 끝나기가 무섭게 갑자기 그르르릉거리던 개가 나를 향해 마구 짖어대기 시작했다.

"웡! 웡! 웡웡웡웡!"

그런데 참 이상했다. 개가 짖어댈 때마다 내 몸이 시원해지는 느낌이 드는 것이다. 도대체 너희들, 내 몸을 가지고 무슨 장난을 치는 거지? 갑자기 짓눌리는 듯한 느낌이 들었다가, 이제는 다시 시원해지고. 도대체 뭐야? 그렇게 요령이는 나를 계속해서 노려보고, 개는 나를 향해 짖어대는 가운데 나는 점점 더 나를 짓누르던 그 무엇인가가 사라지는 느낌이 들었다. 휴우, 이제야 좀 편해졌네. 그런데 방금 전에 그 이상한, 괜히 아무 일 없이 죽을지도 모른다는 생각이 들게 한 그 '무엇인가' 는 도대체 뭐지?

개는 계속 나를 보고 짖다가 잠시 그르릉거리더니 내가 한결 편해진 안색을 하자 이번에는 요령이를 보고 마구 짖어대기 시작했다.

"워웡! 웡웡웡! 웡웡웡!"

그리고 벌어진 일은 아까 벌어진 일들보다 훨씬 더 이상한 일이었다. 개가 요령이를 보고 짖을 때마다 요령이가 조금씩 비틀댔던 것이다. 뭔지는… 뭔지는 모르지만 요령이에게 그런 짓 하지 마!

"멍멍아! 그만 해!"

그 녀석은 내 말에 짖는 것을 멈췄다. 내 말을 잘 들어주는 것은 고마운데, 도대체 지금 무슨 일이 벌어지는 거야? 나는 요령이를 쳐다보았다.

그런데 놀랍게도 요령이의 손에서는 푸른 빛이 일어나고 있었다!

녀석이 중얼거렸다.

"확실하군."

그 말과 함께 갑자기 나를 향해 뛰어든 요령이. 으아아악!

"하지 마!"

순식간에 나와의 거리를 좁혀들며 달려드는 요령이. 뭐야, 갑자기! 결국 이렇게 이유도 알지 못하고 죽는 건가? 이런 젠장! 나는 눈을 질끈! 감았다. 그러나 젠장, 나는 결국 눈을 번쩍 떠버리고야 말았다.

　"에라이 씨, 설마, 설마 요령이가 나한테 해코지하겠나! 제기랄! 어디 보자! 믿는다, 요령아!"

　믿길 잘했군. 녀석은 나를 어떻게 하거나 하지는 않았다.

　그 대신 녀석은 나를 그대로 지나쳐 버리고는 개에게로 다가가서는 목을 잡고 그대로 벽에 찍어버렸다.

　콰아앙!

　"끄으으응!"

　정말 순식간에 일어난 일이었다. 도, 도대체… 뭐야. 상황이 어떻게 돌아가는 거지? 나는 요령이를 쳐다보았다. 요령이는 마치 멱살을 잡아 올리듯이 멍멍이의 목을 잡고는 벽에다 대고 짓눌러 마치 매달아놓듯이 고정시키며 멍멍이를 노려보고 있었다. 뭐야? 야! 무슨 짓이야! 나는 멍멍이를 쳐다보았다. 그 녀석은 불쌍하게도 벽에 딱 붙은 채로 요령이의 손에 목이 걸려서는 컥컥대고 있었고, 요령이는 그 불쌍한 멍멍이가 컥컥대든 낑낑대든 상관없다는 듯한 표정으로 잠시 그 녀석을 노려보다가 억눌린 듯한 말투로 중얼거렸다. 그 목소리는 정말 싸늘했다.

　"넌 누구야?"

　"컥, 컥, 끼… 끼낑……."

　"말할 줄 아는 것 아니까 말해. 넌 누구야? 입을 놀릴 정도의 호흡은 될 테니까 말해. 말하지 않으면……."

요령이는 말을 끝내지 않고는 뭐라고 중얼거렸고, 그녀의 목소리가 점점 커질수록 그녀의 손의 빛도 점점 커져 가고 있었다. 야, 뭔지는 모르지만 그 개가 불쌍하지도 않아!

"말해! 말하란 말이야! 넌 누구야?"

더 이상 참을 수 없게 된 나는 외쳤다.

"요령아! 하지 마! 그만 해! 멍멍이가 고통스러워하잖아! 멍멍아! 어서 빠져나와! 빠져나오라구!"

그 순간 멍멍이의 몸에서 갑자기 빛이 뿜어져 나오기 시작했다. 이, 이게 도대체 어떻게 돌아가는 상황이야!

콰앙!

"끼야아아아악!"

이건? 요령이의 비명 소리! 요령이는 멍멍이의 목을 조르며 너는 누구냐고 추궁하다가 갑자기 전혀 예상치 못하게 멍멍이의 몸에서 뿜어져 나온 빛에 퉁겨져 날아가 버렸다. 그녀는 바닥에서 두 바퀴 정도 굴러가더니 그대로 재빠르게 몸을 일으켜서 빛나는 손을 방어하듯 들어 올리며 외쳤다.

"이, 이이익! 너! 도대체 누구야!"

뭐야, 요령이가 저렇게 되어 있으면 멍멍이는 어떻게 된 거지? 나는 주위를 둘러보았고, 점차 사라져 가던 눈가를 어지럽히는 빛 속에서 당당하게 서서 요령이를 보고 그르렁거리는 멍멍이를 발견할 수 있었다. 정말 빠져나왔구나. 하지만 너무 난폭했어. 그건 그렇고 내가 너에게 '빠져나오라'고 말하자마자 빠져나온 건 내 말이라면 모조리 듣는다는 거야? 어쨌든 그렇게 당당하게 서 있던 멍멍이는 잠시 나를 큰 눈망울로 바라보더니 앞을 바라보며 '말했다'.

"요물스러운 계집. 너야말로 누구냐! 우리 주인님께 지독한 살기를 뿜었지. 너야말로 누구냔 말이다! 누군데 우리 주인님을 죽이려 했는가!"

…이거 일이 점점 복잡하게 되는 듯한 느낌인데. 아, 젠장. 난 복잡한 상황이 싫어. 머리가 아프단 말야. 이젠 마녀도 나오고 변신하는 고양이도 나오더니, 말하는 개까지 나와 버린 거야? 그리고 뭐, 요령이가 나에게 살기를 뿜어? 그럼 아까의 그, 마치 내가 죽어버릴 듯한 느낌이 요령이가 노려본 것 때문이었나? 어, 이것 참 젠장이로세.

방 안은 엉망이었다. 뭔지 몰라서 뒤로 물러나 있는 채로 사태를 관망하고 있는 나. 그리고 대치하고 있는 아름다운 여인과 개. 하지만 그 여인도 결국은 고양이. 그리고 그 둘에게서 뿜어져 나오는 이상한 기운에 흩어져 버린 방 안의 온갖 사물들과 바람에 날리듯 날려 다니는 옷가지들. 요령이는 일렁이는 푸른 기운을 담은 손을 들어 올려서 개를 똑바로 가리키며 키득댔다.

"어쩐지, 머저리 같은 개치고는 사람의 말을 잘 알아듣고 너무 주인을 잘 알아본다 싶었다. 어제는 의식이 없었을 테니 영준의 냄새를 기억할 시간이 없었고, 오늘 아침 역시 쿨쿨 처자느라 영준이를 볼 시간도 없었을 테고. 오직 어젯밤, 네 정신이 비몽사몽할 때의 희미한 '이미지'만이 남아 있겠지. 그런데 넌 그 이미지만 가지고도 사람을 구별해 내었어. 지성이 없이는 불가능하지. 비록 개가 동물들 중에서는 머리가 돌아간다지만, 그 머리로 이 정도나 해내기는 어림도 없어. 더군다나 이 영기. 일이백 년 쌓아서 되는 것이 절대 아니군. 넌 누구냐?"

그 개는 그르렁거리더니 말했다.

"내가 너 따위 요사한 계집에게 내 신상명세까지 일일이 읊어야 하는가? 너야말로 나의 질문에 순순히 대답하라. 넌 누구인가? 왜 평범하고 아무 힘도 없어 보이는 우리 주인을 죽이려 했는가?"

"호호호, 호호호호호! 단지 살기가 뿜어져 나오면 모두 죽이려는 생각이 있는 것이라 착각하나 본데. 바보 자식, 난 널 떠본 거다. 모르겠나? 떠본 거라고. 영준이를 공격하는 척하면 네 녀석이 그 본색을 드러낼 거라 생각했다. 너는 그대로 속아 넘어가 주었고. 역시 개들이란 둔해. 호호호! 그건 그렇고 아까 너의 술법, 괜찮았다. 영기를 실어서 짖음으로써 나에게는 충격을 주고 내가 잠시 영준의 몸에 쏟아 부은 요기는 모조리 씻어낸다라. 아이디어는 칭찬해 주지. 별 위력은 없었지만 말야. 호호호!"

요령이는 이제 배를 잡고 웃어댔다.

"깔깔깔깔깔!"

도대체 뭐야? 뭐가 그렇게 웃겨? 흠, 하긴 지금의 네 웃음은 웃음이라기보다는 비웃음에 더 가까워 보이지만 말야.

"그르르르… 어차피 그건 요기를 씻어내기 위한 기를 전달할 수단이 필요했기에 음파를 이용한 것뿐이다. 그리고 너를 향해 짖은 것은 견제였고. 어차피 너 따위야 말해 봤자 이해도 못하겠지."

멍멍이… 라고 부르기엔 너무도 살벌하게 보이는, 밝은 빛의 일렁임을 온몸에서 뿜어내고 있는 그 녀석은 요령이의 날카로운 웃음소리에 기분이 나쁘다는 듯 울음소리를 입속에서 굴리면서 잠시 꼬리를 빳빳이 세운 후 요령이의 질문에 하나하나 대답하더니 나를 바라보고는 말했다.

"주인님, 죄송합니다. 지성이 있다는 것을 숨겨서."

"아… 어… 그래… 그래. 그냥, 어, 괜찮아. 뭘 그런 걸 가지고. 숨길 수도 있는 거지 뭐. 하지만 웬만하면 나중에 왜 숨겼는지 정도는 말해 주겠니? 그건 그렇고 누가 누구 마음대로 누구의 주인이냐? 아, 음. 이런 분위기에서는 이런 복잡무쌍해서 기기묘묘한 대답에 대한 질문을 하긴 힘들겠지. 내 질문에 대한 대답들은 모두 좀 있다 해도 좋아."

나는 약간 더듬거리며, 그러나 별로 놀라지는 않은 채 개의 죄송스러운 기분을 풀어주려 애썼다. 그런데 갑자기 개의 눈빛이 이채롭게 변했다. 신기한 것을 본다는 양.

"놀라지… 않으시는군요. 예, 놀라지 않으셨습니다. 대단하시군요. 역시 저를 구해주신 분……."

"아, 아, 뭘 그런 걸 가지고. 사실은 이런 경험이 한 번이 아니라서."

뭐 신기한 걸 한두 번 봐야지. 이제 말 안 하는 동물을 보면 이상하다니까. 어쨌든 내 말에 멍멍이는 약간은 황당한 표정이 되어서 되물었다.

"무슨… 말씀이신지?"

"너와 비슷한 녀석이 지금 내 눈앞에 있거든."

"박영준! 너……."

"저 녀석은 고양이야."

나는 내 앞을 가리키며 멋쩍게 어깨를 한 번 으쓱한 뒤 씨익 웃었고 요령이는 나를 무섭게 노려보며 뭐라고 궁시렁거렸으며 갑자기 개는 뒤로 좌아악! 물러나더니 무섭게 으르렁거렸다. 마치 늑대처럼.

"그르르르… 너, 이 요사한 계집. 어쩐지 몸 주위에서 흐르는 건 요기밖에 없다고 생각했었다. 이 요물. 요물 중에서도 고양이라니! 끔찍하군. 주인님 옆에 이런 요물이 있다니. 너, 도대체 왜 주인님 옆에 있는 것이냐. 아까 대화를 잠시 들어보니 주인님을 가지고 놀더군. 도대체 뭐냐? 왜 주인님 옆에 있는 것이냐? 간이라도 빼먹으려고 하나?"

그리고 멍멍이의 말에 요령이는 이죽거리며 대답했다.

"멍청한 것. 내가 여우냐? 사람의 간을 빼먹게. 사람을 물어 죽이는 개는 있어도 사람을 할퀴어 죽이는 고양이는 없다, 바보 녀석아. 나는 단지 갈 데가 없어서 여기 있는 것뿐이야. 그리고 너처럼 저 녀석이 나도 구해주었기에 여기에 살면서 녀석을 도와주는 것이고. 네가 저 녀석을 주인으로 선택했듯이 나도 저 녀석을 주인으로 선택했다. 그리고 나는 저 녀석이 주인으로서 마음에 들었고."

마음에 들었다구? 나는 이 상황에서도 가슴이 약간 두근거리는 것을 느꼈다. 그러나 곧 그 두근거림은 멈췄다. 왜냐구?

"거짓마아알!"

멍멍이의 귀를 찢는 듯이 울려 퍼지는 고함 소리 때문에 깜짝 놀라서 미처 다른 생각을 할 틈이 없었거든. 멍멍이는 마치 사자나 호랑이가 울부짖듯이 엄청난 소리로 울부짖었고 나는 비명을 지르며 귀를 틀어막았다. 으아악! 귀 떨어져! 내가 비명을 지르는 것을 보고는 멍멍이는 나를 황급히 돌아보더니 고개를 푹 숙이며 사과했다.

"주인님, 죄송합니다."

데에에엥… 귀 울리는 소리. 우와, 멍멍하다. 하지만 그렇다고 개를 상대로 뭐라고 타박할 수도 없고. 나는 간신히 고개를 끄덕이고 손을 저어주며 괜찮다는 제스처를 취해주었고 나를 계속 미안해 죽겠다는 눈빛으로 쳐다보던 멍멍이는 내 괜찮다는 뜻의 행동에 고개를 돌려 다시 고양이를 노려보며 말했다.

"거짓말하지 말아라, 요물."

"자꾸 요물, 요물 하지 말아줄래? 나 요물이란 걸 무척 싫어하거든?"

"요물이 요물을 싫어한다라… 역시 거짓말만 늘어놓는군. 이 말도 네가 거짓말쟁이라는 것을 뒷받침해 주지만 넘어가고, 일단 너의 아까 전 말부터 따져 보자. 뭐라고 했지? 저분께서 너를 구해줘서 네가 저분을 주인으로 모신다고?"

"그래, 그렇다. 문제있어?"

멍멍이는 이를 드러내며 으르렁거렸다.

"그르르르르… 거짓말하지 마라. 저분을 주인으로 모신다고? 너의 태도가 주인을 모시는 태도인가?"

동감이야! 옳소! 요령아, 들었냐? 오죽하면 멍멍이가 네가 나에게 해코지를 하러 온 사람이라고 생각하겠냐. 너는 나한테 조금이라도 존경심을 가져야 한다구. 하지만 요령이는 멍멍이의 말에 코웃음을 칠 뿐이었다. 흥.

"흥, 웃겨주시는군 정말. 우리가 너, 머저리 개처럼 주인을 평생 받들어 '모시는' 줄 아나? 너의 주인의 개념과 나의 주인의 개념은 다를 텐데? 그리고 저 멍청이도 불만은 없다고."

"주인님을 보고… 네 멋대로 멍청이라고 말하지 마라. 그 가느다란 목을 부러뜨리기 전에."

"해보시지? 나는 가만히 있을 줄 아나? 어디 한번 해보라구. 동기를 부여해 줄까? 박영준 멍청이, 멍청이, 멍청이. 호호호!"

아이 씨, 왜 또 나는 걸고 넘어져! 만만한 게 나냐? 어쨌든 요령이 녀석이 그렇게 지껄이자 개는 정말로 머리끝까지 화가 났다는 표정으로 온몸에서 흰색 기운을 폭포수처럼 뿜어내면서 중얼거렸다.

"계집… 얼마나 영력을 쌓았는지는 모르지만 영물을 이길 수 있을 것 같은가."

"글쎄? 나도 하루 이틀 살아온 몸이 아니라서 모르겠는걸? 하지만 네가 생각하는 것처럼 그리 만만하지는 않을 텐데?"

"그르… 건방짐이 하늘에 다다랐군. 주인님을 업신여긴 대가가 무엇인지 보여주지."

"좋아. 어디 한번 보자구."

아, 이거 이러다가 둘이 진짜로 싸우는 거 아냐? 분위기가 험악한데! 뭐야, 도대체! 어쩌다가 이런 분위기까지 오게 된 거야! 요령이는 전신에서 검은빛 기운을 뿜어내고 있었고 멍멍이는 온몸에서 흰빛 기운을 쏟아내고 있었다. 이런 젠장, 진짜 한다! 말려야 해!

"모두 그만들 해! 제기랄!"

말해 버렸다. 에구, 분위기 험악한데. 설마 나를 주인으로 모시는 동물 두 마리한테 동시에 맞는 건 아니겠지.

다행히도 그 둘이 동시에 나에게 '왜 끼고 난리냐—!' 라면서 공격을 가하는 일은 벌어지지 않았다. 휴우, 일단 한숨 났군. 그 대신 그 둘은 모두 나를 멀뚱히 쳐다보고만 있었다.

"……."

요령이의 눈빛.

"…예, 알겠습니다."

멍멍이의 눈빛과 순종하는 듯한 대답. 역시 착한 녀석이다. 그러나 녀석은 그 대답을 마치고는 계속해서 나를 뚫어지게 바라보아서 나를 당혹케 했다. 눈치는 좀 없군. 하긴, 개들을 보고 있노라면 꼭 눈치없게 무조건 아무 때나 주인에게 달라붙다가 얻어맞는 경우가 종종 있긴 하지. 그게 사람들이 개를 좋아하는 이유이기도 하지만 말야.

어쨌든 그렇게 멍멍이가 계속 나를 바라보고, 요령이도 아까 내가 고함을 질렀을 때부터 계속해서 날 쳐다보고 있는 상황이 계속되고 있었다. 아, 무안해라!

"…아이 씨, 무안하게 왜 쳐다보고 그래."

나는 그 둘의 시선에 처음에는 당당히 그 둘을 번갈아 노려보다가 곧 얼굴이 빨개져서 고개를 푹 숙이고야 말았다. 무슨 의미가 담긴 시선이든 간에 요령이 같은 미인의 시선을 계속 똑바로 받고 있자니 부끄러워졌던 것이다. 아, 나도 진짜 나를 못 말리겠네. 정말 왜 이리 주책이냐 진짜. 나는 손가락들을 비비 꼬며 말했다.

"어, 그러니까, 내 말은, 어, 그러니까, 너희들끼리의 대화에 갑자기 끼어들어서 미안한데, 어, 그러니까, 내 말은……."

"자기 자신의 말도 똑바로 못하는 바보 자식 신경 쓰지 말고 하던 거나 계속하자."

요령이는 날 잠시 쳐다보더니 다시 멍멍이를 바라보면서 차갑게 내뱉었고, 그 말에 멍멍이는 백색 기운을 다시 폭포수처럼 뿜어내면서 미친 듯이 화를 냈다.

"우리 주인님을 무시한 것인가! 이분의 말은 아직 끝나지 않았다! 빌어먹을 고양이들은 주인님의 말을 경청하는 예의 따위는 눈곱만큼도 없단 말인가!"

그 녀석은 금방이라도 요령이의 목을 물어뜯어 버리기라도 할 듯이 불같이 화를 내며 그녀를 노려보았고, 그래서인지 요령이는 더욱 멍멍이를 무섭게 노려봐 주었다.

"웃기고 있네. 야, 나도 쟤가 다 이해하니까 그러는 거야. 쟤 속이 너처럼 밴댕이 속인 줄 아냐? 그리고 말한 영준이는 자기 말 끊었다고 뭐라고 안 그러는데 왜 네가 쌍지팡이를 짚고 나서냐? 어이구, 눈빛 봐라. 옷 뚫어지겠다. 그만 노려봐라."

"네 말 한마디 한마디는 자근자근 씹어주고 싶을 정도로 귀에 거슬리는군. 남에게의 예의는 한강수에 처박았는가?"

"너 따위에게 예의를 차려야 하나? 그것도 참 괴로울 것 같지 싶군. 그리고 너는 나에게 예의를 지켰니? 남의 어떤 잘못을 지적하기 전에는 무조건 일단 자신을 돌아보는 거야. 일단 네 자신의 태도가 어땠는지를 돌아보시지? 그리고 다시 한 번 말해 봐. 예의를 지켜보라고! 호호!"

"나는 당하는 대로 그대로 돌려준다! 내 주인님에게 살기를 퍼부은 것은 누구인가!"

"그리고 자신이 '힘'이 있다는 걸 숨겨서 의심 살 짓을 한 것은 누구지? 아, 그리고 보니 넌 아직도 네 녀석에 대해 아무것도 밝히질 않았군."

"허, 그러는 너는 내게 너의 무엇을 밝혔는가! 그리고 의심이 간다고 무조건 멱살을 잡고 벽에 찍어버리는 그 태도는 무엇인가? 너 같은 요물에게도 계속 말을 하는 내 자신이 한심하군!"

"호, 좋아. 결국 말이 필요없다는 말인데, 말이 필요없다면 바로 치고 박기네. 네 취향이야 어떤지 모르겠지만 난 그거 좋아해. 한번 해볼까?"

요령이의 말이 끝나자 요령이의 몸 주위에서 흐르던 흑빛, 혹은 자색의 기운들이 마치 그녀의 몸을 횃대 삼아 살라먹으며 타오르는 횃불인 양 심하게 일렁이기 시작했고, 그 검은 기운 속에서 요령이는 날카로운 미소를 지었다. 그리고 멍멍이는 요령이의 그 모습을 보고는 경련하듯 몸을 떨더니 심하게 일그러진 얼굴로 억눌린 듯 성대 속에서 그르렁거리는 소리를 굴리다가 천천히, 정말 하기 싫은 말을 한다는 듯 입을 열었다.

"싫다."

어? 이런 대답은 의외인데? 정말? 뭐, 나야 좋지만 갑자기 왜? 겁이라도 먹은 거야? 요령이는 잠시 생각도 못했던 대답을 들어서인지 눈이 동그래지더니 곧 배를 잡고 웃어대기 시작했다. 깔깔깔깔깔!

"깔깔깔깔깔! 그래? '싫단' 말이지? 고양이가 개한테 싸움을 걸었는데 개가 싫다고 했단 말이지? 이거야말로 코미디군. 깔깔깔! 고양이한테 겁먹어 버린 불쌍하고 가련한 개라니! 깔깔깔깔! 아까는 그렇게 내목을 꺾는다는 둥 입을 틀어막아 버리겠다는 둥 자신감있게 말하더니, 정작 한 판 붙어보자니까 꽁무니를 빼는군. 내 알기로 하룻강아지 범무서운 줄 모른다는 속담이 이 나라에서 옛날부터 전해져 내려오던데, 너는 고양이 무서운 줄은 아는 걸 보니 하룻강아지는 아닌가 보군? 깔깔깔! 아, 미안해, 겁쟁이 씨. 아픈 곳을 찔러서. 깔깔깔!"

하, 정말 요령이도 참. 멍멍이가 싸움을 안 하겠다고 한 발 뒤로 물러서면 그냥 저쪽에서 양보를 하는구나 하고 넘어갈 것이지, 저렇게 비웃어댈 것은 또 뭐람. 요령이가 저렇게 계속해서 멍멍이를 보고 '겁쟁이'라고 놀려댈수록 멍멍이의 털은 한 올 한 올 솟아올랐고 입술을 들어 올려서 드러나는 이빨도 하나둘 늘어갔다. 그렇다. 멍멍이는 지금 요령이의 조롱에 점점 화를 내고 있는 것이다.

"나를 자극하지 마라. 난 분명히 너와 싸우고 싶지 않다고 했다."

"싸우고 싶지 않은 게 아니라 싸우기가 겁이 나는 것이겠지. 오호호호!"

"그만 하라고 했을 텐데, 분명히."

"싫다면, 이 겁쟁이 개 녀석아. 오호호호!"

그 말을 들은 멍멍이는 이를 드러내더니, 갑자기 땅을 박차고 옆으로 움직였다. 부드러웠지만, 그 움직임은 엄청나게 빨랐다. 뱀이나 도마뱀에게서나 볼 수 있을 듯한 눈에 보이지 않을 정도로 빠르고 정확한 움직임.

쉬리릭!

눈물까지 좍좍 흘리며 웃어대다가 멍멍이의 움직임을 느낀 요령이는 갑작스레 웃음을 멈추고는 순식간에 퉁겨 나가듯이 앞으로 튀어 나간 다음 재빨리 땅에서 구르면서 솜씨 좋게 뒤로 돌아 일어섰다. 모두 순간적으로 일어난 일이었고, 그래서 아직 상황 판단이 잘 되지 않은, 의문으로 가득 찬 내 눈에 아까와 전혀 다름없이 서로를 노려보고 있는, 그러나 자리를 바꾸어 서 있는 요령이와 멍멍이가 들어왔다. 그 장면을 보고 있자니 약간 혼란스러웠다. 아니, 어쩌다 자리를 바꾼 거지? 그리고 이렇게 순식간에 이렇게 둘이 빠르게 움직이다니?

요령이는 더 이상 웃지 않았다. 그 녀석은 양팔을 엑스 자로 교차시키고는 마치 방패처럼 가슴 위로 들어 올리며 신음하듯이 말했다.

"겁이 나서라는 말은 취소해야겠군. 나를 겁내는 척하면서 순식간에 내 뒤를 잡으려 하다니. 개치고는 머리가 제법 돌아가는걸… 하지만 실패야, 미안하게도. 좋아, 너의 그 방금 전의 행동은 나에 대한 기습으로 생각해도 되겠나?"

"멍청이. 그건 위협이었을 뿐이다. 계속 나를 자극하면 진짜로 너를 공격할지도 모른다는 위협. 네 뒤를 잡는 것으로 내가 네게 겁먹어서 가만히 있는 게 아니라는 걸 확실히 보여주려 했지."

멍멍이는 귀를 바짝 세우고는 송곳니를 반짝이며 말을 이었다.

"하지만 네 말대로 실패했다… 역시 고양이답게 제법 빠르군. 위협 정도의 수준으로는 아무것도 안 된다는 건가."

요령이는 멍멍이의 말에 기가 막힌다는 표정으로 머리 옆으로 한 손을 들어서 마구 흔들더니 말했다. 한마디로 황당해서 말도 안 나온다는 제스처를 취한 것이다.

"하! 충분히 싸울 수 있는데도 참는다고? 방금 전 건 그저 위협이었을 따름이라고? 기습이 실패하니까 별소릴 다 하네? 설마 지금 네 말을 나보고 믿으라고 지껄이는 거야? 그럼 지금은 왜 또 안 덤비는데? 어디 한번 능력있으면 덤벼봐! 덤벼보라고!'

멍멍이는 이 말에 씁쓸히 미소 짓더니—물론 그런 비슷한 표정을 지었다는 것뿐, 실제로는 그저 잔뜩 찌푸린 얼굴이었을 뿐이다. 개는 표정을 만들지 못하니까—우울하게 대답했다.

"주인님의 명이시다. 너와 싸우지 말라는."

"뭐? 지금 그걸 이유라고 대는 거야앗! 나를 무시하는 거야, 지금?!'

요령이는 마치 크리스털 잔을 깨는 듯한, 아름답고 매력적이면서도 소름 끼치는 비명 같은 고함을 질렀다. 으으! 온몸에 소름이 쫘악! 끼치네.

"무시하는 것은 아니다. 분명 너의 몸에서 흐르는 요기는 예사로운 수준이 아니니."

"그래, 하지만 방금 전의 네 말은 분명히 나에 대한 무시였어! 개 따위에게 이런 모욕을 받고는 도저히 참을 수 없어. 덤벼! 덤벼엇!'

요령이는 머리끝까지 화가 나서는 앙칼지게 소리쳤고 개는 그저 그런 요령이를 묵묵히 바라보기만 했다.

"주인님, 어떻게 할까요? 저 고양이는 제가 덤비길 원합니다."

멍청아, 저건 허세야! 자기의 자존심이 상처를 받았다고 생각한 요령이가 그냥 괜히, 마치 어린애가 떼를 쓰듯이 억지 부리는 거라구! 뭐, 저렇게 혼자 화나서 분에 못 이겨 씩씩대는 모습을 보자면 조금 안쓰럽고, 측은하고, 그러면서도 한편으로는 하는 짓이 귀엽고—…는 아닌가?—… 등등의 기분이 들기는 하지만, 그래도 저럴 때 덤볐다간 아마 너희 둘이 싸워대는 통에 집 무너질걸. 나는 되도록 부드럽게 요령이와 멍멍이를 번갈아 바라보며 말했다. 그리고 나는 내 말이 늘어질수록 점점 더 화난 표정에서 어처구니없는 표정으로 얼굴이 변해가는 요령이의 재미있는 모습을 확인할 수 있었다.

"멍멍아, 네가 덤비기를 요령이가 원한다고? 아니야, 아니야. 쟤 얼굴은 그렇게 안 생겼어도 무지 착해. 그냥 해본 소리일 거야. 쟤가 원래 내숭 같은 걸 잘 떨거든. 그러니까 맘 넓은 멍멍이 네가 참아. 그리고 이것들아, 한식구가 될 것들이 싸우면 어떻게 하나? 내가 보아하니 방금 전에 멍멍이가 '저 고양이'라고 말한 것에서 알 수 있듯이 둘은 아직 서로의 이름도 모르나 보군. 맞지? 너희 이름 알아? 아, 모른다고(요령이는 '내가 언제?'라고 외쳤지만 나는 물론 무시해 버렸다)? 자자, 그럼 둘 다 일단 자기소개부터 하고, 악수하고 잊으라고. 자, 자기소개! 자기소개! 요령이부터! 이름 말하고 손 내밀기! 주인의 부탁이니까 거절하기 없기!"

요령이는 기가 막히다는 표정으로 나를 노려보았다. 야, 자꾸 그렇게 노려보지 마. 계속 그런 식으로 네가 노려보면 네 얼굴을 마주 바라볼 수 있어서 좋아 죽겠어… 가 아니라, 가 아니라, 가 아니라! 젠장!

도대체 나 요즘 왜 이러는 거야! 어쨌든 그렇게 요령이는 계속 나를 노려보았고, 한참을 여유롭게 그 눈빛을 받아주던 나는 씨익— 하고 멋쩍게 웃으며 손을 흔들어주었다. 아, '멋쩍은 웃음'이라는 건 정말로 양면성을 띠는 것 같단 말이야. 어찌 보면 다시 없을 여유로운 생각이 들게 하는 푸근한 모습이기도 하고, 어찌 보면 전형적인 바보의 웃음이고. 저 녀석은 둘 중 뭘로 받아들일까. 어쨌든 나는 저 녀석을 향해 웃어주었다. 저 녀석은 아직 머리끝까지 화가 나 있는 상태고. 자, 과연 녀석의 반응은 무엇일까? 이것, 나름대로 궁금해지는데?

녀석은 계속해서 멋쩍게 웃으며 손을 흔드는 나의 모습을 노려보다가…….

결국 '풋' 하고 웃음을 터뜨리고야 말았다. 와아! 됐다! 녀석은 그렇게 억지로 웃음을 참다가 결국 새어 나오는 듯이 웃어버렸고, 그 뒤로는 이왕 웃은 것 더 참을 필요가 없다고 생각했다는 듯이 결국 뒤집어졌다.

"꺄하하하! 너, 뭐야! 너무 바보 같잖아! 웃겨, 웃겨 죽겠어! 너, 정말 웃긴다!"

…바보 같다구? 에이, 넘어가, 넘어가. 뭐 어때. 저 녀석이 이렇게 즐거워하는데. 어쨌든 천만다행으로 방금 전의 팽팽한 긴장감을 이루고 있던 두 축 중 하나가 이로 인해 완전히 무너져 버렸군. 요령이는 지금 마치 누가 옆에서 간지럽히기라도 하는 듯이 배까지 잡고는 웃어대고 있으니까. 저렇게 웃어대는데 상대가 싸우자고 하면 나라도 못 싸우겠다.

"꺄하하하! 꺄하하하하! 콜록, 콜록콜록콜록! 캑, 캐액… 헉, 헉! 꺄하하하하!"

저렇게 웃다가 사레까지 들리고 말야. 그런 녀석을 바라보는 내 입가에서 기분 좋은 미소가 지어졌음은 물론이다. 참 귀여운 짓을 하는군 그래. 녀석은 허리가 꺾이도록 웃다가 사레가 들려서 가슴을 두드려 대고, 어찌어찌 넘어가면 다시 미친 듯이 웃는 짓을 반복하고 있었다. 저렇게 기분 좋을 때가 기회겠지.

"야, 그만 좀 웃어라. 머리에 꽃 한 송이만 꽂으면 완전히 무슨 미친 여자 같겠다. 그만 좀 웃고, 이제 아까 내가 말한 걸 해줘야지?"

"미치이인 여자아아?"

요령이는 내 말에 웃음을 딱! 멈추고는 얼굴을 잔뜩 찌푸리며 되물었다.

"아니, 미친 여자가 아니고 미인 여자(그 말에 요령이는 '그렇지?'라고 말하며 혼자 좋아서 입을 가리고 키득댔다). 어쨌든, 너, 내 덕분에 실컷 웃었으니까 이제 내 부탁을 들어줄래?"

"무슨 부탁?"

아까 내가 중언부언 떠들었던 말은 전혀 안 들었군. 젠장. 하긴, 내가 재라도 내가 지껄였던 말들은 하나도 못 알아들었겠다. 그때는 싸움을 말려야겠다는 절박한 생각 하나밖에 없었으니까.

"아, 그러니까, 저 녀석에게 손 내밀고 화해하라는 말. 어차피 같은 식구가 될 건데 시작부터 이렇게 얼굴 붉히고 싸우면 어떻게 해."

요령이는 그 말에 화를 내기보다는 고개를 갸우뚱했다.

"누구랑 누가 한가족인데?"

"너랑 재."

나는 손가락으로 요령이와 멍멍이를 가리키며 말했고, 그 녀석은 그 말에 얼굴을 화악! 붉히더니—물론 부끄러워서 그런 건 절대 아니다—더듬거리면서 말했다.

　"누, 누, 누, 누, 누가 누구랑 같이 살아?"

　"너랑 쟤."

제9장

안개 같은 기억 속의 '또 다른' 옛날이야기

"마, 말도 안 돼! 난… 그러니까 난……."

"군소리하지 말고. 그럼 쫓아낼 거야? 어차피 지금 내보내 봤자 결국 또 떠돌아다니다 어제 우리가 봤던 것처럼 쓰러져 버릴걸. 그걸 뻔히 알면서 불쌍해서 어떻게 내보내냐. 그리고 저렇게 주인, 주인 하면서 따르는데."

"하지만……."

"쟤도 좋다고 할걸. 멍멍아, 너 나랑 같이 살고 싶니?"

"저는 주인님이 남기를 바라면 남고 가기를 바라면 떠나갑니다."

그렇게 대답하면 말을 꺼낸 내가 당황스러워지잖아.

"아아, 그러니까 네 생각을 확실히 말해 보라구."

"전 주인님을 따르고 싶습니다. 일단 주인님을 제 주인으로 선택했으니 가까이에서 모실수록 전 좋습니다."

"그래, 그렇지? 그것 봐. 얘도 좋다잖아. 요령아, 어차피 너도 받아들였는데 이 녀석 하나 더 못 기르겠냐."

솔직히, 정말 솔직히 말하자면 멍멍이를 기르고 싶은 생각 따위 별로 없다. 뭐, 우리가 확실한 돈벌이가 있어서 저 녀석을 굶기지 않는다는 확실한 보장이 있는 것도 아니고, 또 좁디좁은 이 방에 불청객이 하나 더 끼어들면 무지하게 불편해질 게 뻔하잖아. 하지만 저렇게 날 보고 '주인님, 주인님' 하면서 맹목적으로 따르는 녀석을 저렇게 찬바람 쌩쌩 부는 곳으로 내쫓아 보내기도 또 좀 그래. 그랬다가는 밤에 잠자리가 무지 불편할 것 같거든. 후우, 할 수 없잖아. 하여튼 난 마음이 약해서 탈이라니깐.

어쨌든 나의 말에 요령이는 눈살을 찌푸리더니 말했다.

"저 멍멍이 자식 정말 염치없다. 참 나원, 물에 빠진 사람 건져 주니 보따리 내놓으란다더니, 살려주니까 빈대 붙으려고 하네!"

그 말에 나는 요령이를 계속해서 쳐다보았다. 계속해서. 아무 말 없이. 그리고 그런 나의 눈빛을 이리저리 피하던 요령이는 마침내 부끄럽다는 표정으로 얼굴을 확! 붉히고는 화끈거리는지 계속해서 만지작거리며 모깃소리만하게 말했다.

"체… 쳇. 젠장, 그, 그래. 나도 네가 구해준 뒤로 빈대 붙었다 뭐. 그래서 부, 불만있어?"

핫! 저 녀석이 부끄러워서 얼굴을 붉히다니! 저런 모습을 보는 건 또 처음이네! 진짜 귀여워 미치겠다! …가 아니라! …가 아니라 귀여운 건 귀여운 거야! 계속해서 부끄럽다는 듯이 얼굴을 붉히고 나를 외면하며 뭐라고 뭐라고 들리지도 않을 정도의 크기로 무엇인가를 작게 중얼거리는 저 녀석은 정말이지 솔직히 말해서 좀 귀엽긴 했다.

어쨌든 그렇게 자기 스스로 멍멍이나 자기나 마찬가지라는 것을 말하게 한 나는 요령이를 계속 바라보며 말했다.

"자, 저 녀석이나 너나 마찬가지야. 처음에 내가 구해준 것도, 결국 나와 같이 살게 된 것도. 그러니까 네가 이해해. 그리고 이제 악수만 하면 되는 거야. 악수하고 화해하라구."

"악… 수? 내가? 개에게? 먼저 손을 내밀라고?"

"그래. 뭐 문제있어?"

"물론 문제있어! 난 절대 못해! 그런 짓 따위!"

"하아, 뭐, 자존심상 그렇다면야 할 수 없지. 야, 멍멍아."

"주인님, 부르셨습니까?"

"그래. 요령이가 먼저 손 내밀기 싫으시단다. 너도 그러니?"

멍멍이는 이번에는 '주인이 원하신다면' 따위의 말조차 붙이지 않고 그냥 무덤덤하게 앞발을 내밀었다.

"아까는 미안했다. 잠시 네가 주인에게 살의를 보여서 그랬을 뿐이다. 이제부터 잘 지내보자. 나는… 주인님은 내게 멍멍이라는 이름을 붙여주었으므로 내 이름은 이제부터 멍멍이다. 멍멍이라고 불러다오."

자식, 통이 크구나! 좋―다! 멋지다! 넌 사나이 중의 사나이, 남자 중의 남자다, 임마! 우하하하! 나는 혼자 좋아서 싱글벙글거렸고 멍멍이가 내민 조그만 앞발을 잠시 바라보던 요령이는 멍멍이를 바라보고 다시 나를 바라보다가 말했다.

"아, 저, 꼭 해야 되는 거니? 안 하면 안 되는 거야?"

"꼭 해야지. 암."

내 말에 요령이는 눈을 똑바로 뜨더니 내게 따지듯 물었다.

"내가 왜 네 말에 따라야 하는데?"

"따지지 말고 그냥 좀 들어줘라. 응? 그럼 어차피 같이 살 거면서 언제까지 이렇게 서먹서먹하게 하고 살 거야?"

내 말에 한숨을 폭 쉰 요령이는 결국 볼멘소리로 중얼거렸다.

"쳇, 나는 손이고 저 녀석은 앞발이라면 너무 불공평한 거 아냐?"

하하하하! 결국 난 웃어버리고 말았다. 그리고 요령이는 왜 웃는지 모르겠다는 듯이 고개를 갸우뚱하다 나를 바라보았고. 그 모습을 본 나는 계속 웃으며 말했다.

"하하하, 나 미쳤나 봐. 왜 이리 웃음이 나오나 그래. 어쨌든 요령아, 앞발이라도 상관없잖아. 어차피 너도 모습만 손이고 앞발이니까."

"그건 그렇지만……."

"그냥 잡고 흔들어. 그러면 되는 거야."

"쳇!"

요령이는 어쩔 수 없다는 듯이 고개를 흔들고는 두 손가락으로 멍멍이의 앞발을 살짝 잡아서 티도 안 나게 흔들고는 마치 불에 데기라도 한 듯 손가락을 급하게 떼어버렸다. 그리고 나는 박수를 쳤다.

"와아—! 휘이익! 휘익!"

요령이 녀석이 내 혼자만의 환호에 못마땅해하며 가시 돋친 목소리를 던졌음은 물론이다.

"혼자 쇼를 해라, 쇼를 해. 그렇게도 신나냐?"

"응, 무지 신나."

"흥, 신나는 것 많아 좋기도 하겠네."

"응, 무지 좋아!"

"좋아 좋겠다, 바보야."

그때 멍멍이가 끼어들었다.

"주인님을 그런 식으로……."

그리고 요령이는 얼굴을 잔뜩 일그러뜨려서 최대한 험악하게 만들고는 멍멍이의 목소리를 굵직하고 과장되게 흉내 내기 시작했다.

" '주인님을 그런 식으로 말하지 마라' , 얼씨구, 잘났어, 정말."

그리고 멍멍이는 다시 으르렁거렸다.

"너 정말 자꾸……."

아악! 화제를 돌릴 거리가 필요해! 화제를 돌릴 거리가! 이대로 가다가는 또 아까의 반복이다! 젠장… 나는 계속해서 머리를 부여잡고 악수를 나눈 지 일 분도 되지 않아서 거칠고 굵은 목소리가 오고 가는 두 녀석 사이의 대화를 종식시킬 방법을 생각해 내기 시작했다.

뭐가 있지? 뭐가… 뭐가… 아, 젠장! 이러는 동안에도 요령이와 멍멍이는 계속 험악한 대화를 나누고 있을 텐데! 잠깐. 대화? 요령이는 그렇다 치고, 멍멍이는 어떻게 말을 할 수 있는 거지? 하! 갑자기 무지무지 궁금해진다! 좋았어! 이 정도의 이야기라면 요령이도 궁금해서 입을 다물겠지! 녀석도 호기심은 무지무지 많으니까! 나는 곧 다시 요기와 영기를 뿜어내려고 하는 요령이와 멍멍이 사이로 몸을 던져서 끼어들며 물었다.

"왜 싸워! 왜! 왜 또 싸워! 방금 전에 악수했잖아! 응? 에라이, 이것들아!"

"야! 나는 하고 싶은 말도 못하냐! 그리고 저 자식이 먼저……."

에이, 솔직히 네가 먼저 시비를 걸었어.

"주인님, 죄송합니다. 분명 사이좋게 지내라고 하셨는데……."

멍멍이는 고개를 푹 떨구며 정말로 미안하다는 듯이 말했고, 그래서 나는 더 추궁하려던 것을 관두고 대신 당연히 궁금해서 물어봤어야 할,

그러나 요령이와 멍멍이 사이에 워낙 급하게 돌아갔던 여러 가지 일들 때문에 이제야 궁금해진 일을 물었다. 흐음, 그건 그렇고 이렇게 매일도 아니고, 매 시간도 아니고, 분 단위로 싸움이 붙어서야 앞으로 정말 걱정되는군.

"아, 괜찮아, 괜찮아. 뭐, 안 되는 걸 억지로 부탁하는 것도 잘못이지. 그건 그렇고 멍멍아, 난 정말 너를 보다 보면 궁금한 게 있는데."

"하! 지가 멍멍이를 보면 얼마나 봤다구. 딱 하루 봐놓고서는."

"요령이 너, 비꼬지 좀 말고 조용히 해! 으음, 에이 씨, 요령이 너 때문에 말이 이상해져 버렸잖아. 다시! 멍멍아, 궁금한 게 있는데."

"무엇입니까?"

"응. 좀 말해 줄래?"

"무엇이든 대답해 드리겠습니다, 주인님."

"멍멍아, 너 어떻게 해서 그렇게 신기한 녀석이 되어버렸니?"

"제가 신기합니까, 주인님?"

"응, 무지."

나는 요령이의 이마를 콕콕 찍고는 말을 이었다. 손가락이 폭폭 들어가는 게 꽤 느낌이 좋았다. 물론 녀석은 무지 기분 나쁜 표정이 되어서 나를 새초롬하게 노려봤지만 뭐 상관없어.

"이 녀석은 마녀의 고양이라서 말을 할 수 있게 된 거래. 얘는 자신이 어떻게 지금까지 오게 되었는지 다 말해 줬는데 너는 어떻게 말을 하게 됐니? 그냥 너에 대해서 좀 알고 싶어. 아, 말하기 싫으면 말하지 않아도 돼."

"주인님이 원하는 건 뭐든지 들어드리는 게 제 의무입니다. 궁금하시다면 말씀드리겠습니다. 하지만 주인님의 기대만큼 그리 듣기 즐겁다거나 재미있는 이야기는 아닐 것입니다."

"아, 아, 상관없어. 중세 마녀의 이야기보다는 밝은 분위기겠지."

"너……."

요령이는 내 옆구리를 꼬집었고 나는 그냥 웃어넘겼다. 물론 무지 아팠다. 밝은 분위기를 위해서 내가 정말 엄청나게 희생하는군.

"우헤헤, 어쨌든 해줄래?"

"예, 좋습니다. 무슨 이야기부터 해드릴까요?"

그렇게 물어보면 뭐라고 대답해야 하나.

"할 수 있는 한 옛날부터."

"알겠습니다."

멍멍이는 서 있던 자리에서 입을 열었고, 그래서 나는 말했다.

"긴 이야기라 서 있기 힘들다면 앉아서 하렴."

"감사합니다."

녀석은 고개를 꾸벅이고는 바닥에 털썩 앉았다. 그리고는 그르렁거리며 목소리를 가다듬고는 혀를 길게 빼물고는 잠시 하품을 좌악 하더니 입을 열었다. 흐음, 주인이 구속하지 않는 선에서는 자신의 자유대로 한다는 건가? 역시 개와 같군. 하긴, 그렇지 않으면 용변이나 식사까지 모조리 주인의 허락을 받아야겠지. 나는 이렇게 잡생각에 빠져 있다가 요령이는 어쩌고 있나 궁금해져서 녀석을 힐끔 바라보았고, 정신없이 호기심에 취해 있는 녀석의 얼굴을 보며 킥 웃고 말았다. 단순하긴. 방금 전까지의 험악했던 분위기는 어디 갔니. 하하하!

내가 이런 잡생각에서 벗어날 때까지 기다렸는지 멍멍이는 입을 열지 않았다. 으음, 그것보다는 녀석이 잠시 생각을 정리하고 있었다고 생각하는 게 맞겠군. 왜냐하면 내가 생각을 멈추고 멍멍이를 바라본 뒤에도 멍멍이는 생각에 잠긴 표정으로 입을 열지 않았으니까.

그렇게 한참 동안 이야기를 정리하는지 생각에 빠져 있던 멍멍이는 마침내 입을 열었다.

"우리 옛 주인님은… 평범한 인생을 원했습니다."

때는 조선 시대. 연도로 따지자면 약 300년 전.

멍멍이의 삶에 가장 큰 영향을 주었던, 최초의 주인 이상환은 '하늘이 내린 천재'라는 세간의 속칭과는 전혀 어울리지 않는 꿈을 가지고 있었다. 평범한 인생이라는 소박하디소박한 꿈을.

이상환은 사대부들의 도시 한양에서도 이름만 대면 누구나 '아, 그분' 하고 알아볼 수 있는 집안의 장자로 태어났다. 세 살 때 이미 사서삼경을 읽어 나가기 시작했으며, 일곱 살 때 이미 종일품이자 성리학의 대가로 불렸던 자신의 아버지와 성리학의 여러 가지 화두를 놓고 논하기 시작했다. 그 정도로 뛰어난 학문적 소양을 지니고 있었던 것이다. 그러나 불행히도…….

그는 몸이 남보다 훨씬 약했다.

이상환이 10세 때. 그는 언제나 몸이 약해 아무와도 놀지 못하고 외로워했고, 그런 그를 불쌍히 여긴 그의 아버지는 그에게 강아지 한 마리를 선물했다. 친구가 생겼다는 기쁨에 들뜬 상환은 아버지에게 수십 번의 절을 하며 그 강아지의 이름을 자신이 언제나 추구하던 모습, 즉 바보같이 약해빠진 자신의 몸과는 전혀 다르게 천년만년 언제나 굳건하고 강하게 서 있는 산의 이름을 따서 '한뫼', 즉 큰 산이라고 지었다. 그리고 그 강아지는 주인을 아주 잘 따랐다.

…그가 주역을 읽기 시작한 것은 12세 때였다. 그는 언제나 더욱 큰

깊이의 학문을 원했고, 그런 그에게 주역은 충분할 정도의 연구 과제를 가져다 주었다. 그는 곧 주역에 빠져들었고, 얼마 되지 않아 그것을 거의 이해할 정도가 되었다. 그리고 그때쯤 주역의 연구는 그에게 아주 큰 '놀이거리'가 되어 있었다. 상환은 주역을 보고 여러 가지를 생각하는 것이 즐거웠던 것이다. 우주의 원리, 기의 운행술, 그것에서 솟아나오는 부가적 지식들을 이용한 미래로의 예지와 과거로의 사색과 탐구 등등 주역이 던져 주는 화제를 곱씹으며 그는 언제나 만족해했고, 유가의 책들과 가끔씩 비교해 보기도 하고 스스로 도가와 유가의 양쪽의 입장에 번갈아 서면서 우주 만물과 사람의 마음에 대해 토론을 하기도 하는 등등 주역을 통해 그는 자신만의 놀이를 상당히 많이 만들어내었으며, 그것에 언제나 심취했다.

그러던 어느 날, 그는 이단이라고 믿으면서도—성리학자에게 도가의 술법을 이용한 '예언'은 이단이다—말 그대로 장난 삼아 자신의 괘를 뽑아 보았고, 믿을 수 없다는 표정으로 몇 번 더 반복한 뒤에 계속해서 같은 괘가 나오는 것을 보고는 사색이 되어서 한뫼를 데리고 홀로 강원도의 심심산골로 들어가 버린다. 그 괘의 내용을 해석하면 이랬다.

'이 운명의 소지자는 30세가 되기 전에 병으로써 죽을 것이며, 그것은 운명이기에 누구도 바꿀 수 없다.'

…이상환은 천재였다. 그러나 하늘은 그에게 명석한 두뇌 대신 그의 건강을 빼앗아 버렸다. 그는 언제나 이유 모를 몸속의 질병에 시달렸으며, 그의 근육은 어느 부분이든 간신히 그의 주인을 지탱할 정도 이상의 힘을 내지 못할 정도로 약했다. 그는 그런 자신을 저주했다. 그는

심지어 마음마저 약했다. 그래서 그는 죽음이 두려웠다. 언제나 고통에 시달리는 그. 그는 시도 때도 없이 각혈했으며 앓아 눕는 날도 많았다. 그럼에도 삶의 의지는 더욱 뜨거웠다.

"죽음이 두렵다. 죽음이 두렵다! 나는 죽음이 두렵다! 한뫼야, 이런 나를 너는 이해할 수 있겠느냐? 언제 찾아올지 모르는 죽음을 맥없이 기다려야만 하는 이 고통을 이해할 수 있겠느냐? 많은 것을 바라는 것도 아니다. 저잣거리를 지나는 사람들이 아무렇지도 않게 생각하는 것, 누구나 당연한 것처럼 받아들이는 것, 누구 하나 고마워하지 않는 것, 그러나 이곳의 한 불쌍한 인간은 피를 토하면서도 미련을 버리지 못하고 갈구하는 것, 내겐 나를 제외한 사람들이 노년을 맞을 수 있다는 권리를 가졌다는 것이 너무나도 부럽구나! 흐흑! 나는 살고 싶다. 그러나 나에게는 환갑을 넘기는 것조차 주어지지 않는다! 아니! 내 인생은 길어야 삼십이다! 이런 빌어먹을 운명이 어디에 또 있단 말이냐… 한뫼야! 차라리 평범하게 태어났더라면, 그렇다면 이렇게 매일같이 피를 토하는 고통과 불안에 시달리지 않아도 되었을 것을! 많은 것을 바라는 것도 아니다. 그저 보통 사람처럼, 보통 사람처럼… 한뫼야, 나의 꿈이 너무도 큰 것이냐?"

그는 언제나 슬픈 목소리로 한뫼에게 자신의 한을 털어놓았고, 지성이 없지만 자신의 주인이 고통스러워한다는 것쯤은 느낌으로 알 수 있었던 한뫼는 끙끙거리고 자신의 몸을 부비면서 주인을 달래려고 애썼다.

마침내 그는 선택했다. 기공술로 조금이라도 생명을 연장시키기로. 그리고 그날부터 주역과 그밖의 기공술에 관련된 책을 닥치는 대로 구해서 파고들기 시작했다. 수십 가지의 유파들의 수십 가지의 기의 운

용술. 모두 같을 수는 없었고, 게다가 모두들 하루 이틀에 완성되는 경지도 아니다. 그러나 그는 소화해 내었다. 단 1년의 연구 끝에 모든 문파의 기공술을 안정적으로 소화해 낼 수 있는, 그만의 독보적인 기공술을 개발해 낸 것이다. 그리고 개발이 끝나자마자 그는 그 술법을 이용해 매일같이 약해빠진 자신의 몸을 혹사시켜가며 수련에 임했다.

그는 매일같이 성장해 나갔고, 결국 지풍만으로도 아름드리 나무를 쪼갤 수 있을 정도의 수준까지 도달했다. 고수가 된 것이다. 그의 내공의 깊이는 파악조차 하지 못할 정도로 깊었다. 그러나 그뿐이었다. 그의 몸은 조금도 건강해지지 않았다. 아니, 오히려 하루하루 약해지기만 했다. 그는 여전히 매일같이 각혈했고, 그럴 때마다 그는 눈물을 흘리며 중얼거렸다.

"하아… 하아… 내가… 너무 많은 것을 바랬던 것인가… 그저 평범한 소원이거늘……."

신선이 되는 것 따위는 바라지도 않았다. 영원한 삶이나 막강한 권력, 무한한 부 따위는 관심도 없었다. 그저 평범한 삶, 평범한 삶을 원했을 뿐이다. 그러나 그는 그것을 이루지 못했다. 멍멍이, 그러니까 한뫼는 매일 그의 옆에서 그가 뿜어내는 정순한 기운을 받았다. 싸우기 위해 기공을 연마한 게 아닌, 목숨을 위해 기공을 연마하고 게다가 깊은 산속에서 혼자 살아가는 그는 그의 기운을 숨길 필요가 전혀 없었다. 그는 특별히 그의 양기를 잘 갈무리해 두거나 혹은 숨기거나 혹은 단속하거나 하지 않았고, 그래서 그가 마치 태양이 빛을 뿜어내듯 그의 몸에서 뿜어대는 양기는 언제나 상환의 옆에 붙어 다니던 한뫼에게 흘러들었다. 결국 한뫼는 매일같이 그가 도가의 술법으로 얻은 정순한 양기를 자신도 모르게 받은 것이다.

그리고 어느날.

한뫼는 자신이 지성을 가질 수 있게 된 것을 깨달았다…….

"호오, 나랑 비슷하군."

요령이가 중얼거렸다. 이익! 한참 이야기에 집중하고 있는데 예의없게 말야! 나는 요령이의 옆구리를 마구 찔렀고, 녀석은 움찔하더니 말했다.

"아… 음, 한창 이야기하는데 끼어들어서 미안해. 계속해, 계속."

요령이는 순순히 사과했고 그 모습을 이채롭게 바라보던 멍멍이는 궁금하다는 듯, 그러나 지나가는 듯한 말로 물었다.

"너는 어떤 기연을 만나서 입을 열게 되었나?"

"난 마녀의 고양이었어. 그녀의 몸에서 얻은 음기가 나의 지성을 여는 원천이 되었지. 그녀는 네 옛 주인처럼 머리만 잘 돌아가는 녀석과는 비교도 안 될 정도의, 말 그대로 모든 면에서 독보적인 주술사야. 현 마녀협회의 리더인 자가 옛날의 내 주인이지."

그 녀석은 상당히 자랑스러운 듯이 말했고, 그 모습을 바라보던 나는 기가 막힐 수밖에 없었다. 너, 퀴에르 무지 싫다며! 자랑을 하려니까 별게 다 자랑스럽다, 임마.

어쨌든 그런 녀석을 잠시 바라보던 멍멍이는 중얼거렸다.

"나의 주인은 기공술을 연구하기로 마음먹은 지 5년 만에 단 한 번의 내공을 발산하는 공격만으로 바위를 부술 수 있는 정도의 힘을 얻었다. 너희 주인이라면 5년 만에 그 정도의 일이 가능했겠는가? 나는 300년을 살았지만 옛 주인의 힘의 근처에도 미치지 못한다."

"…그… 그건… 그게 인간이야? 하아, 그게 사실이라면 그 자질만큼은 놀라운데? 하지만 퀴에르도 영적인 힘에 천부적인 자질이 있었고, 게다가 지금은 300년을 넘게 살았으니 네 주인을 뛰어넘었을걸."

"흐음, 300년을 넘게 살아온 인간이라면 분명 강하긴 하겠지. 하지만 인간의 능력은 그들의 수명과 크게 연관이 있지는 않을 텐데."

"어쨌든! 마녀협회 회장이라니까? 장 자리는 아무한테나 막 주는 건 줄 알아?"

요령이는 얼굴이 벌겋게 되도록 흥분해서는 소리치듯 말했고, 그런 말다툼을 보고 있던 나는 한심한 생각마저 들었다. 이제 별걸 가지고 다 싸우네 정말. 난 뒷이야기가 궁금하단 말이야.

"흠, 흠! 저기, 멍멍아. 아까 하던 이야기……."

내가 말을 끝내기도 전에 멍멍이는 목에 핏대까지 세워가며 주고받던 요령이와의 대화를 칼같이 중단하고는 말했다.

"죄송합니다, 주인님. 이야기를 계속하겠습니다."

"어, 그래. 무지하게 궁금하다. 계속해 봐."

멍멍이는 내 말에 대답없이 그냥 고개를 끄덕이고는 이야기를 다시 이어 나가기 시작했고, 멍멍이가 이야기를 시작하자 멍멍이와의 대화가 끊어진 뒤에도 계속해서 뭐라고 궁시렁거리던 요령이도 곧 입을 닫고는 멍멍이의 말에 귀를 기울이기 시작했다.

어느 날이었다.

"쿨럭! 쿨럭! 커어어억! 헉! 헉!"

그날도 상환은 역시 한 손으로는 벽을 부여잡고 다른 손으로는 수건으로 입을 가리고는 격렬한 기침을 하고 있었다.

"크억! 크르륵……."

언제나 그렇듯이 속에서부터 끓어오르는 피거품. 그는 피가 폐로 들어가는 것을 막기 위해 더욱 격렬하게 기침을 해댔고, 그가 그렇게 폐를 뒤집을 듯이 기침을 해대며 온몸으로 경련할 때마다 그의 입에서 흐르는 핏방울은 어느새 그의 입을 가린 희디흰 수건과 옷에 붉은 무늬를 그리고 있었다. 그렇게 한참 동안 격한 고통에 시달리던 그는 호흡이 조금 편해지자 피를 닦으며 중얼거렸다.

"한뫼야, 옆에 한뫼 있느냐?"

"……"

"대답하거라, 한뫼야."

"…예."

"역시 대답하는구나. 역시 말을 할 수 있게 되었구나. 그것은 나의 영기를 받아서이냐?"

"그렇다고 생각됩니다."

가장 절친한 친구끼리의 첫 대화치고는 너무나도 평범한 대화였다. 그러나 오랜 친구였던 그들은 이미 옛날부터, 아니, 어쩌면 그들이 처음 만났던 날부터 마음으로 많은 대화를 나누고 서로를 의지해 왔기에 말로써 하는 대화라고 특별한 의미를 두거나 하지는 않는 듯했다.

"한뫼야."

"예, 주인님."

"나는 언제나 너를 아꼈다. 알고 있느냐?"

"저는 주인님이 저를 얼마나 소중히 여기셨는지 잘 알고 있습니다."

"그래. 그리고 너 또한 나를 끔찍이도 위해줬지. 내 인생의 대부분의 나날 동안 내 곁에는 오직 너밖에 없었다. 내 유일한 벗이며 내 인생의 버팀목이 돼준 건 오직 너뿐이었다."

"……."

"한뫼야."

"예."

"너는 나 같은, 자신의 몸조차 주체하지 못하는 병신을 주인으로 둔 것을 후회하느냐?"

한뫼는 고개를 가로저었다.

"주인님을 만난 것을 감사하게 생각합니다."

"고맙구나… 나 또한 하늘이 내게 너를 보내준 것을 하늘이 나에게 준 수많은 운명 중 유일하게 감사하고 있다."

"주인님."

"왜 그러느냐?"

"자학하지 마십시오. 주인님은 남보다……."

"남보다 뛰어난 재능이 있다고 하려 하느냐? 하하하하하! 쿨럭, 쿨럭… 하하하!"

그는 웃었다. 격한 웃음으로 인해 호흡이 흐트러져 다시 각혈이 시작되었고, 그래서 피가 그의 옷과 온 벽을 붉게 물들였지만 그는 별로 개의치 않는 듯했다. 그는 중얼거렸다.

"이까짓 재능… 개나 줘버리라지. 가장 천대받는 백정도 나보다는 보람찬 인생을 살 것이다. 제기랄, 천능이 있으면 뭘 하느냐! 쿨럭, 쿨럭……."

"무리하지 마십시오, 주인님. 몸을 아끼셔야……."

"아낀다고 뭐가 나아지느냐. 쿨럭, 으음, 이깟 피야 닦으면 그만이지. 어쨌든 나는 지금 무척 후회하고 있다. 제기랄, 내 인생은 왜 이다지도 허무하단 말이냐. 난 내 운명을 알았을 때 조정으로 나아가야

했다.”

“…뭐라고… 하셨습니까?”

“빌어먹을. 오늘에야… 깨달은 것이다.”

“무엇입니까?”

한뫼의 말에 상환은 아무런 대꾸없이 먼 산을 바라보며 독백하듯 씁쓸하게 읊조리기 시작했다.

“하아, 인생은 왜 이다지도 허무하냔 말이다. 제기랄, 그리고 인간은 왜 이리 아둔하단 말이냐! 특히 나란 인간은 저 높은 하늘 아래 홀로 잔머리가 돌아가는 줄 알고 사람들을 내려다보는, 그러나 사실은 그들보다 훨씬 못난 바보 같은 존재였느니라. 제기랄! 하늘 아래 고작 몸이 좀 약하다고, 고작 각혈 조금 한다고, 수명이 좀 짧다고 세상의 모든 비극은 나 혼자 모두 짊어진 듯이 매일같이 고뇌했지! 사실 나는 행운아였음에도 말이다! 사대부의 집안에 태어나서 먹을 것, 입을 것 모두 부족한 것 없이 원하는 것은 모두 손에 쥘 수 있는 풍족한 집안에 태어나서 고작 한다는 짓이 산속에 처박혀 매일매일 삶이라는 하늘 같은 고통조차 묵묵히 견뎌내고 미소 짓는 사람들을 질투하며 내 인생의 쌀알만한 비극을 고뇌한 것뿐이 아니었는가! 도대체 고뇌해서 뭐가 달라졌단 말인가, 이 머저리 같은 녀석아! 상환아! 살려고 아등바등해서 나아지는 게 뭐였단 말이냐! 상환아, 상환아! 결국 하늘에서 내려준 천능을 받고도 네가 이룬 것은 무엇이란 말이냐―! 이 멍청한 이, 인간… 쿨럭, 쿨럭―!”

말하면 말할수록 자조적이던 그의 목소리는 점점 격분한 목소리로 바뀌어갔고 흥분을 이기지 못한 그는 결국 입에서 다시 피거품을 끓어 올렸다.

"그르르륵……."

한뫼는 깜짝 놀라서 급히 그에게 다가갔고, 피로 인해 붉게 물든 소맷자락으로 다시 피를 스윽 닦은 상환은 손을 내저어 괜찮다는 표시를 한 뒤 휘청이며 말했다.

"으음, 괜찮느니라. 그냥 거기 있거라. 걱정해 주는 건 고맙지만 정말 이제 조금 낫구나. 쿨럭, 쿨럭… 헉, 헉. 어쨌든 내가 가진 건 이제 이 쓰잘데기없는 능력뿐이지."

이상환은 장을 쭉 뻗었다. 그리고 잠시 후 멀찌감치 있던 바위가 쩡 하는 소리와 함께 부서져 버렸다. 이상환은 고개를 설레설레 저었다.

"기공을 연마한 덕분에 네 말문이 트인 것 하나는 맘에 드는구나. 하지만 그것뿐이지. 쿨럭, 쿨럭. 아까 내가 '난 내 운명을 알았을 때 조정으로 가야 했었다'고 했었지?"

한뫼는 고개를 끄덕였다.

"그렇습니다."

"하아, 말하다가 격한 감정을 못 이기고 내 넋두리만 늘어놓았구나. 허허, 미안하게 됐구나."

"아닙니다."

한뫼는 조금 고개를 숙여 괜찮다는 표시를 해 보였고 그런 그의 모습에 상환은 미소를 지으며 말을 이었다.

"내가 조정에 나갔어야 한다는 이유는 지극히 단순하다. 천능을 받았다면, 그리고 그 운명의 시한까지도 알았다면 그것을 비극으로 생각하지 말고 하늘에서 나에게 천능을 알려주고 게다가 그 능력을 적절히 사용할 수 있는 때까지 알려준 것이라고 좋게 생각해서 나의 조그마한 능력, 즉 머리를 조선의 만민들을 위해 사용했어야 했다는 것이다. 그러나 나는 이런 능력을 주고 수명은 주지 않은 하늘을 그저 원망하고 하늘의 이치에 역행하려고만 했었다. 멍청한 짓이었지. 무엇인가를 하나 준다면 당연히 무엇인가를 하나 빼앗아야 하고, 그래서 하늘은 나에게 지혜를 주고 대신 수명을 가져간 것이다. 물론 비록 내가 원한 것은 아니었지만 그건 당연한 것이고, 내가 가장 잘 아는 이치 아니었던가. 차라리 수명을 늘리려는 것을 포기하고, 이런 쓸모도 없고 파괴만 해대는 힘 따위 기를 생각은 포기하고 조정으로 나갔으면, 그랬다면 조선을 청나라조차 부러워할 나라로 뒤바꿔 놓을 수 있었을 텐데… 허억, 허억, 결국 선택의 실수는 이렇게 나에게 아무런 인생의 결실을 주지 않고 이제 허무하게 나의 능력을 거두어가려고 하는구나… 결실있는 삶을 살았더라면, 최선을 다하며 살았더라면……."

"주인님은 최선을 다하셨습니다. 주인님의 권능은 그 결실입니다. 후회하지 마십시오. 주인님은, 정말로 다른 사람은 비교도 되지 않는 노력으로 최선을 다하며 사셨습니다. 만약 주인님이 조정으로 가려는 길을 선택했다 하더라도 주인님은 여전히 목숨을 연장하려는 시도를 하지도 않고 포기해 버린 것에 대한 미련을 가지실 겁니다. 모든 삶을 다 살 수는 없고, 주인님은 주인님의 선택에 대해 할 수 있는 모든 것을 다 하셨습니다."

"하하! 역시 내 개로구나. 어떻게든 나를 위로하려고 노력하는구나. 그래, 네 말이 맞다. 나는 최선을 다했지. 단지 헛된 노력이었다는 점이 씁쓸하지만 말이다. 조정에 나갔다면, 최소한 내가 하는 행동이 아무런 결과도 가져다 주지 않는 일은 없었을 것이다. 아니, 조정에 나가는 것처럼 큰일을 할 필요도 없이 집에만 남아 있었어도 매일같이 조선을 일으키고자 밤을 새시며 고민하시는 아버님을 조금이라도 도울 수 있었겠지. 그것은 인생의 보람이 될 수 있었을 것이야."

"주인님……."

한뫼는 잘못된 선택으로 인해 후회하는 불쌍한 자신의 주인을 위로하기 위해 무언가를 말하려 했지만 이상환의 말은 끝난 게 아니었고, 그래서 한뫼는 자신의 말을 끊었다.

"한뫼야. 나의 개이고, 나와 마음을 나누니 알 수 있겠지. 맞춰보아라. 나는 갑자기 오늘 인생에 대한 후회가 주체할 수 없을 정도로 밀려오는 것을 느꼈다. 내가 왜 갑자기 후회하는지는 알겠느냐?"

한뫼는,

"……."

짐작했지만 대답하지 않았다. 그리고 애써 입을 다무는 한뫼의 모습을 보며 상환은 슬픈 미소를 지으며 말했다.

"대답이 없지만 눈빛을 보니 어느 정도 짐작이 가는가 보구나. 동물은 사람보다 눈빛이 맑아. 마음을 숨길 수가 없지. 그렇다. 네 짐작이 맞다."

"……."

"이제 곧 나는 죽는다."

한뫼는 고개를 들어 상환에게 애원하듯 말했다.

"주인님, 그렇게 좌절하지 마십시오. 주인님의 수명은 아직 남아 있을 것입니다. 지성이면 감천이라 했습니다. 주인님은 지성을 다했으니 하늘이 주인님의 소원을 들어주지 않을 리 없습니다."

"그래? 하하하하하……."

상환은 맑게 웃더니 한뫼의 말에 대답했다.

"하늘은 소원을 들어주었을 때 모두가 이로워지는 소원만을 들어준다. 나같이 수명을 몇 년 더 늘여줘 봤자 무기력하게 다가오지도 않은 죽음만을 보고 발버둥칠, 아무 짝에도 쓸모없는 인간을 살려줄 리가 없지 않느냐?"

"하지만……."

"그만. 나는 이미 죽음을 느꼈다. 내 너에게 마지막으로 유언을 남기고 싶구나."

"…무엇입니까……."

"내가 죽는 순간, 나를 버려라."

"그게 무슨 말씀이십니까? 아둔한 저로서는 주인님의 명령이 이해가 가지 않습니다……."

"이해할 수 있음을 억지로 숨기지 마라. 얼굴에 써 있구나. 하하, 내 말에 놀라 얼굴을 쓰다듬을 필요는 없다. 어쨌든 말 그대로이다. 휴우, 하하, 죽을 때가 되니까 호흡도 편해지는구나. 웃어도 아무렇지 않은 걸 보니. 어쨌든 나는 내가 죽은 뒤 나를 버리라고 했다."

상환은 억지로 밝게 말했고 한뫼는 그런 주인의 모습을 보면서 상환의 말뜻을 '알지만 모르는 척' 다시 되물었다.

"그게 무슨……."

"나를 버리란 말이다! 내가 죽는 순간 나는 더 이상 네 주인이 아니니 네가 갈 길을 찾아서 떠나란 말이다!"

한뫼가 이미 자신의 마음을 꿰뚫어 보고 있음을 아는 상환은 벌럭 화를 내었다.

"……."

내가 어떤 마음을 먹고 있는지 알고 계셨군. 이제야 주인이 이미 자신의 생각을 눈치 챘다는 것을 깨달은 한뫼는 말없이 고개를 가로저었다.

"다시 말하지만, 내가 죽는 순간 나는 더 이상 너의 주인이 아니다."

"하지만 주인님, 제가 할 수 있는 데까지 주인님의 곁에 있는 것이 제 임무이고, 저는 그것에서 무한한 기쁨을 느낍니다. 그러니 제가 주인님의 곁에 있는 걸 허락해 주십시오. 주인님께서 그런 부탁을 하신다 하더라도……."

"이것이 친구로서의 부탁인 줄 아는가? 이것은 너의 주인의 절대 명령이다."

절대 명령. 한뫼는 순간 숨이 막혀오는 것을 느꼈다. 한뫼의 본능이 그에게 외치고 있었다. 복종하라!

"……."

"알겠느냐?"

복종하라!

"…예, 알겠습니다……."

"너에게 나의 임종을 지켜볼 권리는 네 자유로써 할 수 있도록 주겠다. 그러나 내가 죽는 순간부터는 네가 나의 곁에 있으려는 그 어떤 행위도 허락할 수 없다. 내가 죽는 순간 너에게 더 이상 주인은 없으며 이곳을 떠나라는 나의 마지막 명령만이 너에 대한 구속으로 남는다. 이해했느냐?"

"…예, 이해했습니다……."

"그렇다면 좋다. 묻노니, 명령에 따르겠느냐?"

한뫼는 대답이 없었고, 상환은 그런 한뫼에게 대답을 재촉하듯 다시 물었다.

"나의 명령에 따르겠느냐?"

한뫼는 슬픈 눈으로 잠시 그의 주인이자 오랜 벗이며 그에게 '깨인 세상'을 준 은인이었던 상환을 바라보다가, 다시 그의 어깨 너머의 먼 산을 바라보고는 마침내 마음을 가다듬고는 조용히 대답했다.

"주인님의 명령을 거절할 권리 따윈 제게 없습니다. 주인님의 명령을… 따르겠… 습니다……."

한뫼는 애써 담담한 목소리로 대답했고, 그런 그를 바라보던 상환은 통쾌하게 웃더니 말했다.

"으하하하! 그래야지. 주인 말을 잘 들어야 착한 개지. 내가 이 명령을 내리지 않았으면 너는 틀림없이 굶어 죽을 때까지 여기에 앉아서 밤낮으로 울부짖기만 했을 것이다. 그래서는 안 되지. 그것은 내 유일한 벗을 내 손으로 죽이는 것이나 마찬가지인 것이니. 죽을 병신은 죽고 살 개는 살아야지. 내가 죽으면 너는 당장 이곳을 떠나라. 그리고 선택받지 말고 네 손으로 직접 주인을 선택하거라. 너를 잘 보살펴 주고 너를 위할 것 같은 주인을. 알았느냐?"

"예."

"하하하하하! 좋아, 아주 좋아! 그래도 죽는 순간에 가장 큰 짐을 덜었으니 마음 편하게 갈 수는 있겠구나. 하하하!"

한참을 박장대소하고 웃던 그는 그렇게 배를 잡고 뒹굴다가 가부좌로 자세를 고치고는 숨을 크게 들이쉬며 주저앉았다.

그의 입은 계속해서 싱글벙글대고 있었다. 아니, 파안대소하고 있었다.

"하하하하, 하아, 하아, 정말 이렇게 유쾌하게 웃을 수 있는 날이 내 인생에 올 줄은 몰랐다. 사람이 죽기 직전이 되면 심신이 편해진다고 하더니 그 말이 사실인가 보구나. 숨을 쉬는 것이 이렇게 즐거운 것이었다니, 이렇게 편하게 공기를 들이킬 수 있다니… 후으읍, 하아아! 정말 공기는 달구나. 숨을 쉰다는 것만으로도 이렇게 즐거울 수 있다는 것을 죽기 직전에야 깨닫다니, 나는 정말 멍청하군. 정말 멍청해… 주위를 둘러봐도 온통 아름다운 것들뿐이로구나. 저 산, 저 나무, 저 푸른 잎새와 지저귀는 새들, 저 굳건한 바위와 상쾌한 바람… 이제야 깨닫다니, 나는 아둔했구나. 한뫼야, 세상은 정말 아름답다……."

상환은 여전히 웃고 있었다. 눈으로 눈물을 흘리며.

"세상은… 아름다운데… 이제야 알겠는데… 이제야… 이제야 벗과 이야기를 나눌 수 있게 되었는데… 이제야… 이제야… 내가 했어야 할 일을 깨달았는데……."

그는 슬픔과 절망을 주체하지 못하고 결국 울음을 터뜨리고 말았다. 그의 입은 더 이상 웃고 있지 않았다.

"흐윽, 흐윽, 죽고 싶지 않아. 죽고 싶지 않아! 이미 모든 것을 정리하고, 내 벗에게 가장 좋은, 흐으윽, 가장 좋은 길을 정해주었는데, 더 이상 남길 것 따위는 없는데, 흐으윽, 흐으윽! 하지만, 하지만! 이제 겨우 한뫼와 이야기를 나눌 수 있게 되었는데! 흐으으윽! 죽고, 죽고 싶지 않아! 이제야 겨우 내가 할 일을 찾았는데. 흑! 이제야 겨우, 세상이, 흑! 세상이 아름답다는 것을, 깨달았는데, 세상은 이토록 아름다운데… 나는, 나는… 흐으으윽, 난, 난, 죽고 싶지 않아! 결국 좌절과 후회만을 남기고 떠나야 한다는 게, 나라는 인간이 이렇게 허무하게 사라져 버린다는 게, 끄윽, 끄으윽, 흐으윽! 너무, 너무 두렵단 말이다! 한뫼야!"

"예, 주인님……."

"죽고 싶지 않다… 죽고 싶지 않아!"

"……."

"대답을 해라! 너의 주인은 더 살 수 있다고, 아까처럼 나를 위로해 달란 말이다! 한뢰야! 나는 죽고 싶지 않다! 죽고 싶지 않다고 말했다! 더 살 수 있다고, 아직 주인은 후회를 덮어버릴 수 있는 인생이 많이 남아 있다고, 희망을 잃지 말라고 말해! 어서 나를 위로하란 말이다! 말하지 못하겠느냐! 더 살 수 있다고 말하란 말이다! 어서! 흑흑흑……."

상환은 결국 울부짖었고, 한뢰는 고개를 떨구었다.

다음날, 상환은 목욕재계하고 백색 도포와 갓으로 의복제례한 뒤 조용히 책을 낭독하며 죽음을 기다렸고 결국 책을 다 읽지 못한 채 눈을 감고야 말았다.

최후까지 그를 괴롭히던 고통은 죽음 직전에 완전히 사라졌고 상환은 그래서 마지막 순간에 잠시나마 행복했다.

그리고 한뢰는 상환의 낭독 소리가 점차 작아지다가 사라지는 순간 온 산이 울리도록 크고 구슬프게 한번 울부짖고는 주인에게 절을 한 뒤 그곳을 떠났다.

이야기에 취해서 한참 동안 입조차 열지 못했던 나는 이윽고 간신히 정신을 차리고 물었다.

"…끝이냐?"

"예. 전 그날로 옛 주인이 계신, 아니, 계셨던 산을 떠났고 그 뒤로 조선 팔도를 이곳저곳 떠돌며 몇 명의 주인들을 더 만났지요. 하지만 결국 인연이 아니었는지 어찌어찌하다가 이곳까지 오게 되었습니다. 그리고 얼마 전인가부터 제가 살던 산이 신도시로 개발되는 바람에 사라져서 도심으로 내려와 하루하루를 힘겹게 살아가다가 죽기 직전이 되어버린 것을 주인님이 구해주신 것입니다……."

나는 감동해 버린 얼굴로 말했다.

"아아, 누구누구의 음침하고 어두운 탈출기와는 너무도 다른 감동적이고 슬픈 이야기야. 멍멍아, 진짜 눈물이 다 나려고 한다!"

"그 누구누구가 누군데?"

요령이는 앙칼진 목소리로 나를 노려보며 물었고, 나는 그 물음에 괜히 주위를 둘러보며 딴청을 부렸다. 그럼 여기에 나와 멍멍이 빼면 또 누가 있냐? 설마 내가 음침하고 어두운 탈출의 기억을 가지고 있겠냐?

녀석도 내가 자신을 가리켰다는 것을 알면서 자기가 '왜 가만히 있는 나는 걸고 넘어지고 그래?'라고 말하면 내가 '어? 널 두고 이야기한 것 아닌데, 찔리냐?'라고 대답해 버릴까 봐 '그 누구누구가 누군데?'라고 우회적으로 물어본 것이다. 약삭빠르긴. 하지만 내가 이런 질문에 '어, 너야' 하고 대답하겠냐? 그렇게 말하면 그 결과가 어떻게 돌아올지는 뻔한데. 이런 질문은 그냥 은근슬쩍 넘어가 버리는 게 제일이지.

"야, 그래서 네 옛 주인은 결국 죽은 거야?"

"…그렇습니다."

에구. 아참, 말을 돌리자고 이런 질문이나 하다니 나도 주책이지. 그 녀석에게 옛 주인에 대한 걸 물어보다니… 그때의 기억을 떠올리는 녀석은 무지 슬플 텐데 말야. 더구나 이미 멍멍이는 자신의 입으로 자신의 주인이 죽었다고 내게 말했고 말야. 아무리 물어볼 게 없어도 이런 걸 물어보다니. 반성, 반성.

"그래, 그렇구나. 그럼… 흐음."

물어볼 것은 많은데 할 말이 없다. 난 아직 인생 경험이 짧고, 그래서 아직 내 인생에서는 저 녀석이 겪은 것처럼 가장 좋은 친구를 잃는 비극 따위는 없었다고. 이런 분위기에는 뭐라고 말해야 하나? 분위기는 어느새 죽음이라는 주제 때문에 무거워져 있는데 말야. 위로를 하라고? 아무것도 모르는 내가 뭘 위로를 할 수 있지? 그래서 나는 그저 묵묵히 그 녀석을 바라봐 주기만 했다. 그리고 멍멍이는 나의 눈빛에 슬픈 표정을 하며 고개를 약간 숙였고, 그 모습을 바라보던 요령이 말했다.

"누구냐니까앗!"

"으아악, 깜짝이야! 어이구! 나다, 나! 됐냐? 됐어? 넌 분위기 파악도 못하냐? 젠장, 하여튼 꼬투리를 한번 잡았다 하면……."

나는 짜증을 팍팍 내면서 중얼거렸고 녀석은 이겼다는 마음에 좋아서 웃으면서도 약간은 나에게 미안했는지 얼굴에 억지스러운 미소를 지으며 헤헤거렸다. 자식, 또 그렇게 웃으면 내가 짜증을 못 내겠잖아. 웃지 마, 임마. 정들어.

흐음, 생각해 보니 방금 전까지 실컷 시달림당해 놓고 또 이게 무슨 반응이람? 참.

어쨌든 그렇게 멍멍이의 이야기가 끝나고 잠시 대화를 나눈 우리는 마땅한 화두가 없어서인지 침묵 속으로 빠져들었고, 나 또한 내 생각 속으로 빠져들어 갔다. 흐음, 저 녀석의 이야기, 정말 놀라운데. 그런 기인이 살고 있었다니. 그것도 우리 나라에 말야. 손바람으로 바위를 깨어버리는 사람이라. 참 우스워. 이름이… 상환이라고 했던가? 멍멍이를 보고 한뫼라고 불렀다지.

으응? 그러고 보니 저 녀석은 사실 이름이 있는 거잖아? 그런데 내가 왜 멍멍이라고 불렀지? 저 녀석은 엄연히 이름이 있는데. 음, 그거야… 처음에 멍멍이가 자신이 말을 할 수 있다는 것을 숨겼으니까 그렇지. 그건 그렇고 그럼 이제부터는 한뫼라고 불러야 하나? 음… 역시 모르겠다! 아무래도 멍멍이와 이야기를 좀 더 해봐야겠는걸.

"저, 멍멍아……."

"맞아! 멍멍이, 너!"

내가 조심스레 나처럼 무엇인지 모를 생각에 깊이 빠져 있던 멍멍이를 불렀을 때 요령이가 갑자기 뭔가 번뜩 생각이 난 듯 외쳤다. 쳇, 하필이면 내가 말할 때… 하지만 뭐, 녀석이 뭐라고 말할지 궁금하기도 하니 일단 녀석이 하는 말을 들어볼까? 내가 하려는 말이야 천천히 말해도 되니까.

"왜 날 부르는가, 요사한 고양이여."

멍멍이의 말에 요령이는 대답 대신 손가락을 하나 들어 올려서 까딱거리며 말했다.

"일단 내 이름은 아까도 말했듯이 요령이야."

"네 이름을 불러줄 의무 따위는 없다."

요령이는 멍멍이의 대답에 화를 내는 대신 묘한 미소를 지었다.

"네 주인이 인정한 이름인데도?"

"왜 불렀는가, 요령이."

하, 저렇게 아무 망설임 없이 태도가 바로 바뀌어 버리네. 참, 어떻게 보면 정말로 충성심이 넘쳐 보여서 기분이 좋긴 한데 어떻게 보면 바보 같고…….

"호호, 좋아. 멍청이 멍멍이 씨, 묻겠어."

"물어라."

"꽉! 물었다. 야옹. 호호! 농담이고 개를 물면 고양이는 바로 되물려 죽겠지? 어쨌든. 아까 우리가 왜 싸웠지?"

요령이는 드러누워서 두 손으로 턱을 괴고는 양쪽 다리를 번갈아 까닥거리면서 얼굴에는 편안한 미소를 지은 채 멍멍이의 턱밑 쪽을 올려다보며 물었다. 저렇게 누우니까 길고 늘씬해서 보기는 좋은데, 진짜 방이 너무 좁아진다. 쳇. 잘 때도 아닌데 왜 눕고 난리야. 그것도 멍멍이를 그렇게 싫어하면서 멍멍이의 턱을 올려다보는 각도로 말야. 뭐, 나야 요령이의 옆쪽에 있어서 요령이가 눕는다고 뭐 갑자기 실제로 공간이 비좁아진다거나 벽 쪽으로 밀려난다거나 하는 것은 없지만, 그래도 보이기에 좁아 보이면 답답하거든.

어쨌든 멍멍이는 요령이의 질문에 정말 한심하다는 표정으로 대답했다.

"네가 나의 정체를 의심해서이다."

"그래? 그렇지? 내가 네 정체를 의심해서 네 목을 잡고 그대로 벽에 찍어버렸지. 그리고 너는 그런 나를 기를 운용해서 퉁긴 다음 너를 의심하는 나와 영준이 녀석의 불안을 해소시켜 주기 위해 너의 과거를 말해 주었고. 내 말이 맞지?"

"아니다. 주인이 나보고 나의 과거가 궁금하다고 했기에 그 이야기를 들려 드린 것일 뿐이다. 왜, 무슨 문제라도 있는가?"

그 순간 요령이는 눈 깜짝할 사이에 턱을 괴었던 손으로 땅을 박차고 벌떡 일어서면서 손을 칼날처럼 날카롭게 펴서 멍멍이의 턱 아래에 갖다 댔다. 정말 전광석화라는 말이 아깝지 않을 정도의 속도였고, 그래서 멍멍이는 그 순간적인 기습에 어떠한 저항도 하지 못한 채 몸이 굳어버렸다. 그리고 나는 이제야 왜 요령이가 멍멍이의 턱을 바라보며 누워 있었는지 알 수 있었다. 그녀는 처음부터 수틀리면 치고 들어가겠다는 생각으로 그녀의 목표가 될 멍멍이의 목만을 노려보고 있었던 것이다. 그리고 요령이가 이렇게 갑자기 기습할 것이라고는 전혀 생각하지 못했을 게 분명한 멍멍이는 마음을 놓은 채 어떠한 주의도 기울이지 않았고, 그래서 요령이의 기습적인 공격을 피하지 못한 것이다. 정말 약삭빠르군. 계속해서 입으로는 평화롭게 미소 짓고 가끔씩 시답잖은 농담까지 중얼거리면서도 눈으로는 자신의 손의 목표가 될 목만을 노려보고 있었다니. 나는 요령이를 질린 눈으로 바라보았다. 그녀의 입술은 여전히 미소를 그리고 있었지만, 그리고 그 눈은 여전히 웃고 있었지만 그 느낌은 더 이상 평화로움이 아니었다. '차가움' 이었다.

요령이는 멍멍이의 목에 손을 들이대자마자 재빠르게 뭐라고 중얼거렸고, 그러자 그녀가 멍멍이의 목에 가져다 댄 손에서 날카로워 보이는 푸른 빛이 일렁였다. 그리고 요령이는 그렇게 손끝으로 멍멍이를 위협하며 자신의 눈빛과 미소처럼 차갑게 말했다.

"문제가 있냐고? 문제가 많아. 아주 많다고. 호호."

"이 손 치워라."

멍멍이는 무덤덤한 목소리로 말했고, 멍멍이의 말에 요령이는 깔깔대며 웃었다.

"'이 손 치워라', 치우라고? 호호호호! 그렇게는 못하겠는걸? 이게 어떻게 잡은 네 목인데 도로 순순히 손을 치워줄 수 있겠니? 호호, 설마 네 녀석도 네가 한 말을 내가 들어주리라고 순진하게 생각한 건 아니겠지? 그냥 예의상 한 말이라고 생각할게. 경찰이 도둑한테 서라고 하듯이 말야. 그렇다면 미안하게도 못 치우겠어. 세상은 그리 만만한 게 아니거든? 경찰이 서라고 한다고 서는 미친 도둑은 없지. 그 대신 손을 치우라는 네 말에 대한 대답은 할 수 있지. 내 대답은 이거야."

"뭔가."

"조금이라도 움직이거나 기를 운용하면 그대로 찔러 버린다."

요령이는 손을 치우라는 지극히 당연한 멍멍이의 말에 싸늘한 목소리로 무시무시한 대답을 했고, 그래서 나는 그 말을 들은 멍멍이의 몸이 움찔하고 굳어버리는 것을 볼 수 있었다.

"손 안 치울 텐가?"

"안 치워. 내가 원하는 질문에 대한 대답을 할 때까진. 아참, 아까처럼 영기로 퉁겨 버리려고 하지는 않는 게 좋을 거야. 네 몸의 어떤 곳에서든 기가 뭉치기 시작하는 게 느껴지면 난 곧장 찌를 테니. 그래도 하고 싶다면 어디 해봐. 나는 네 몸에 온 주의를 기울이고 있으니까. 내 감각을 피해서 기를 모을 자신이 있으면 해보라구. 경고할 생각은 있지만 바보 짓 하는 것까지 말릴 생각은 없으니, 네가 기를 모으려고 한다면 난 말리지 않고 찌르겠어. 그러니 자신있으면 마음대로 해봐."

"…주인님이 시키시지 않는다면 군이 쓸데없는 일에 목숨을 걸거나 하고 싶은 생각은 없다. 하지 않는다."

"좋아. 아주 똑똑하군? 호호, 최소한 무모하지는 않네. 어쨌든, 그럼 이제 넌 내가 묻는 말에 대답만 하면 되는 거야. 알았어? 참고로 조금이라도 거짓이라고 생각되면 찔러 버리겠어."

"…날카롭군. 질문이 무엇인가?"

아니, 도대체 저 녀석들이 뭐 하는 거야? 특히 요령이 너, 지금 멍멍이한테 뭐 하는 짓이야? 아까는 벽에다 찍어버리더니, 이제는 손칼을 목에 들이대네? 무슨 상황인지는 잘 정리가 되지 않아서 모르겠지만 한 가지만은 알 것 같다.

요령이를 말려야 해.

"야! 요령아! 뭐 하는 짓이야! 손 치워!"

물론 이번에는 멍멍이가 진짜로 빠져나가려 할까 봐 '멍멍아! 빠져나가!' 등의 말은 하지 않았다. 내 말에 멍멍이가 섣불리 움직였다 자칫 잘못하면 찔리겠지.

"이 멍청아! 조용히 하고 넌 옆에서 내가 뭘 하는지 지켜보기나 해!"

요령이는 화를 버럭 냈고 그래서 나는 아무 짓도 하지 않겠다는 제스처로 털썩 주저앉아서 한 손으로 턱을 괴고는 다른 손으로는 손가락 마디로 방바닥을 두들기며 요령이가 뭘 하는지 지켜보기로 했다. 무언가 생각이 있어서 저러는 거겠지. 설마, 찌를까? 에이, 그래도 요령이도 착한 앤데, 멍멍이를 해치려고 저러는 건 아니겠지. 그러려면 그냥 말이 필요없이 찔렀을 테니. 뭔가 생각이 있어서 저러는 걸 거야. 그냥 지켜보자.

내가 결심하고 입을 다물자 요령이도 내 생각을 눈치 챘는지 차가운 표정을 짓는 와중에서도 나를 향해 슬쩍 웃어주었다. 물론 곧 다시 차가운 얼굴로 표정을 싸악 바꾸고는 멍멍이를 노려봤지만. 자식, 자꾸 웃지 말라니까 그러네. 정든대도.

차가운 표정의 요령이는 옆 무릎을 하고 앉아서 멍멍이의 턱 밑에 마치 칼처럼 날카롭게 빛나는 손을 드리워 놓고 멍멍이를 마주 보는 채로 물었다.

"너, 뭐야?"

"뭐 말인가."

"그런 신파극스러운 이야기를 하면 누가 울고 짜면서 넘어가 줄줄 알았나 보지? 하, 미안하지만 그 이야기에 넘어가 모든 걸 잊어버린 상대의 목록에서 난 좀 빼줘."

"무슨 소리인가? 내 이야기는 모두 사실이다. 그리고 뭘 잊어버린단 말인가?"

"하, 자꾸 모르는 척할래?"

"뭘 말인가!"

마침내 멍멍이가 답답했는지 버럭 언성을 높였고 그 모습에 요령이도 목소리를 날카롭게 올렸다.

"알면서 모르는 척하는 거야, 몰라서 모르는 거야? 너, 질문이랑 대답이 잘못되었잖아? 아니지, 너 이 자식, 네 말대로 영준이가 너의 과거를 궁금해하길래 네 이야기를 한 것이라면, 너는 아예 내 질문에는 대답조차 하지 않은 거야!"

"무슨 질문을 했다는 건가?"

"너의 정체를 묻는 질문을 말하는 거다, 이 멍청한 자식아!"

요령이는 마침내 분을 이기지 못하고 빼액 소리 질렀다. 그리고 요령이의 말에 멍멍이는 황당하다는 듯이 고개까지 까닥거리며 대답했다.

"정체라, 정체라. 도대체 그 따위로 물으면 내가 뭐라고 대답하라는 건가? 내 정체를 물으면 뭐라고 대답하란 말인가? 내 300년 인생을 구구절절이 읊어야 하는가?"

그리고 멍멍이의 질문에 요령이는 기가 막히다는 듯이 마구 웃더니 톡 쏘듯이 대답했다.

"호호호호호! 뚫린 입이라고 잘도 말하는군. 그리고 목에 아직 칼 들어가 있으니까 그 고개 좀 까닥이지 말아줄래? 잘못 목 돌렸다가 괜히 베여서 나한테 피난다고 불평하지 말고 말야. 어쨌든, 네가 그 따위로 나온다면 질문을 바꾸지. 새 질문을 할 테니 대답해."

"새 질문은 무엇인가?"

"네 녀석은 왜 구태여 너의 능력을 숨겼지?"

잠시 침묵. 어, 그러고 보니 이상하네. 멍멍이는 왜 자신이 말을 할 수 있다는 것을 밝히지 않았지? 나는 멍멍이를 바라보았다. 그런데 그 녀석은 무언가가 심히 의문스럽다는 눈빛이었다. 그 녀석은 그런 눈빛으로 요령이를 바라보다가 이윽고 입을 열었다.

"도대체 뭘 두려워하는 것인가? 왜 아무것도 아닌 일로 나를 몰아붙이는가?"

"자꾸 말 돌리지 말고 묻는 말에나 답해. 왜 네 능력을 숨겼어?"

요령이는 날카롭게 쏘아붙였고 멍멍이는 질문에 대한 대답 대신 계속해서 의문스럽다는 내용의 이야기만 늘어놓고 있었다.

"방금 전에도 석연치 않은 상황이 있었다. 너는 내가 영력을 가졌다는 것을 알아차리자마자 다짜고짜 나를 공격했지. 그렇다. 나는 힘을 숨겼다. 하지만 그것이 당연한 것 아닌가? 자신이 영력을 지니고 있다는 것을 떠벌리고 다니는 자가 어디 있는가? 그것이 사람이든 동물이든."

"난 떠벌리고 다녔어. 그러니 말해! 왜 네가 능력이 있다는 것을 숨겼어?"

어? 그러고 보니 요령이는 자신이 능력이 있다는 것을 숨기지 않고 나에게 말했었지. 하지만 그건 저 녀석의 성격이 워낙 특이하니까 그런 거지. 보통이라면 숨기는 게 당연한 거 아닌가?

"고작 그것 때문에 나를 의심하는 건가? 내가 힘을 숨기고 들어왔다는 것 때문에? 그것 때문에 내가 너나 주인님을 해코지하러 왔다고 의심하는 것이냔 말이다. 한마디로 내가 무슨 꿍꿍이가 있어서 힘을 숨겼다고 생각하는 것 아닌가?"

멍멍이의 계속된 역추궁에 요령이는 계속 입에 띠고 있던 냉소를 천천히 접으며 대답했다.

"나름대로 정확한 분석 칭찬해 줄게. 틀린 점이 있다면, 네 녀석이 해칠지도 모른다고 생각하는 상대는 네가 언급한 둘 중 '나' 뿐이지. 네가 나를 해코지하거나 감시하려고 온 게 아닌가 하고 의심하고 있는 거야. 나 친절하지? 이런 것까지 설명해 주고. 호호호! 그러니 말해, 이제! 슬슬 너와의 말장난이 지겨워지려고 하니까. 손에 힘 주고 있는 것도 이제 지겨워. 베어버리고 끝내고 싶지만 내 성인군자 같은 자제심으로 참는 거니까 말해. 네 힘을 왜 숨겼지? 도대체 네 정체가 뭐야?"

"무엇을 두려워하는가. 왜 이리 초조한 듯이 구는가?"

멍멍이는 의문이 가득한 표정으로 물었다. 그래, 나도 그게 궁금해! 정말 가만히 둘이 하는 짓을 구경이나 하자는 심산으로 한 발짝 뒤로 물러나긴 했지만 요령이의 저 불안하고 초조한 태도를 보자면 도저히 끼어들지 않을 수 없단 말야. 난 큰 소리로 요령이를 불렀다.

"요령아! 야!"

"짜증나게 왜 부르는 거야!"

요령이는 소리를 빼액 질렀다. 아니, 이게 짜증날 일인가? 나는 순간 발끈했으나 저 녀석의 현재 심리 상태가 이상하기 때문에 그런 것이라 생각하고 치밀어 오르는 화를 가라앉힌 뒤 다시 요령이에게 달래듯 말했다. 내가 바라보고 있는 요령이는 무언가를 두려워하는 듯했다. 온몸을 작게 떨고 있었으니까. 아까의 요령이의 모습은 이렇지 않았는데, 아까는 당당한 모습이었는데. 역시 무슨 생각을 하면서 점점 두려움에 빠져들고 있는 게 분명했다.

"요령아! 나한테는 말해도 되잖아. 도대체 뭘 무서워하는 거야? 뭐가 두려운 거야? 지금의 네 모습… 평소와는 달라. 정말 이상해. 뭐가 두려운 거니? 무엇 때문에 초조해하는 거니?"

"퀴에르……."

바들바들 떨리고 있는 그녀의 입술에서 신음처럼 한 단어가 흘러나왔다. 뭐? 퀴에르? 퀴에르가 무섭다니? 프랑스에 있는 퀴에르가 뭐가 무서워?

"나를 찾으러 곧 사람을 보낸다고 했었지… 퀴에르가……. 그리고 퀴에르가 그 말을 한 지 얼마 지나지도 않았는데 이 자식이 나타났어… 의심이 가지 않을 수가 없지."

그녀는 입술을 깨물며 떨리는 목소리를 다잡아 말했다. 퀴에르… 퀴에르라. 딱 한 번 보긴 했지만 그렇게 무서워 보이진 않았다. 오히려 그때의 분위기는 거의 요령이가 주도하고 있었지. 아, 그건 퀴에르의 분신이라 약하다고 했었나? 어쨌든.

"퀴에르가 누구인가?"

"…모르는 척하지 마……."

요령이는 힘이 빠져 버린 듯 애처로운 목소리로 말했고 멍멍이는 아래, 즉 자신의 목에 드리워진 요령이의 손칼을 노려보며 말했다.

"쫓기나 보군. 그 퀴에르인지 뭔지에게. 사람인가? 아니면 동물인가?"

"후후후… 연기 잘하는데? 닥치고 네 힘을 숨긴 이유나 말해. 말하지 않으면 베어버린다."

후후후라? 그렇게 웃은 적도 있었나? 정말 나름대로 저 녀석에게는 무지무지하게 심각한 문제인가 보군. 어쨌든 요령이는 나직히 웃으며 멍멍이의 목에 있는 손칼을 위협하듯, 하지만 힘없이 흔들었고 멍멍이는 그런 요령이를 측은한 듯이 바라보더니 말했다.

"벨 수 있는가?"

"뭐?"

요령이의 놀란 듯한 목소리. 나도 놀랐다! 멍멍아, 겁대가리를 상실했나? 그 따위로 말하면 죽어, 임마!

나는 마구 손을 휘저으며 멍멍이에게 하지 말라고 말하려 했으나 너무 놀라서 말이 안 나왔고, 그래서 내 뜻을 알지 못한 멍멍이는 다시 말했다.

"내 목을 벨 수 있느냐고 물었다."

"못할 것 같냐? 하참, 지금이라도 할 수 있지. 단지 안 하는 것뿐이야."

"지금 알았다. 넌 할 수 없다."

"해!"

"못해."

"해!"

"못해."

"해. 그러니까 말해. 왜 정체를 숨겼지? 내가 널 벨 수 있는지 못 베는지 알고 싶다면 대답을 안 하면 될 거야. 아니, 보고 싶다면 대답을 안 하는 것보다 차라리 '못해'라고 대답하는 것이 좋겠지. 그럼 난 곧바로 할 수 있을지 없을지 보여줄 테니."

그 말에 멍멍이는 마치 비웃듯 날카로운 이빨을 드러내며 말했다.

"못해."

"이이익!"

요령이는 열받은 얼굴로 손칼을 뒤로 빼더니 앞으로 찔러 나갔다. 안 돼! 나는 비명을 지르려 했지만 이미 늦었다. 요령이의 손의 속도는 너무도 빨랐던 것이다. 제기랄! 멍멍아! 나는 눈을 감아버렸다. 이제 곧 불쌍한 떠돌이 개의 비명 소리가 들리겠지. 미안하다, 멍멍아! 네 주인인데도 너를 못 지켜줬구나! 음, 그러고 보니 아직 나는 저 녀석의 주인이 되겠다고 한 적이 없지. 어쨌든 단발마의 비명이 들리고, 그 소리에 눈을 뜨고 앞을 보면 피투성이가 되어 환하게 웃고 있을 요령이가 눈앞에 보이겠지. 마치 죽음의 천사처럼 말야. 젠장! 난 그런 모습 따위는 절대로 보고 싶지 않아!

…웅? 그런데 아무런 소리도 들리지 않네? 궁금해진 나는 눈을 살짝 떠보았다. 그리고 멀쩡한 멍멍이와 가엾게도 풀이 죽어버린 요령이를 볼 수 있었다.

"못한다고 했지."

"제길, 네 녀석의 인생이 불쌍해서 한 번 봐준 것뿐이야. 쳇!"

"정말인가?"

"…젠장! 아이 씨, 뭐 이래! 짜증나!"

하하하! 찌르지 못했구나. 역시 내 생각이 맞았어! 착한 녀석이라니깐! 하하! 그 녀석은 내가 평소에 습관처럼 달고 다니던 말들을 하나하나 다 읊어대며 짜증을 부리고 있었다. 하, 말 습관이 점점 나를 닮아 가는군 그래. 같이 살아서 그런가? 어쨌든 그렇게 분을 참지 못하고 씩씩대면서 손을 마구 하늘로 휘두르는 요령이의 모습은 왠지… 뭐, 언제나 그렇듯이 귀여워 보였다. 왠지 저렇게 짜증을 부리는 녀석을 보자면 입에 미소가 지어지면서 저 녀석에게 한 대 정도 툭 하고 맞아주고 싶다.

물론 맞으면 죽겠지… 툭이 아니라 퍽일 테고… 다른 여자가 아니고 요령이니까. 으윽, 어? 그러고 보니 잠깐. 내가 왜 저 녀석에게 맞아주고 싶다는 생각을 한 거지? 내가? 저 녀석에게? 괜히 맞아준다고? 하, 잠시나마 내가 미친 생각을 하다니. 아르바이트 때문에 밥을 제대로 못 먹어서 그런가?

요령이는 그렇게 한참 동안 허공에 화풀이를 하더니, 결국 자신의 손에 아직도 파르스름하게 맺혀 있는 기운을 씁쓸히 바라보다가 손을 휘두르며 무어라 중얼거렸다. 그리고 짧은 바람 소리 비슷한 울림이 들리면서 그녀의 손에 있던 기운이 사라져 버렸다.

휘우웅.

"좋아, 찌르지 못했어. 인정해. 하지만 나한테도 자존심이 있다고. 그렇게 상대를 몰아세우는 것, 그렇게 좋은 태도는 아니라고 충고해 둘까? 방금 전 같은 경우에도 더 몰아세웠으면 어떻게 했을지 몰라."

"나름대로 천성은 나쁘지 않군. 아니, 천성은 좋군."

"…뭐?"

멍멍이의 엉뚱한 대답에 요령이는 고개를 갸웃거렸고, 멍멍이는 요령이가 그러든지 말든지 신경 쓰지 않고 계속 말을 이었다.

"네 녀석은 요물인데 상대방을 찌르지 못했군. 아까 넌 비록 요물이긴 하지만 요물을 싫어한다고 했지."

"그래, 난 천성적으로 음기가 싫어. 이상하지? 나도 이상해. 하지만 싫어. 그런데 뜬금없이 그건 왜 물어보냐, 갑자기?"

"그래, 착한 녀석이군. 믿을 만해. 비록 버릇은 없지만 주인님 곁에 있다고 해서 네 녀석이 언제 주인님을 공격할지 모른다는 걱정은 하지 않아도 되겠어."

그 말에 요령이는 약간 쑥스러운 듯 뒷머리를 벅벅 긁으며 말했다.

"난 원래 착해. 나야 뭐 완벽하지 뭐. 그건 그렇고, 지금의 네 말투로 보아하니 방금 전에 네 녀석이 나에게 너를 찔러보라고 한 건?"

"시험이었다."

"이이이익!"

요령이는 이를 드러내면서 순간적으로 손톱을 세웠지만—손톱을 세운다고 해서 날카로운 손톱이 손에서 튀어나온다거나 하는 건 아니고 단지 손끝에 힘을 주고 둥글게 움츠러서 손톱을 세운 듯한 시늉만 낸 것이다—멍멍이는 개의치 않고 말을 이어 나갔다.

"네 녀석이 나를 찌른다면 넌 언제고 주인을 찌를 수 있겠지. 살인이란 한 번 하기는 힘들지만 두 번부터는 쉬우니까. 하지만 나를 찌르지 못한다면 주인도 찌르지 못하겠지. 잘 알지도 못하는 데다 약간의 미움조차 가지고 있는 나를 찌르지 못하는데 너와 친구 사이처럼 보이는 주인님을 어떻게 찌르겠나. 방금 전의 그것은 네 일종의 본성, 그리고 신뢰도에 대한 시험이었다고 해두지."

"살인이란 단어가 너에게 어울린다고 생각하니?"

"내가 말하려는 뜻과 비슷하니까. 내가 말하고자 하는 것은 '이성을 가진 존재'를 살생하는 것이었다."

"그래, 이해했어. 그런데 갑자기 궁금해지는 게 있는데."

"뭐지."

"만약에 내가 그대로 손을 멈추지 않고 뻗어서 네 목을 찔러 버렸으면 어떻게 하려고 했지?"

"눈빛을 보면 알 수 있다. 내 목을 겨누고 있는 동안의 네 눈빛은 내 내 선한, 그리고 망설이는 눈빛이었지. 찌르지 못할 것 같았다."

그 말에 요령이는 호기심 어린 미소를 짓더니 말했다.

"만약에 찔렀다면?"

"찌르지 못했다."

"그러니까 만약이지. 만약에 찔렀다면?"

멍멍이는 여유롭게, 그리고 너무나도 간단하게 그 질문에 대답했다.

"피할 수 있었겠지. 네 녀석의 공격쯤은."

"으아아아악! 이 빌어먹을 자식이! 다시 목 대! 다시 해보자! 뭐? 피해? 좋아! 피해봐! 쥐도 새도 모르게 살기없이 그어줄게! 해보자구! 이 멍청한 개 녀석이 누구 앞에서 으스대는 거야, 지금! 목 대! 대라고! 바보같이 목이나 잡힌 주제에 뭐? 피해? 내가 아까 네 목을 처음으로 잡을 때, 손을 안 멈추고 뻗었으면 넌 그냥 죽는 거였어!"

요령이는 무시당했다고 생각했는지 어쩌구저쩌구 마구 버럭버럭 소리 질러대며 화를 냈고 멍멍이는 그런 요령이의 행동 하나하나를 철저히 무시하다가 요령이가 제풀에 지쳐서 조용해지자 입을 열었다.

"질문 하나, 여기서 내가 네 궁금증을 풀어주지 못하면 너는 언제까지고 방금 전의 모습처럼 나를 의심하겠지?"

"물론이야."

"…전혀 망설임없이 대답하는군."

"당연하지. 그런데 질문 둘은 뭐지?"

"좀 있다가 물어보도록 하지. 어쨌든 네 궁금증은 내가 왜 처음부터 너와 주인님께 내가 능력을 가지고 있다는 것을 말하지 않았는가 하는 것이겠지?"

"그래."

"좋아. 답해주지."

"해봐."

"정말 별거 아닌 이야기이니 기대는 하지 말도록."

"나 별거 아닌 이야기 무지 좋아해. 해봐."

멍멍이는 요령이의 말에 피식 웃더니 이야기를 시작했다.

"네 녀석은 어떤지 모르겠지만, 나는 아까 말했듯이 몇 명의 주인들을 섬겼었다."

"그리고?"

"우연히 내가 말을 할 수 있다는 것을 알게 된 주인들도 있었지."

"그래서?"

요령이의 물음에 멍멍이는 '여기까지 알려주면 나머지는 뻔하잖아? 왜 당연한 걸 물어?' 라고 반문하듯 약간 언성을 높이며 대답했다.

"그래서는 무슨 그래서냐? 여기까지 말했는데도 결과가 예측되지 않는가? 그분들은 모두들 두려워하며 나를 버렸다. 지금 생각해 보면 당연한 일이지만. 그리고 나는 그 뒤로 다시는 내 힘을 주인 될 분에게 드러내지 않으리라 마음먹었지. 버림받는 게 두려워서. 이게 내 답이다. 이제 답변이 되었나?"

그리고 요령이는 멍멍이의 대답에 정말로 기가 막히다는 표정이 되어서 나에게 말했다.

"야, 영준아, 방금 한 말이 사실이냐고 물어봐."

"멍멍아, 방금 한 말이 사실이니?"

멍멍이는 고개를 끄덕였다.

"예, 주인님. 제가 능력을 지녔다는 것을 숨겨서 주인님께는 정말로 죄송합니다. 저는 단지… 제가 특이한 능력을 지녔다는 것을 알면 주인님이 다른 사람들처럼 저를 두려워하며 버리실까 봐, 그게 두려워서… 제가 처음에 주인님께 제가 힘이 있다는 것을 언급하지 않았다고 주인님께서 저를 원망하며 내치셔도 저는 절대로 주인님을 원망하지……"

"아아, 됐어, 됐어. 뭐, 내가 너라도 숨겼을 거야. 네가 당연한 거지. 그런 걸 가지고 의심을 한 누구누구가 성격이 이상한 거고."

요령이는 내 말에 눈썹을 치켜 올렸다.

"너, 아까부터 자꾸 '누구누구'라는 사람을 자주 입에 올리는데, 그 누씨 집안의 구누구 씨가 도대체 누구를 지칭하는 거냐?"

"아까 나라고 그랬잖아. 왜 이리 과민 반응이야? 내가 나보고 욕하는 게 그렇게 듣기 싫어?"

"캬아아악!"

네가 아무리 꼬투리를 걸고 넘어지려고 해도 내 손바닥 안이지 뭐. 요령이는 짜증이 난다는 듯 마구 자신의 머리칼을 헤집더니 나에게 물었다.

"으으으, 야, 내가 성격이 이상한 거냐?"

"뭐가?"

"어, 나는 지금까지 특별한 이유라고나 할까, 뭐 그런 걸로, 그러니까 예를 들어서 너처럼 나를 구해줬다거나 하는 건 감사의 인사를 하기 위해서 부득이하게 말을 해야 할 특별한 이유가 되잖아? 어쨌든 그런 특별한 이유로 접촉하는 사람들한테는 일단 다 말을 걸었거든."

그래? 나한테만 그런 줄 알았더니 원래 그런 거였군. 그건 그렇고 사실이라면 정말 특이한데.

"왜 그랬어? 자신이 남과 다른 점이 있다면 보통의 경우엔 숨기곤

하잖아?"

요령이는 내가 되묻자 잠시 생각하는 얼굴이 되었다.

"그냥… 솔직하면 좋잖아. 쩝, 그냥 사람들이 나를 이상한 눈으로 보지 않고 이해해 주었으면 하는 심정이었어… 별로 그런 걸 숨기고 싶지 않았다고. 모르겠어. 잘 설명은 못하겠지만, 사람에게 말을 걸 때의 마음은 '과연 이 사람도 나를 무서워할까? 나와 친구가 될 수는 없는 걸까? 를 테스트하는 일종의 시험을 내는 심정이었다고 할까… 에이, 모르겠다. 내 마음을 내가 어떻게 설명하겠냐. 그리고 내가 그렇게 말을 잘하는 것도 아니고. 몰라, 모르겠어. 그냥 그래."

"그래서 네가 말을 걸었을 때 사람들의 반응은 어땠는데? 너를 붙잡고 말동무라도 해주더냐? 주인해 주겠다고 그래?"

"뭐, 지금에야 하는 말이지만 그중에서 네가 그래도 제일 덜 놀라더라."

솔직히 말하자면 덜 놀란 게 아니라 너무 놀라서 정신이 잠깐 나가버린 상태였지. 어쨌든 나는 알아들었다는 표정으로 고개를 끄덕이며 대답했다.

"흠, 네 심정 이해해. 자신이 이상한 성격의 소유자라고 생각되겠지. 충분히 이해가 된다. 이해하고, 게다가 네 질문에 대한 대답도 해줄 수 있어. 질문이 네 성격이 이상한 거냐고 물었지?"

"응응, 대답이 뭔데?"

그 녀석은 잔뜩 호기심 어린 눈으로 나를 바라보았고, 나는 그 녀석의 반짝거리는 눈빛을 피하며 말했다.

"네가 이상한 고양이야."

"캬앗!"

언제나 짜증이 날 때면 그러듯 마치 물벼락 맞은 고양이 같은 비명소리를 내뱉은 요령이는 곧 무언가를 생각하는 표정이 되어 중얼거렸다.

"하, 그래. 생각해 보니 참 간단한 거였어. 자신이 남과는 다르다고 자랑하고 다니는 게 더 이상하긴 하지. 쩝, 마음이 불안하긴 한가 보군. 분명 방금 전의 행동들은 내가 생각해도 너무 성급한, 나답지 않은 행동이었어……."

요령이는 잠시나마 아까의 행동을 후회하는지 그렇게 읊조렸고, 그 모습을 바라보던 멍멍이는 갑작스레 입을 열었다.

"질문 둘, 넌 무엇에 그렇게 심리적으로 압박을 받는 것인가?"

그게 뭐가 궁금해? 아까 퀴에르가 사람을 보내서 자신을 잡아갈까 봐 두렵다고 했잖아. 요령이도 멍멍이의 대답에 눈을 가늘게 뜨며 이상하다는 듯이 되물었다.

"이상하네? 난 아까 분명히 너에게 내가 지금 이렇게 불안한 것은 퀴에르 때문이라고 말했는데. 내 말을 무시한 거냐?"

"그리고 나는 네 말에 퀴에르가 누구냐고 물었었지. 너야말로 내 말을 무시했나?"

어, 맞어. 그러고 보니 멍멍이가 퀴에르를 알 리가 없지. 나도 참, 멍멍이에게 아무런 설명도 해준 적 없으면서 당연히 멍멍이가 퀴에르를 알 거라고 생각하다니… 요령이도 나와 똑같은 착각을 한 것 같았다. 자기가 아는 것은 당연히 남도 알 거라는 착각 말이다. 요령이는 미안한 듯 살짝 웃음 지으며 말했다.

"아, 맞아, 맞아. 그랬었지. 미안. 퀴에르가 누구냐 하면 말이야, 내가 아까 말한 나의 원주인인데……."

그 녀석은 그렇게 자신의 과거와 퀴에르에 대해, 그리고 며칠 전 김 회장 아저씨—…가 맞는 표현인지는 모르겠다. 김 회장님이라고 해야 하나? 하지만 그 사람이 뭐가 대단하다고 님이라는 극존칭어를 붙여?—의 집에서 퀴에르를 다시 만났던 일에 대해 멍멍이에게 이야기해 주었다. 멍멍이는 진지하게 들어주었고, 그래서 요령이는 자신의 과거 이야기를 쉽게 꺼내어 풀어 나갈 수 있었다.

"뭐, 그래서 그 영체는 내가 소멸을 시킨 거지."

"그리고 네가 귀신의 힘을 빌어서 그 마녀를 태워 버리기 직전에 그녀가 자신의 휘하에 있는 사람을 보내서 너를 다시 잡아가겠다고 했고."

"그래……."

고개를 끄덕이는 요령이의 눈빛은 다시금 그때가 생각났는지 불안으로 가득 찼다. 흐음, 지금까지 내색은 안 했지만 그 일을 상당히 마음에 두고 있었나 봐. 저 녀석이 불안해하는 모습을 다 보게 되고. 참, 오래 살고 볼 일이야. 어쨌든 이제 이야기는 대충 끝난 거지? 나는 박수를 짝짝! 하고 치며 말했다.

"자, 자, 이야기 끝났지? 그럼 된 거지? 화해한 거다?"

"주인님께서 원하신다면."

멍멍이는 고개를 숙였고 그런 그 녀석의 모습을 바라보면서 고양이는 코웃음을 픽! 하고 쳤다.

"누가? 누구랑? 무슨 화해를 해? 개와 고양이 사이라는 말도 못 들어봤냐?"

"아이 씨, 그러지 말고… 아끼는 악수까지 했잖아."

나는 부탁하듯 말했고 그 말에 요령이는 깔깔 웃더니 말했다.

"야, 그게 화해하겠다는 악수였냐? 멍멍이가 나와 한지붕을 쓰는 것을 용인하겠다는 뜻의 악수였지."

"그럼 같이 살면서 그렇게 사이가 안 좋은 채로 살 거야?"

"같은 집에서 살라고 꼭 친하라는 법은 없잖아?"

요령이는 그렇게 밉살맞게 말하고는 멍멍이를 힐끔 쳐다보더니 무슨 생각을 하는지 씨익 웃었다.

"흐흥, 또 모르지. 저 멍멍이 녀석이 나에게 고개를 숙이며 '아름다운 요령이님, 제가 모두 잘못했습니다' 라고 말하면 화해를 해줄지도.

어억? 뭐? '아름다운 요령이님, 제가 모두 잘못했습니다' 라고? 내참, 기가 막혀서! 그게 말이 되냐? 장난을 쳐도 꼬옥 자기 성격 같은 걸로만 골라서 쳐요. 참.

그런데 멍멍이는 요령이가 말하자마자 고개를 숙이며 대답했다.

"아름다운 요령이님, 제가 모두 잘못했습니다. 이제 됐나?"

우아악! 저럴 수가! 저렇게 간단하게! 저렇게 고민조차 하지 않고 자신의 자존심을 꺾어버리다니! 나는 고개를 설레설레 저었고 요령이는 눈을 동그랗게 뜬 채 입을 조그맣게 벌리고는 헛바람을 삼키며 중얼거렸다.

"어, 어어? 장난으로 해본 말이었는데?"

멍멍이는 아무 감정이 섞이지 않은 목소리로 약간은 차갑게 들릴 정도로 조용히 말했다.

"네가 장난이었든 아니든 간에 너의 요구 조건은 모두 들어주었다. 자, 이제 화해를 하겠는가?"

"어… 에에? 응, 어, 어."

요령이는 넋이 나간 채로 멍하니 고개를 끄덕였고 멍멍이는 나를 바라보았으며 나는 그런 녀석에게 힘없이 중얼거렸다.

"멍멍아, 너, 넌 자존심도 없냐? 그럴 때는 장난이려니 하고 넘어가야지, 진짜로 그냥 고개를 숙여 버리면 어떻게 해?"

"주인님께서 화해하라고 명령하셨기에 가장 쉬운 방법을 택한 것뿐입니다. 제가 고개만 숙이면 주인님의 명령은 이루어집니다."

"그, 그렇긴, 물론 그렇긴 하지만……."

으으! 저렇게 강하고 줏대있고 올곧아 보이는 녀석이, 내 한마디 때문에 무릎을 꿇다니! 경악이다, 경악이다!

결국 이렇게 나와 요령이는 새로운 식구를 하나 더 맞이하게 되었으며, 놀라움으로 시작했던 이날 밤은 요령이의 중얼거림과 함께 놀라움으로 끝나 버렸다.

"하… 앞으로 저 녀석에게 뭘 시키려거든 영준이에게 부탁하면 되겠군. 저건 뭐 죽으라고 명령해도 죽겠는데?"

〈1권 끝〉

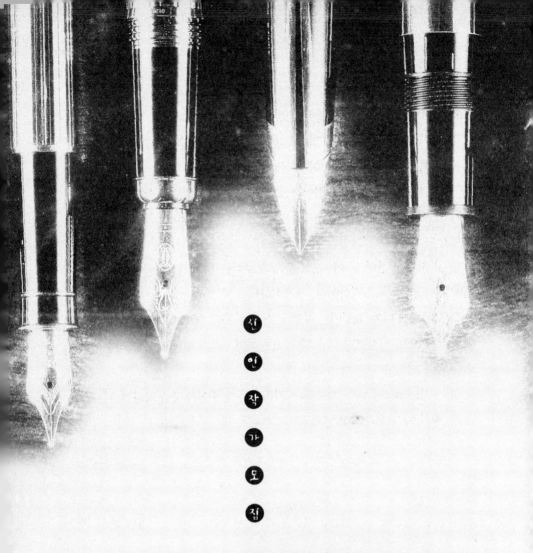

신
인
작
가
모
집

시작이 반이라고 했습니다.
작가의 길에 대한 보이지 않는 벽을 과감히 깨뜨리십시오!
청어람은 작가 지망생 여러분들의
멋진 방향타가 되어드리겠습니다.

저희 도서출판 청어람에서는
소설 신인 작가분들을 모집합니다.
판타지와 무협을 사랑하시는 분들의 많은 참여를 바랍니다.
소정의 원고(A4용지 150매)를 메일이나 우편으로 보내주시면
검토 후 출판 여부를 알려드리겠습니다.

주소:경기도 부천시 원미구 심곡1동 350-1 남성B/D 3F 우편번호420-011
TEL:032-656-4452 · **FAX**:032-656-4453
http://**www.chungeoram.com**
e-mail:chungeoram@chungeoram.com